RABENAUGE

Thriller von

SABINE D. JACOB

rabenauge

mystery-thriller
von
sabine d. jacob

Alle Rechte, insbesondere auf digitale Vervielfältigung,
vorbehalten.
Keine Übernahme des Buchblocks in digitale Verzeichnisse,
keine analoge Kopie ohne Zustimmung des Verlags.
Das Buchcover darf zur Darstellung des Buches unter
Hinweis auf den Verlag jederzeit frei verwendet werden.
Eine anderweitige Vervielfältigung des Coverbilds ist nur mit
Zustimmung des Verlags möglich.

Die Namen und Handlungen sind frei erfunden.
Evtl. Namensgleichheiten oder Handlungsähnlichkeiten sind
zufällig.

www.verlag-der-schatten.de
Zweite (überarbeitete) Auflage 2020
© Sabine D. Jacob
© Coverbilder: depositphotos I_g0rZh, breakermaximus,
membio, biopsihoz@mail.ru
Covergestaltung: Shadodex – Verlag der Schatten
© Bilder: Clipdealer (Rabe auf Ast), Fotolia (fliegende,
stehende Raben), depositphotos Farinosa, AlphaBaby (Rabe
mit Auge)
Lektorat: Verlag der Schatten
© Verlag der Schatten, 74594 Kressberg-Mariäkappel
printed in Germany
ISBN: 978-3-946381-85-3

Rabenvögel belagern das Herrenhaus *Trinale*.
Nur unter dem Einsatz seines Lebens gelingt es Jeremy, sich und seinen Cousin Nolan aus dem alten Gemäuer zu befreien.
Getrieben von Rachegefühlen begibt sich Jeremy auf die Jagd nach dem Raben, der ihm kurz vor ihrer Rettung ein Auge entrissen hat.
Woher aber rührt der Hass der Vögel?
Die Antworten liegen in der Vergangenheit und sind ganz anders, als der Leser vermutet.

Vor der Kulisse Cornwalls verwebt *Rabenauge* Spannung und Unterhaltung zu einem fesselnden Roman, der den Leser unversehens in seinen Bann zieht.

Inhalt

Teil I
Prolog — 9
1. Kapitel: London — 10
2. Kapitel — 16
3. Kapitel: *Trinale* — 19
4. Kapitel — 25
5. Kapitel — 32
6. Kapitel — 38
7. Kapitel — 45
8. Kapitel — 47
9. Kapitel — 50
10. Kapitel — 58
11. Kapitel — 64
12. Kapitel — 68
13. Kapitel — 73
14. Kapitel — 79
15. Kapitel — 83
16. Kapitel — 87
17. Kapitel — 93
18. Kapitel: Helen — 105
19. Kapitel — 111
20. Kapitel — 122

21. Kapitel	125
22. Kapitel	133
23. Kapitel	137
24. Kapitel	142
25. Kapitel: *Trinale*	160
Teil II	
26. Kapitel: Jeremy	165
27. Kapitel	177
28. Kapitel: Helen	186
29. Kapitel	189
30. Kapitel: Jeremy	193
31. Kapitel: Nolan	199
32. Kapitel: Helen	206
33. Kapitel: Jeremy	216
34. Kapitel	221
35. Kapitel	235
36. Kapitel	251
37. Kapitel: *Trinale*	266
Epilog	269
Autorenvorstellung	270
Danksagung	271
Buchempfehlungen	272

Teil I

Prolog

Die Geschichte beginnt vielleicht schon hier mit Zelma, die die Raben malt. In sich gekehrt sitzt sie mit durchgedrücktem Rücken auf dem hölzernen Hocker mit den zerkratzten Beinen vor der Staffelei. Aus ihrem hochgesteckten Haar lugt eine schwarze Strähne hervor, die ihr ab und zu ins Auge weht.
 Mit gekrauster Stirn rückt ihr Kopf näher an das Bild heran. Sie fixiert eine bestimmte Stelle, greift nach dem kleineren Pinsel und streicht ein helles Grau in die sich auftürmenden Wolken.
 Verbissen versucht sie durch das Malen des Himmels den Kopf freizubekommen und nicht an das Grauen zu denken, das sich hinter den Mauern des alten Herrenhauses verbirgt.
 Ihre Pinselstriche werden hastiger und kürzer. Immer mehr Schwarz mischt sie in das Weiß auf ihrer Palette. Sie atmet flach, aber heftig.
 Zorn erfüllt plötzlich ihr Gesicht. Dann greift sie den Pinsel wie ein Messer und sticht ihn in die Leinwand. Kraftvoll reißt sie ihn nach unten. *Ratsch!*
 Kurze Zeit später stopft sie die Fetzen der Leinwand in sich hinein, bemüht ihre Schreie zu unterdrücken.

1. Kapitel

London

Jeremy ließ sich in den tiefen Velourssessel fallen. Eine Haarsträhne klebte auf seiner schweißnassen Stirn. Er nestelte an den Manschettenknöpfen mit den Strasssteinen. Vor Kurzem waren es noch Brillanten gewesen. Mit einem inbrünstigen »Scheiße!« löste er sie und schmiss sie in die Zimmerecke. Sein weißes Oberhemd hing halb aus der Hose, und er zerrte so hastig an seiner Krawatte, dass die oberen Knöpfe des Seidenhemdes abplatzten. Heftig hieb er mit der Faust auf die Lehne. Dann langte er nach dem benutzten Glas auf dem Tisch neben sich und schenkte es sich randvoll mit Whisky. In einem Satz spülte er die in der Kehle brennende Flüssigkeit hinunter.

»Alles weg!«, fluchte er, stellte das Glas hin und griff sich an die Schläfen. Seine Penthouse-Wohnung, seine Autos … Nichts gehörte mehr ihm. Nur ein unüberschaubarer Berg von Schulden und eine stetige Bedrohung für Leib und Leben waren ihm geblieben.

Heute hatte er das Gefühl gehabt, einen Lauf zu haben, eine Glückssträhne. Er wusste, dass es seine letzte Chance gewesen war, noch etwas von den Verlusten der vergangenen Jahre wettzumachen. Für die Spielbank reichte es ja schon lange nicht mehr. Bliebe nur das Internet. Dort vermisste Jeremy jedoch das anrüchige Flair.

Vor einem Jahr war er an die illegale Spielgemeinschaft geraten, die sich stets in einem abgedunkelten Hinterzimmer eines Londoner Pubs traf. Das spärliche Mobiliar wurde beherrscht von einem mit grünem Filz bespannten Kartentisch. Dahinter stand ein weiterer Tisch für das Würfelspiel. Zigarettenrauch zog durch den Raum. Sie trübten den Blick auf den laufenden Fernseher. Pferde stampften dort lautlos ihre Hufe in den Sand der Rennbahn. An den Wänden hingen Glücksspielautomaten. Ihre Lichter flackerten im Rhythmus einer Dreiklangmelodie aus enervierendem Gedudel, das nur unterbrochen wurde, wenn man sie mit Münzen fütterte. Jeremy vermutete, dass dies die Spielsüchtigen, zu denen er sich nicht zählte, antrieb, immer mehr Geld hineinzustopfen.

Hier, in dieser Gesellschaft von Kleinkriminellen und Spielern, fühlte er sich wohl. Alle hatten eine wenig erfolgreiche Spielerkarriere aufzuweisen und sie suchten das Gleiche wie er: das schnelle Geld. Hier zu spielen hatte einen hohen Reiz, da alles von Uhren bis hin zu Autos gesetzt werden konnte. Niemand fragte nach der Herkunft der Ware.

Jeremy war zu Ohren gekommen, dass Cogan – berühmt-berüchtigt aufgrund zwielichtiger Geschäfte – in diesem Laden neben dem heiß geliebten Collie seines Sohnes sogar die Unschuld seiner Tochter eingesetzt und verloren hatte. Als er die vernichtende Blackjack-Karte erhielt, lachte er und brüllte: »Da hab ich sie zum zweiten Mal verloren, meine Jungfräulichkeit! Bin wahrscheinlich der Erste, dem das geglückt ist!« Dabei wedelte er mit seinem Zigarrenstumpen durch die Luft und lud alle Anwesenden zu einer Lokalrunde ein, die er auf die nächste Karte setzte. Skrupel waren hier nicht an der Tagesordnung.

Solche Einsätze gingen natürlich weit über das hinaus, was Jeremy bieten wollte. Was ihn reizte, war das Umfeld. Zur

Spannung, die das Glücksspiel mit sich brachte, kam der Kick, dass ihn jemand aufs Kreuz legen oder die Polizei auftauchen und sie allesamt hochnehmen könnte.

Jeremy gefiel diese Gangstersprache. Sie war anders als die, die ihm auf den Eliteinternaten beigebracht worden war. Heute redete kein Mensch mehr so. Die Zeit der Gentlemen aus den Filmen der Fünfzigerjahre war lange vorbei. Hier in der illegalen Spielhölle konnte er diese Vorliebe dennoch ausleben, denn hier ging es äußerst diskret zu.

Bis zu einem gewissen Punkt. Das hatte er heute Abend zu spüren bekommen.

Jeremy deckte gerade seine letzte Karte beim Blackjack auf, als Halfpound Wood eintrat. Mit aufgerollten Hemdsärmeln und einer erloschenen Selbstgedrehten im Mundwinkel trat er dicht an Jeremy heran.

»Jeylo, alter Freund! Läuft's gut?« Er legte ihm die Hand auf die Schulter.

Jeremy versuchte, sich zu erheben.

Halfpound Wood verstärkte seinen Griff. »Bleib nur sitzen.« Mit der freien Hand stützte er sich auf dem Tisch ab und beugte sich zu Jeremy hinunter. »Jeylo, du hältst mich schon seit zwei Wochen hin«, fuhr er im gelangweilten Tonfall fort. »Weißt du, wie müde mich das macht? Wie wäre es, wenn du mir die Kohle jetzt gibst, und wir vergessen die Geschichte?«

Jeremy verrenkte sich auf dem Stuhl. In seiner Position war es schwer, überlegen zu wirken. Er wollte daher zumindest seiner Stimme einen festen Klang geben. »Du hast gesagt, den Rest bis zum Fünfzehnten. Das sind noch zwei Wochen.«

Halfpound Wood schürzte die Lippen, als überlege er. Er nahm die Hand vom Tisch, richtete sich wieder auf und polierte seine Fingernägel am Revers. Interessiert sah er sich das Ergebnis an und kaute auf seinem Zigarettenstummel herum.

»Hab's mir anders überlegt. Gib mir jetzt, was du bei dir hast, und bis morgen Abend lässt du den restlichen Zaster rüberwachsen oder ich komme dir anderweitig entgegen. Hast du mich verstanden?« Seine behaarte Hand ballte sich zur Faust und er schloss kurz die Augen. Typen wie Jeremy raubten ihm den letzten Nerv. Das Leben hatte ihnen von Anfang an so viel Puderzucker in den Arsch geblasen, dass sie auf ewig süße Jüngelchen blieben. Die echten Härten des Lebens – wie die Mutter, die sich jeden Abend zudröhnte, bevor sie auf den Strich ging, oder der Vater, der das Zeitungsgeld aus einem herausprügelte – kannten sie nicht. Halfpound Wood schaute Jeremy an und zischte: »Los jetzt, Kohle!« Amüsiert bemerkte er das Zucken um dessen Augen und fühlte sich bestätigt. Er kannte die Menschen. Milchgesichter wie Jeylo brauchten nur ein bisschen Druck und schon drehten sie am Rad. Letzten Endes langweilten sie Halfpound dennoch gewaltig, da sie nicht wirklich kämpften.

»Komm schon, Wood.« Jeremy wand sich unter seinem Griff. »Unsere Abmachung war doch klar.«

Halfpound Wood ließ ihn endlich los, trat einen Schritt zurück und legte seine Fingerspitzen auf den Brustkorb. »Es ist ja nicht meine Kohle, die du geliehen hast. Frag Cogan, ob er dir noch mal Aufschub gewährt. Aber, ein guter Rat von mir, ich würde es lieber lassen. Er ist nicht gut auf kleine Schisser wie dich zu sprechen, die sich nicht an die Termine halten.«

Obwohl die Situation bedrohlich war, begann Jeremy sich selbst als Darsteller in einem dieser Gangsterfilme zu sehen. Überrascht stellte er fest, dass ihm die Situation Spaß bereitete. Schnell visualisierte er, wie Humphrey Bogart in so einem Fall reagieren würde.

Er stand auf, drehte sich zu Halfpound um, legte eine Hand auf dessen Schulter und wollte gerade einen brillanten Satz von sich geben, als dieser seinen Plan mit nur einer Geste zunichtemachte, indem er die Schulter zurückzog und das Kinn anhob. Jeremy war schlank und hochgewachsen, doch Halfpound, von Natur aus grobschlächtig, überragte ihn um Haupteslänge.

Okay, dann eben nicht auf diese Art. Jeremy würde eine andere Strategie fahren müssen. »Wood, Kumpel, wie lange kennen wir uns? Ich hab doch immer mein Wort gehalten. Am Fünfzehnten hast du die Penunze. Das ist so sicher wie das Amen in der Kirche.«

Was hatte er da gesagt? Jeremy spürte, dass er sich um Kopf und Kragen redete. Niemals würde er die achtzig Riesen in zwei Wochen aufbringen können. Aber das Wort Penunze gefiel ihm. Er hatte bisher nur noch nie Gelegenheit gehabt, es zu benutzen.

»Hallo, Schwachkopf, jemand zu Hause? Schluss mit dem Theater. Morgen will ich das Geld haben«, sagte Wood, packte ihn am Kragen und zog ihn dicht vor sein Gesicht, sodass Jeremy seinen whiskygeschwängerten Atem riechen konnte. »Und jetzt verschwinde von hier!«

Jeremy blickte sich nach Beistand suchend um, aber alle anderen waren in ihr Spiel vertieft. Keiner interessierte sich für Jeremys Ärger.

Als er Luft holte und zu einer Antwort ansetzte, schoss eine Faust auf sein Gesicht zu. Dann fand er sich auch schon auf dem Straßenpflaster in der Gosse wieder.

Dort blieb Jeremy noch eine Weile liegen. Er wusste nicht, was er nun tun sollte. Noch einmal hineinzugehen käme einer Wahnsinnstat sehr nahe. Wood abzufangen und erneut um Aufschub zu bitten hätte bestimmt den gleichen Effekt.

Während ihm klar wurde, wie viel Glück er gehabt hatte, stemmte er sich auf die Knie. Andere Schuldner waren schon mit abgetrennten Gliedmaßen wieder zu sich gekommen, hatte er sich sagen lassen.

Dann zeigte die Filmspule: *The End.* Und der Abspann sagte: *Willkommen in der Wirklichkeit, Jeremy!*

Am besten wäre es, er würde sich die Kugel geben, überlegte er jetzt. Vielleicht gab es aber noch einen anderen Ausweg. Er musste nur seine Gedanken zur Raison bringen.

Im Bad warf er einen Blick in den Spiegel. Auch wenn er sich fühlte wie ausgespuckt, gefiel ihm, was er sah. Er befeuchtete seine Handflächen und strich sich das kurz geschnittene Haar nach hinten. Dass er sich gestern Abend vor seinem Tête-à-Tête mit Halfpound Wood noch rasiert hatte, sah man nicht mehr. Er fuhr sich mit der Hand über sein markantes Kinn. Seine blauen Augen im Spiegel erwiderten seinen Blick gelassener, als er es vermutet hätte. Die kleinen Fältchen in den Augenwinkeln verliehen ihm ein spitzbübisches Äußeres, weshalb es für ihn ein Leichtes war, andere Menschen für sich zu gewinnen. Er wirkte viel souveräner, als er sich meistens fühlte. Sein schauspielerisches Talent hatte er über die Jahre bis zur Perfektion ausgebaut.

Zurück im Wohnzimmer nahm er noch einen Schluck Whisky, bevor er zum Telefon griff und den einzigen Menschen anrief, der ihm in dieser Situation noch helfen konnte – sein Cousin Nolan.

Der gute, gelassene, ehrenwerte Nolan würde ihm das Geld ohne großes Gesums geben. Das war eine Sache der Familienehre!

2. Kapitel

»Hallo? Wer ist da?«
Jeremy atmete erleichtert auf, als endlich abgehoben wurde.
»Nolan, guten Abend, hier spricht Jeremy. Ich habe so lange nichts von mir hören lassen. Da dachte ich …«
»Oh, Jey, wie gut, dass du anrufst.«
Es rauschte in der Leitung. Die Verbindung war schlecht. Das lag sicherlich an dem Sturm, der sich draußen zusammenbraute. Jeremy konnte die folgenden Worte nur zum Teil verstehen.
»… hier los ist. … gefährlich … komme … keinen Fall …«
Nolans Stimme klang hektisch. Er redete wie ein Wasserfall. Dennoch drangen nur Wortfetzen an Jeremys Ohr.
»Nolan«, rief er in den Hörer. »Nolan, ich kann kaum etwas verstehen. Was hast …«
Nolan ließ sich nicht unterbrechen. »… sind da. Alles ist schwarz. Wenn du …«
Tuut-tuut-tuut. Die Verbindung wurde unterbrochen.
Beunruhigt goss sich Jeremy noch einen Whisky ein und befühlte die Beule an seinem Hinterkopf. Sein rechtes Ohr war zudem geschwollen. Heftig schüttelte er den Kopf, um das Taubheitsgefühl dort zu vertreiben.
Nolans Stimme hatte aufgebracht geklungen. Die Worte waren regelrecht aus ihm herausgebrochen. Angespannt tippte

Jeremy auf die Wahlwiederholungstaste. Es schien eine Ewigkeit zu dauern, bis er die Wähltöne in der Leitung hörte.

»Die von Ihnen gewählte Nummer ist vorübergehend nicht erreichbar«, vernahm er die Stimme vom Band. Er unterbrach die Verbindung und versuchte es erneut.

»Die von Ihnen gewählte Nummer ist vorübergehend nicht erreichbar.« Kurz fragte sich Jeremy, ob Nolan die Leitung absichtlich blockierte. Vielleicht erahnte er den Grund seines Anrufs. Schließlich war es nicht das erste Mal, dass Jeremy seinen Cousin nach Geld fragte. Irgendetwas hatte aber in Nolans Stimme gelegen, das Jeremy stutzig machte.

Er hob einen der Manschettenknöpfe vom Boden auf und drehte ihn zwischen den Fingern, während er überlegte. Das geschliffene Glas reflektierte das Licht der Deckenstrahler. Jeremy kniff die Augen zusammen, und das Licht brach sich in allen Farben des Regenbogens.

Übelkeit stieg plötzlich in ihm auf. Rasch nahm er noch einen Schluck Whisky.

Auf einmal wurde ihm klar, was in Nolans Stimme gelegen hatte: Angst! Er hatte furchtsam geklungen.»… komme … keinen Fall …«, hatte er gesagt. Was bedeutete das? Er, Nolan, würde auf keinen Fall kommen? Aber Jeremy hatte ihn nicht eingeladen. Er wusste auch von keiner Festivität, zu der sie beide eingeladen worden wären. Die Reaktion ergab keinen Sinn.

Aufgewühlt wählte Jeremy erneut die Nummer. Er musste mit Nolan sprechen. Er brauchte das Geld. Dringend!

»Die von Ihnen gewählte Nummer ist vorübergehend …«
Jeremy legte auf und warf den Manschettenknopf, den er noch immer nervös zwischen den Fingern drehte, auf die dunkelblaue Couch, bevor er das Telefonamt anrief. Eine Stimme teilte ihm mit, dass zurzeit alle Plätze belegt seien, und über-

ließ ihn mit der Bitte um Geduld einer Dreiklangmelodie in der Warteschleife.

Gereizt legte er auf. Gleich morgen Früh würde er sich auf den Weg machen und die gut zweihundert Meilen, die London von *Trinale* trennten, hinter sich bringen.

Er musste Nolan persönlich sprechen – von Angesicht zu Angesicht. Das vergrößerte seine Chance, an das Geld zu kommen. Nolan war mehr als gut betucht, und, seit er allein lebte, dankbar für jeden Besuch. Nebenbei würde Jeremy ein nettes Wochenende verbringen.

Da Halfpound Wood nicht wissen konnte, wo Jeremy sich aufhielt, würde er ihn dort auch nicht so schnell finden. Zwar riet ihm eine leise Stimme zur Vorsicht, er ignorierte sie aber. Alles war besser, als hier zu hocken und zu brüten.

Dachte er.

3. Kapitel

Trinale

Die Südwestküste Englands war für Jeremy die schönste überhaupt. Immer wieder zog sie ihn in ihren Bann und verleitete ihn zu dem inneren Schwur, öfter hierherzukommen. Das Zusammenspiel von Licht, Wasser und Felsen gab dem Landstrich stets ein neues Gesicht. Stundenlang war er hier schon spazieren gegangen, ohne sich sattsehen zu können. Die Klippen aus grauem Stein reflektierten die Sonnenstrahlen stets in einem Maße, dass es in den Augen blendete. Weiße Gischt klatschte unermüdlich auf die Felsen und verlieh ihnen bizarre Formen.

Heute war Jeremy mit seinen Gedanken bei Nolan. Mindestens fünfmal hatte er gestern Abend noch versucht ihn zu erreichen. Ohne Erfolg. Heute Morgen hatte er es, bereits bar aller Hoffnung, erneut versucht. Abermals erfolglos. In aller Herrgottsfrühe hatte Jeremy daher seine Sachen gepackt und war in den *Aston Martin*, der ihm im Grunde schon nicht mehr gehörte, gestiegen. Auch seine Golfausrüstung hatte er mitgenommen. Nolan liebte Golf, und *Trinale* verfügte über einen großzügig angelegten Golfplatz. Er bot das geeignete Umfeld für diese Art von Gespräch.

Die Strecke von London an die Südwestküste fuhr Jeremy ohne Pause mit heruntergelassenem Dach, damit der Fahrtwind seine Gedanken klären konnte.

Heute Morgen hatte er sich mit einem Kaffee begnügt. Sein Magen war deshalb leicht verstimmt.

Er hob einen Arm in die Luft und stemmte ihn gegen den Fahrtwind, um die unangenehme Erinnerung an den gestrigen Abend zu verdrängen.

Als Nieselregen einsetzte, der schon bald in heftigen Regen übergehen sollte, schloss er das automatische Verdeck.

Unterwegs gönnte er sich nicht einmal einen Kaffee, wie er es sonst gern tat. Seine Barschaft betrug nämlich nur noch dreißig Pfund – ein Witz im Vergleich zu dem, was er sonst bei sich hatte.

Die letzten Scheine hatte ihm Wood, wie er sich wieder erinnerte, noch aus der Tasche gerissen, bevor er ihm unmissverständlich klargemacht hatte, dass seine Anwesenheit nicht länger erwünscht sei und er sich um seine finanziellen Probleme kümmern solle.

Jeremy rieb sich die Stirn. Es war so widerlich, wenn sich die Gedanken im Kreis drehten und ihm am Ende doch immer wieder seine jetzige Situation offenbarten.

Das Bild des Straßenpflasters stieg in ihm auf. Er sah die zerfetzten Ellbogen seines Jacketts vor seinem inneren Auge, und er schwor sich, alles daranzusetzen, das Geld zurückzuzahlen. Nie wieder würde er sich dann mit dem Gesindel einlassen. Mit der Begleichung seiner Schulden wäre der Moment gekommen, sich endgültig vom Glücksspiel zu verabschieden.

Nachdrücklich, wie um es sich selbst zu bestätigen, nickte er und schaltete das Radio ein. Mit den neu gefassten, guten Vorsätzen fühlte er sich gleich besser.

Am späten Vormittag erreichte er die Auffahrt zum Herrenhaus *Trinale*, das Mitte des achtzehnten Jahrhunderts im kornischen Stil erbaut worden war. Zusammengesetzt aus großen grauen Quadern besagte die Legende, man habe für den Bau nur drei Nägel benutzt. An die hätten die Erbauer ihre Jacken gehängt, wenn ihnen von der Schlepperei warm geworden war. Alles andere sei ursprünglich aus Stein gewesen, sogar die Bettstätten.

Das Gestein bildete feste Mauern, denen auch das stärkste Unwetter nichts anhaben konnte. Als Kind hatte Jeremy sich häufig an die Nordwand gestellt, den Kopf in den Nacken gelegt und nach oben geschaut, wo der Dachüberstand ihn drohend überragte. Ihm kam es immer so vor, als würde er gleich bersten und auf ihn herabstürzen. Er schaffte es jeweils nur für ein paar Sekunden, hochzuschauen. Dann nahm die Furcht überhand und Schwindel übermannte ihn. Bis sich das Gefühl, in einem Karussell zu sitzen, gelegt hatte, blickte er stets auf seine verstaubten Füße, die barfuß in hellblauen Sandalen steckten. Wenn sich das Schwindelgefühl gelegt hatte, schaute er wieder hoch und wettete mit sich selbst, ob er diesmal länger durchhalten würde.

Bis heute hatte dieses alte Gemäuer seine anziehende Wirkung auf ihn nicht verloren. Noch immer war es so, als wolle ihn das Haus zu einem Spiel animieren, dessen Ausgang für Jeremy ungewiss war.

In *Trinale* fühlte er sich geschützt und sicher. Von außen wirkte das Haus auf ihn stets bedrohlich.

Die Zufahrt zum Herrenhaus markierte ein großes schmiedeeisernes Tor. Meistens übersah er es und fuhr beim ersten Mal daran vorbei, da die dorthin führende Landstraße rechts und links von hohen Hecken gesäumt war, wie sie für diesen Landstrich Englands typisch waren, die jeglichen Blick versperrten.

Heute drosselte er sein Tempo, um nicht erneut daran vorbeizurauschen. Einerseits wäre es ihm lieb gewesen, die Fahrt hätte noch einige Stunden gedauert, damit er sich dem peinlichen Gespräch noch nicht stellen müsste. Andererseits hatte er keine Zeit zu verlieren. In seinem Magen verspürte er deshalb ein Unwohlsein, das nicht nur vom fehlenden Frühstück herrührte.

Behutsam lenkte er den Wagen durch die offen stehenden, mannshohen Flügel des schmiedeeisernen Tors, fuhr aber dahinter rechts ran, stellte den Motor ab und öffnete das Verdeck des *Austins* wieder.

Der Blick, der sich ihm bot, war vertraut und doch so ganz anders, als er ihn in Erinnerung hatte.

Tief hängende Wolken zogen über den Himmel, gingen ineinander über und bildeten eine geschlossene Decke. Jeremy registrierte, dass der Wind sich gelegt hatte, der in heftigen Böen eben noch den Regen gegen die Windschutzscheibe geschlagen hatte.

Vor ihm wand sich die Zufahrtsstraße wie ein Eidechsenschwanz. Beidseitig des Weges standen Kopfweiden, die offenbar seit Längerem nicht mehr beschnitten worden und trotz des weit fortgeschrittenen Sommers kaum belaubt waren.

Die Blöcke, aus denen *Trinale* erbaut war, waren aus dem ältesten Gestein der Welt geformt, das es nur in Schottland gab. Hohe Rundbogenfenster, eingelassen in das Mauerwerk, schienen den Betrachter eher auszugrenzen, als willkommen zu heißen. Verborgen hinter der Front, schlossen sich rechts und links Flügel an, die den Garten vor den bisweilen heftigen Winden schützten.

Dort blühten mediterrane Bougainvilleas neben mannshohen Farnen. Die Gärtner hatten wahre Kunstwerke vollbracht, da alles den Anschein von natürlichem Wachstum vortäuschte. Tatsächlich aber benötigte jedes Pflänzchen seinen Raum, und jeder Angriff der nächstgelegenen Pflanzen musste rechtzeitig erkannt werden.

In Gedanken wanderte Jeremy die verschlungenen Wege dieses Gartens entlang, während er den Wagen startete und die Einfahrt hochfuhr.

Wasserspiele, Kneippbecken, hohe Hecken und winzige Blumenrabatten harmonierten umgeben von schützendem Mauerwerk in stiller Eintracht.

Jeremy fuhr bewusst langsam und genoss den Anblick. Mit den vier Türmen, die sich vorn wie hinten rechts und links erhoben, wirkte das imposante Gebäude schwerfällig und unverrückbar.

Irritiert bemerkte er, dass der Rasen, der das Herrenhaus umgab, stellenweise vergilbt war, als ob er unter Trockenheit gelitten hätte. Dem widersprach jedoch das Unkraut in den sonst so gepflegten Rabatten. An einigen Stellen standen die Brennnesseln mannshoch. Sie ließen den anderen Pflanzen dort immer weniger Platz und reckten ihre Blätter lustvoll dem Himmel entgegen.

Nolan liebte seine Beete. Noch nie hatte Jeremy sie in einem derart vernachlässigten Zustand gesehen. Auch die asphaltierte Zufahrtsstraße sah milchig grau und nicht mehr schwarz aus.

Eine seltsame, fast greifbare Ruhe schwebte über der Szenerie, und die Stille schlich sich an – bedrohlich wie ein Schattenmonster.

Jeremy horchte angestrengt, vernahm aber keinen Laut. Er hörte weder Vogelgezwitscher noch Blätterrauschen, nichts. Verdutzt schaute er zum Haus und es kam ihm vor, als würde es ihn erwarten. Schwarz blickten die blinden Fenster in seine Richtung.

Ein Schatten strich plötzlich über das Auto hinweg, und er zuckte zusammen.
Es war nur ein Vogel.

 **4. Kapitel**

Die Asphaltstraße mündete in ein Rondell, das an der rechten Seite einige mit Kopfsteinpflaster befestigte Parkbuchten bereithielt. In der Mitte thronte eine blattlose Trauerbuche mit ausladendem grauen Geäst. Sie war umgeben von einem Bodendecker, der offensichtlich unter Schneckenfraß litt.

Jeremy stieg aus dem Wagen und runzelte die Stirn. Es roch leicht muffig. Er kannte diesen Geruch von früheren Besuchen auf *Trinale*. Damals reichten ihm die Treppenstufen in der Eingangshalle noch bis an die Knie. Seine kleinen Hände konnten die Streben des Geländers nur knapp umklammern, während er die endlos scheinende Treppe in die obere Etage erklomm. Dort hingen im Winter stockfleckenübersäte Daunendecken auf einer Leine. Sie dienten den Kindern als beliebtes Versteck. Erst als seine Hände die Holme des Geländers umfassen konnten, begriff Jeremy, dass die Bettdecken als Versteck ungeeignet waren, da zwar sein Oberkörper unsichtbar wurde, seine Beine aber unten herausschauten.

Er erinnerte sich gut daran, wie spannend es unter diesen Decken war. Er hielt das Leinen mit den Händen immer von seinem Gesicht weg und sog die Luft tief ein – gleichzeitig bemüht nicht durch die Nase zu atmen, um den Ausdünstungen zu entkommen. Die feuchte Luft war knapp unter den Daunendecken, und der muffige Geruch verstärkte den Eindruck, nicht genug Sauerstoff zu bekommen und zu ersticken. Je länger Jeremy darauf wartete, gefunden zu werden, umso schneller schlug sein Herz, umso tiefer wurde die ihn umfangende Dunkelheit und umso heißer wurde ihm. Dann kam der Moment, an dem er es nicht mehr aushielt, die verschossenen rosafarbenen Decken auseinanderschob und wie ein Taucher an der Wasseroberfläche einige tiefe Atemzüge nahm, bevor er wieder unter dem wolkigen Deckenberg verschwand.

Der Anflug eines Lächelns kräuselte kurz Jeremys Lippen, dann lenkte ihn ein weiterer Geruch ab. Unwillkürlich zog er sein Taschentuch hervor und schnäuzte sich. Der beißende Ammoniakgeruch hatte sich aber schon in seinen Schleimhäuten festgesetzt.

Irritiert schaute er sich um. Er konnte nicht erkennen, woher der Gestank kam. Jeremy schob es auf den Klärteich, der hinter dem Herrenhaus lag.

Er stieg die vier von einem Portal überdachten Steinstufen hoch, bis die große zweiflügelige Eichentür vor ihm aufragte. Sie war übersät von winzig kleinen Einkerbungen. Das war ihm vorher nie aufgefallen. Mit den Fingerkuppen strich er darüber.

Ein schmiedeeiserner Raubvogelkopf von der Größe einer Kanonenkugel war an der Tür befestigt. Ein Ring, der durch den Schnabel führte, diente als Türklopfer. Jeremy hob die Hand und wollte ihn betätigen, als die Tür einen Spalt aufgerissen wurde, eine Hand ihn am Arm packte und hereinzerrte.

Der Schreck fuhr Jeremy in alle Glieder. Die Hand zur Faust geballt schoss er herum. Im letzten Moment bremste er sich. »Du meine Güte, Nolan! Verdammt, du hast mich ganz schön erschreckt«, entfuhr es ihm.

Nolans Hand zuckte vor und presste sich auf Jeremys Mund. »Still! Nicht hier! Hier ist es nicht sicher!«, raunte er und zog den Kopf zwischen die Schultern. Sein Blick huschte hektisch durch die große Eingangshalle, die von einem breiten Treppenaufgang beherrscht und nur spärlich von eindringendem Tageslicht erhellt wurde. »Ruhig! Kein Wort mehr jetzt! Komm mit!« Hastig drehte Nolan sich um. Er zog Jeremy am Ärmel mit sich, und der stolperte halb blind nach dem Tageslicht draußen hinter ihm her.

Nolan bugsierte ihn zur Bibliothek. Hier war es ebenfalls dämmrig. Nur mühsam gewöhnten sich Jeremys Augen an das schummrige elektrische Licht, das eine grünbeschirmte Tischlampe im Raum verteilte. Deckenhohe Regale, vollgestellt mit Büchern, zogen sich an den Wänden entlang. Ledergebundene Folianten und alte Bibeln standen ganz oben. Einige waren quergestellt, weil die Höhe der Regalfächer nicht ausreichte. Weiter unten befanden sich dicht an dicht weitere Bücher mit zum Teil bereits verblasster Schrift auf den festen Einbänden. In den unteren Regalen lagen kreuz und quer Taschenbücher, daneben stapelweise GEO-Zeitschriften.

Nolan schloss leise die Tür und wischte sich den Schweiß von der Stirn.

Jeremy erschrak, als er ihn genauer betrachten konnte. Ihr letztes Treffen lag zwar schon ein halbes Jahr zurück, in dieser Zeitspanne schien Nolan aber um mehr als fünf Jahre gealtert zu sein. Sein unrasiertes Gesicht wirkte so fahl, als würde es das Sonnenlicht vermissen. Das ehemals blauschwarze Haar lag ungepflegt auf dem Hemdkragen auf und war von grauen Strähnen durchzogen. Seine Schultern hingen schlaff herab, und er nestelte an seinen Fingernägeln, die an vielen Stellen bereits blutig rote Ränder aufwiesen.

Nolan schüttelte langsam den Kopf und sagte verzweifelt: »Du hättest nicht kommen dürfen! Das hab ich dir doch ausdrücklich gesagt! Warum hast du nicht auf mich gehört?«

Entsetzt starrte Jeremy ihn an. War Nolan jetzt auch ein Opfer von Schwermut oder Wahnsinn geworden wie seine Frau?

Unmittelbar breitete sich in Jeremy Mitleid aus und ein Schuldgefühl, weil er sich so lange nicht gemeldet hatte.

Nolan war seit etwa einem halben Jahr verwitwet. Seine Frau Zelma, die schon als junges Mädchen nur in Schwarz herumgelaufen war, hatte sich von den Klippen gestürzt und so ihrem Leben ein Ende bereitet.

Nolan sprach von einem Fluch, der über der Familie der Verblichenen lastete. Sie war die elfte Frau verteilt über vier Generationen, die aus Schwermut ihrem Leben ein Ende gesetzt hatte. Immer noch trauerte er um sie, ihre Zartheit und ihr ätherisches Wesen.

Jeremy erinnerte sich ungern an sie. Sie war ihm immer unheimlich gewesen. Leise wie ein Gespenst war sie stets plötzlich aufgetaucht, immer in Schwarz gekleidet und im Aussehen an Morticia Addams erinnernd. Leider hatte Zelma nichts von deren Humor, wohl aber die Schönheit, die bei Männern unweigerlich Beschützerinstinkte wachrief. Die mit schwarzem Kajal betonten grünen Augen waren von Wimpern umrahmt, die so lang wie die Beine einer Schnake waren. Sie wirkten in ihrem ansonsten blassen Gesicht wie unergründliche Seen. Jeremy wusste nie, was sich hinter Zelmas glatter Stirn abspielte. Das verunsicherte ihn.

Lebhaft in Erinnerung waren ihm ihre Begrüßungen. Ohne einen spürbaren Widerstand legte sie ihre zarte weiße Hand in seine. Es fühlte sich jedes Mal an, als ob er ein feuchtes Spültuch halten würde. Nach diesem körperlichen Kontakt musste er stets an sich halten, um sich nicht die Finger am Hosenbein abzuwischen.

Ansonsten wusste er von ihr nicht viel. Er freute sich nur mehr, wenn sie einen Raum verließ, als wenn sie ihn betrat.

Zelma schien gar keinen Einfluss auf ihre Umgebung nehmen zu wollen, und doch konzentrierte sich alles auf sie, sobald sie eintrat.

Der Umgang mit ihr hatte etwas von dem mit einer Schwerkranken – Gespräche wurden leiser geführt, Diskussionen sofort unterbrochen und man hüstelte kurz in die vorgehaltene Hand, um die verlegene Stimmung zu überbrücken, die zeitgleich mit ihr eintrat.

Nolan war es, der ihre Kleidung am Rand der Klippen fand. Sie selbst hatte sich dem Meer anvertraut, wie sein Cousin es nannte. Das war die Umschreibung, die sich in Zelmas Familie eingebürgert hatte, wenn sich wieder ein derartiges Unglück ereignete.

Es klang so harmlos, als ob Zelma – auf einem Felsen sitzend – dem Meer von irgendwelchen Sorgen, die sie plagten, erzählt hätte.

Für Jeremy waren diese Worte unpassend. Sie verbrämten die Tatsache, dass Zelma sich umgebracht hatte. Und sie entbanden die Menschen davon, über ihre Motive zu grübeln. Versuchte man es dennoch, führte das zwangsläufig zu einem gedanklichen Schulterzucken. Die Formulierung, dass sie sich dem Meer anvertraut hatte, verhinderte nämlich das Aufsteigen von Bildern vor dem inneren Auge, die zeigten, wie die Abscheulichkeit des Todes einen Körper deformierte und zerfraß, der leblos im Meer trieb.

Die Trauer um Zelma hatte tiefe Furchen in Nolans Gesicht gegraben. Sicherlich ging er täglich in die alte Familiengruft, in der sich der leere Sarg befand.

Nach der Beisetzung hatten sie ein kurzes Gespräch miteinander geführt. Jeremy erinnerte sich noch gut daran.

»Ich fühle mich schuldig. Ich wusste, wie sehr sie leidet. Es war mir aber nicht möglich, sie zu halten. Mit mehr Verständnis vielleicht oder einem anderen Arzt ...« Nolans Schultern zuckten unter den unterdrückten Schluchzern.

»Nolan, du hast sicher alles für sie getan.« Hilflos legte Jeremy eine Hand auf seinen Rücken.

»Genau das ist der Punkt. Das habe ich nicht!«, schrie er Jeremy an. Schleimiger Speichel spritzte diesem auf das Revers.

Er reichte Nolan ein Taschentuch mit der Bitte, sich zu beruhigen, aber der packte ihn am Schlafittchen und zog sein Gesicht dicht vor seines.

»Was hat sie so weit getrieben? Die Liebe zu mir? ... Nein!«, beantwortete er seine Frage selbst. »Etwas anderes stand zwischen uns.« Dann flüsterte er: »Jeremy, Schwermut ist ein hartes Los. Sie ist ansteckend. Es ist, als tauche ein Maler seinen Pinsel in Grau und ließe den Frühling und mit ihm alle Hoffnung verschwinden.«

Jeremy konnte ihm nichts entgegnen.

Die Hilflosigkeit Nolans Trauer gegenüber war es auch, die ihn seitdem von einem Kontakt abgehalten hatte.

Er schlug sich die Hand vor den Mund, während er Nolan anstarrte und versuchte, das sich ihm heute bietende Bild in Einklang zu bringen mit dem Mann, den er kannte wie einen Bruder.

Es waren nicht nur die Haare, die ungepflegt wirkten. Nolan sah aus wie jemand, der seinen Körper schon eine ganze Weile sträflich vernachlässigte.

Plötzlich nahm Jeremy auch hier den muffigen Geruch wahr, der ihm bereits draußen aufgefallen war. So hatte es damals in dem Bunker gerochen, in dem sie als Kinder gespielt hatten. Er lag ein paar Gehminuten entfernt an einem Bach im Wald, der noch zum Grundstück gehörte. Dunkel, feucht und kühl war es dort gewesen. Jeremy konnte sich gut daran erinnern, wie ängstlich sie ihn in jedem Frühjahr betraten.

Das Gruseln, das sie dort stets mit der Leichtigkeit von Spinnweben ergriff, war hier und jetzt jedoch zigmal stärker. Und es verwandelte sich in ein unterschwelliges Grauen.

Mit eingefallenen Wangen und rot geränderten Augen, die tief in den Höhlen lagen, blickte Nolan Jeremy an, bevor er in den schweren Ohrensessel sank und die Hände vor das Gesicht schlug.

Jeremy räusperte sich. Seine Kehle war ganz trocken. »Nolan!« Er trat an ihn heran und legte ihm eine Hand auf die Schulter. Sie zuckte unter verhaltenem Schluchzen. »Die Verbindung war schlecht, ich konnte kaum etwas verstehen. Dann war sie plötzlich komplett unterbrochen. Aber jetzt bin ich ja hier und alles wird gut, du wirst …«

»Nichts wird gut!«, fiel Nolan ihm ins Wort. »Gar nichts wird gut. Jetzt bist du auch ein Gefangener! Du kannst es noch nicht verstehen, aber ich werde – ja, ich muss – es dir zeigen. Es ist sowieso aussichtslos. Komm!« Er legte die Hände auf die ledernen Sessellehnen und erhob sich schwerfällig. Sein zerknittertes Hemd war verschwitzt, seine Hose viel zu weit. Er sah aus wie ein seniler, verwahrloster Mann und verströmte den scharfen Geruch von altem Schweiß.

Eine schwere Gemütserkrankung hatte ihn fest im Griff. Davon war Jeremy überzeugt. Die Trauer und die Einsamkeit schienen ihren Tribut zu fordern. Er würde ihn, sobald er seine Angelegenheiten geregelt hatte, hier herausholen und in eine gute Klinik bringen. Für den Moment würde er alles tun, was Nolan wollte, um ihn nicht unnötig aufzuregen, und einen günstigen Moment abwarten, um ihn nach dem Geld zu fragen. Dann würde er weitersehen.

5. Kapitel

Nolan schritt durch den Raum zur Fensterfront auf der Ostseite des Anwesens.

Erst jetzt registrierte Jeremy, dass die Fenster von innen komplett mit Latten vernagelt waren. Offensichtlich stammten die Bretter von der Deckenverkleidung. Holzspäne, uralter Staub und zerrissene Spinnweben lagen auf dem Teppich. Nur ein Astloch von der Größe einer Murmel erlaubte den Blick nach draußen.

Nolan trat näher an die Lattenkonstruktion. Er schloss ein Auge und blickte mit dem anderen durch das helle Oval. »Ich dachte es mir! Komm und sieh es dir selbst an!« Hastig drehte er sich zu Jeremy um, wobei er ihn drängend zu sich heranwinkte. »Schau, wie sie dasitzen und lauern. Jetzt sind es wieder sehr viele. Jeden Tag, jede Nacht warten sie. Sie warten und warten und warten.«

Jeremy schob sich irritiert an ihm vorbei. Zögernd beugte er sich vor.

Nolan griff ihm in den Nacken und presste seinen Kopf an das Holz, sodass es unsanft auf seiner Stirn scheuerte. »Schau und sag, ob du es auch siehst!«, forderte er und drückte Jeremy ungeduldig mit der anderen Hand auf den Rücken.

»Ich mach ja schon.« Jeremy entwand sich ihm, bevor er unwillig sein Gesicht dem Astloch näherte. Wie Nolan schloss

er ein Auge, um besser hindurchsehen zu können. Mit dem anderen fokussierte er das Unglaubliche, das er da draußen zu sehen bekam.
Unbewusst wich alle Muskelspannung aus seinem Gesicht. Sein Unterkiefer klappte herunter und er holte hörbar Luft. Sein Herz setzte für einen Schlag aus, und seine Pupille weitete sich ungläubig. Sein Gehirn schien nicht imstande zu begreifen, was es da sah.
Hunderte von schwarzen Vögeln hatten sich dort draußen niedergelassen. Der Rasen war dunkel, die Kopfweiden auf dieser Seite des Grundstücks sahen aus wie geteert und gefedert. So weit er schauen konnte, war alles schwarz. Es war unglaublich!
»Was ist das?«, fragte Jeremy und erkannte seine eigene Stimme, die sich zu einem fiependen Falsett zusammenzog, nicht wieder. Er drehte sich um, räusperte sich und wiederholte: »Was um alles in der Welt ist das?«
»Rabenkrähen! Lateinisch: corvus corone corone.« Nolan hielt den Blick starr auf Jeremy gerichtet. »Erst waren es nur einige wenige. Aber es werden immer mehr. Immer mehr.«
Jeremy schluckte und vernahm einen leisen Klicklaut in seiner Kehle. Dann spähte er wieder hinaus. Immer noch weigerte sich sein Verstand, dieses Bild zu akzeptieren. Er räusperte sich erneut und hüstelte. In der vorherrschenden Stille, die nur hier und da von einem leisen, entfernten Krächzen unterbrochen wurde, klang es wie Donnergrollen.
Sofort fuhren die Köpfe der Krähen herum, und – er wollte schwören, dass es so war – blickten zu ihm.
Als könnten sie ihn sehen, durchbohrten ihn ihre eisgrauen Blicke, und er hatte das Gefühl, dass sie auf sein Räuspern mit deutlicher Unruhe reagierten. Sie trippelten auf der Stelle, hoben die Flügel an, blickten aber weiterhin alle, tatsächlich

alle, in sein Auge, das schreckensstarr durch das splitterige Holz stierte.

Eine Gänsehaut jagte Jeremys Rücken hinab, und die Härchen auf seinen Armen richteten sich auf.

Plötzlich schoss eine Art schwarzer Ball auf ihn zu. Mit nach vorn gerichteten Krallen knallte einer der pechschwarzen Vögel gegen die Scheibe. Ein Riss bildete sich an der Aufprallstelle. Er vergrößerte sich knisternd, als die Krähe sich an der Fensterbank festklammerte, aggressiv krächzte und begann, auf die Scheibe einzuhacken.

Entsetzt zuckte Jeremys Kopf zurück. Abwehrend hob er die Hände und trat einen Schritt nach hinten.

Die Männer sahen den Vogel zwar nicht, hörten aber umso deutlicher sowohl die Krallen, die auf der steinernen Fensterbank kratzten, als auch die wütenden Schnabelhiebe, die die Fensterscheibe attackierten.

Nach einer Weile verstummte das Geräusch.

Hatte die Krähe ihren Platz verlassen und sich wieder zu den anderen gesellt? Oder lauerte sie darauf, dass sich ein ungeschütztes Auge in der Öffnung zeigte, um es dann sofort zu attackieren?

»Das war eine eindeutige Warnung an dich, mein Freund«, sagte Nolan.

»Glaubst du wirklich, die wissen, dass wir uns in diesem Raum befinden?«

»Selbstverständlich«, erwiderte Nolan. »Bereits seit vielen, vielen Wochen beobachten sie jeden meiner Schritte. Zu Beginn waren es nur sehr wenige, und ich habe mir nichts dabei gedacht. Als es immer mehr wurden, fühlte ich mich schon fast verfolgt, und ich wechselte alle paar Stunden den Raum, um mich vor ihnen zu verstecken, aber es ist hoffnungslos. Sie sind die reinsten Stalker! Seit gestern verschanze ich mich hier. Ich glaube, die ersten Tiere haben mich nur bespitzelt und meine Gewohnheiten ausspioniert.«

Entgeistert sah Jeremy ihn an. »Es sind Vögel, Nolan! Du sprichst von ihnen, als könnten sie denken oder sogar überlegt handeln.«

»Das tun sie ja!«, eiferte der sich. »Als Hobbyornithologe habe ich mich ausgiebig mit ihnen beschäftigt und mich, als ich noch Internet hatte, ausführlich über Raben und Krähen informiert. Sie gehören zur Gattung Corvus in der Familie der Rabenvögel, die man Corvidae nennt, um genau zu sein. Die kleineren Arten nennt man Krähen, die größeren Raben.« Jeremy schaute ihn begriffsstutzig an, aber Nolan fuhr unbeirrt fort: »Viele Rabenvögel zeigen im Vergleich zu anderen Vögeln überdurchschnittlich hohe kognitive Fähigkeiten und sind stark sozial organisiert. Du würdest staunen, wenn du wüsstest, wozu sie imstande sind. Als Kind spielte ich mit einem Jungen, dessen Dohle seinen Namen Jakob nachsprechen konnte. Manchmal können sie nicht nur Wörter, sondern ganze Sätze sprechen. Häufig begleiten Rabenkrähen Raubtiere, denen sie mit ihrer berüchtigten Frechheit in Gruppen die erlegte Beute abjagen.« In Erwartung einer erstaunten Reaktion von Jeremy legte er eine Kunstpause ein. Dass dieser keine Miene verzog, spornte Nolan zu weiteren Ausführungen an. »In Experimenten wurde Raben ein roter Punkt auf die Flügel geklebt. Nachdem sie sich im Spiegel sahen, versuchten sie den Punkt herunterzupicken. Sie erkennen sich selbst, was noch nicht einmal Katzen können. Diese Vögel erledigen alle gestellten Aufgaben mit Bravour, wobei sie nicht nur folgerichtig, sondern auch taktisch klug vorgehen. Sie sind nicht zu unterschätzen. Und mehr noch: Sie sind fähig, Aufgaben unter sich zu verteilen und sich – um es überspitzt auszudrücken – zu organisieren. Ist das nicht unglaublich? Und jetzt, lieber

Cousin, überlege, was das für uns in dieser Situation bedeutet!« Nach einer weiteren kleinen Pause, in der Nolan still vor sich hin nickte, als würde er seine kurze Rede im Kopf erneut durchgehen und auf Richtigkeit prüfen, fuhr er fort: »Am Anfang, als sie mir noch nicht auf die Pelle rückten, fand ich diese Verhaltensweisen interessant, sogar genial.« Nolan hielt erneut inne. Er atmete einmal tief durch, als koste ihn das Folgende große Überwindung. »Hast du den Vogel mit dem grauen Flügel gesehen? Er ist größer als die anderen. Es ist ein Kolkrabenmännchen. Meist findet man ihn in der ersten Reihe. Er ist der Anführer und ...« Er zögerte. »... eine Ausgeburt der Hölle.« Mit Daumen und Zeigefinger fasste er sich an die Nasenwurzel und schloss müde die Augen. »Aber, ich glaube, ich muss dir die Geschichte von Anfang an erzählen. Es wird eine Weile dauern, deshalb sollten wir uns setzen. Leider kann ich dir nur Wasser oder Sherry anbieten. Letzte Woche hab ich zwei Kisten aus dem Keller heraufgeschafft. Etwas Stärkeres habe ich derzeit nicht verfügbar.«

Tatsächlich sehnte Jeremy sich im Moment nach Stärkerem – nach einem doppelten oder gleich vierfachen Cognac zum Beispiel. Ihm war übel, kalt und seine Hände zitterten. So viele Fragen gingen ihm durch den Kopf. Er vermochte keine davon zu stellen.

Nolan bemerkte seine Verfassung, goss Sherry in zwei Wassergläser und sah ihn resigniert an.

Dankbar nahm Jeremy den Sherry entgegen. Er stürzte die bernsteinfarbene Flüssigkeit in einem Zug hinunter, ohne sich darum zu scheren, ob dry oder medium. Er erwartete ein Brennen auf der Zunge, spürte aber nur ein taubes Gefühl in der Mundhöhle.

Nolan füllte das Glas noch mal, und erneut stürzte Jeremy den Inhalt hinunter. Dann setzte er sich in einen der voluminösen, tiefen Ledersessel. Der Alkohol rauschte durch seine Adern in sein Gehirn und reduzierte so seine Empfindungen auf ein erträglicheres Maß.

Nolan setzte sich in den Sessel gegenüber. »Eigentlich wäre dies ein guter Zeitpunkt, den Kamin anzufachen und sich nett zu unterhalten. Allerdings musste ich den Kamin verbarrikadieren. Zu leicht könnte diese Brut sonst das Zimmer stürmen.« Er holte zitternd tief Luft. Es fiel ihm sichtlich schwer, einen Anfang zu finden. Nach einer weiteren Pause setzte er erneut an und sagte: »Mir scheint, jetzt ist es so weit, jemandem die Geschichte von Anfang an zu erzählen. Es fällt mir wirklich nicht leicht. Zudem kann ich mich schlecht konzentrieren, seit ich ständig um mein Leben bange. Es war ein schleichender Prozess – als ob sich ein Tumor ausbreitet, den man erst erkennt, wenn es zu spät ist. Dabei begann alles so harmlos.« Nolans Hände fuhren fahrig über die Sessellehne, bevor er nach dem Sherry griff. Die Unterarme auf die Knie gestützt und das Glas in den verkrampften Fingern haltend beugte er sich in Jeremys Richtung und sah seinen Cousin eindringlich an. Dann verschleierte sich sein Blick und er verlor sich in den Bildern, die vor seinem inneren Auge vorbeizogen.

6. Kapitel

»Weißt du, Jeremy, zuerst fiel mir ihre Gegenwart nicht einmal auf. Hier ein Klecks auf dem Autolack, da eine schwarze Feder unter meiner Schuhsohle. Als Nächstes sah ich im Garten eine Krähe, die mit einer Spitzmaus im Schnabel davonflog. Dann bemerkte ich während der morgendlichen Rasur drei dieser Vögel im Geäst der Ahornbäume vor dem Fenster. Als ich genauer hinschaute, fiel mir der Kolkrabe mit dem grauen Flügel auf. Er ist etwas größer als die anderen. Eigentlich sind Kolkraben ja Einzelgänger. Nur Krähen treten im Schwarm auf, gelegentlich auch Dohlen. Aber er ist eindeutig der Anführer. Immer ist er da, und immer ist er in der ersten Reihe.«

Jeremy schaute Nolan prüfend an. *Anführer? Ein Rabe als Kopf eines Krähenschwarms solchen Ausmaßes?* Ihm summte der Kopf.

»Zelma hatte schon immer eine ganz besondere Beziehung zu Rabenvögeln. Sie mochte sie. Nein, sie liebte sie. Stundenlang saß sie im Garten und sah ihnen zu. Eines Tages fing sie an sie zu malen. Erst mit Aquarellfarben, dann mit Kohle. Wie passend!« Höhnisch schnaubte Nolan durch die Nase. »Womit könnte man diese schwarze Brut auch besser darstellen. Um sie anzulocken und bei der Stange zu halten, begann sie sie zu füttern. Sie sprach mit ihnen sogar wie mit Menschen. Noch heute habe ich den Klang ihrer Stimme im Ohr: dunkel, samtig und liebevoll. Der erste Vogel, der sich auf ihre Staffelei setzte, war der Kolkrabe mit dem grauen Flügel. Stundenlang saß er da, ließ sich zeichnen und lauschte Zelmas Geplauder. Und Zelma malte ihn mit Inbrunst. Sie versuchte, jede Schattierung seines Gefieders einzufangen. ›*Du siehst nicht, was für ein besonderer Vogel er ist*‹, warf sie mir vor, wenn ich ihr Vorhaltungen machte. Es dauerte nicht lange, und die beiden waren enge Freunde. Bald hörte ich den Raben sogar nach ihr rufen. ›*Jelma*‹, krächzte er statt Zelma. Und sie? Schon früh morgens rief sie nach ihm, und sein ›*Jelma*‹ zauberte ein Lächeln auf ihr Gesicht, welches ich längst nicht mehr hervorzurufen vermochte. Dabei versuchte ich es wieder und wieder. Ich lud sie zum Essen ein, ins Theater oder in eine Revue. Immer versetzte sie mich. Nach einer Weile bestand ich darauf, dass sie mich begleitete, und ich ließ keine ihrer fadenscheinigen Ausreden gelten. Du weißt ja, wie tückisch ihre Krankheit war. Ich musste sie unter Leute, auf andere Gedanken bringen. Das war doch meine Pflicht als Ehemann, und, verflixt, ich liebte sie so sehr. Aber egal, wie viel Mühe ich mir gab, sie blieb einsilbig. Im Auto drehte sie den Kopf von mir weg. Meinen Berührungen wich sie aus. Für die Raben jedoch hatte sie immer Zeit. Mit ihnen redete sie wie ein Wasserfall.« Er neigte den Kopf zur Seite und fragte: »Hast du mal gesehen, wie es aussieht, wenn sich ein Rabe über ein Nest junger Vögel hermacht? Wie sie regelrecht platzen, wenn er ihnen die Bäuche aufschlitzt? Mit welcher offensichtlichen Gefühlskälte diese Biester sich auf kleine Kaninchen stürzen? Es ist mir unbegreiflich, warum Zelma sie so anziehend fand. Ich bekam eine Gänsehaut, wenn ich sie zusammensitzen sah. Sobald ich in ihre Nähe kam, hob der Rabe drohend die Flügel und reckte den Kopf in meine Richtung.

Sein Schnabel öffnete sich so, dass ich nur den roten Schlund sah. ›*Nolan, geh! Siehst du nicht, dass du ihn aufregst*‹, sagte Zelma stets unwirsch und wischte mit der Hand durch die Luft, als ob sie ein lästiges Insekt verscheuchen wollte. Schon bald schlossen sich weitere Krähenvögel an. Sie kamen ganz dicht, wenn Zelma sie mit verdorbenem Gehackten fütterte.« Er bemerkte Jeremys Stutzen und bekräftigte: »Ja, du hast richtig gehört.« Mit sachlicher Stimme fuhr er fort: »Sie kaufte gehacktes Fleisch vom Rind, Schwein oder Huhn und ließ es in der Küche liegen, bis es anfing zu verwesen. Bei Gehacktem geht das sehr schnell. Durch das Zerkleinern des Fleisches vergrößert sich die Oberfläche, auf der sich Keime ansiedeln können. Jede Hausfrau weiß, wie vorsichtig man sein muss, damit es nicht vorzeitig verdirbt.« Er machte eine kurze Pause, bevor er fortfuhr: »Zelma wusste das auch, und darüber hinaus, dass alle Vögel dieser Gattung den süßlichen Geruch und Geschmack der Verwesung lieben. Mich widerte er an. Der Geruch überdeckte und durchdrang alles in der Nähe der Küche. Schon auf dem Flur waberte er einem entgegen. Auch während unserer Mahlzeiten war der Gestank gegenwärtig. Ekelhaft! E...kel...haft!«, setzte Nolan jede Silbe betonend nach. »Jeder Apfel, jedes Handtuch, mein Rasierwasser ... Alles nahm diesen Geruch an. Ich schmeckte ihn auf der Zunge, wenn ich morgens aufwachte. Er klebte ständig in meinem Hals und ließ sich auch mit Mundwasser nicht vertreiben. Die Rabenvögel dankten es Zelma mit großem Zutrauen. Sobald sie in den Garten ging, kamen sie – sehr zu meinem Missfallen.« Ärgerlich zog er bei der Erinnerung die Augenbrauen zusammen. »Der abstoßende Gestank von verwesendem Fleisch war das eine. Aber es gab noch eine Sache, die mich gegen diese gefiederten Viecher aufbrachte. Wie du weißt, bin ich ein großer Freund von Singvögeln. Im Internet las ich, dass Rabenvögel ebenfalls zu dieser Unterordnung gehören. Man stelle sich das vor! Lächerlich, dieses Gekrächze auf eine Stufe mit dem Tirilieren einer Nachtigall stellen zu wollen. Nein, mein Faible gilt den kleineren Singvögeln wie den Amseln, Meisen, Rotkehlchen und so weiter.« Ein dünnes Lächeln kräuselte seine Lippen. Er holte mit den Armen aus, als er fortfuhr: »Es ist schön, sie im Winter zu füttern und im Frühling morgens von ihnen geweckt zu werden. Ihr buntes Gefieder, das sich einem erst durch das Fernglas erschließt, diese vollkommenen Momente, wenn sich ein Zaunkönig länger als ein paar Sekunden zeigt. Es war immer mein Wunsch, diese Augenblicke festzuhalten. Kurz und gut: Die kleinen Piepmätze bereichern mein Leben. Zelmas Hobby, ihre Zuneigung zu den Rabenvögeln, stand dazu in völligem Kontrast. Argwöhnisch beobachtete ich, wie die Krähen, Dohlen und Raben nur darauf warteten, an das Gelege eines kleinen Vogels zu gelangen, um alles, die Eier oder die Brut, zu verschlingen. Ein kleiner Grünfink, gerade als er am Futterhäuschen saß, zack, wurde er selber zum Frühstück. Gegriffen von drei krallenbewehrten Zehen wurde er in mundgerechte Happen zerrissen. Auf diese Weise verschwand auch das letzte bunte Federbündel aus meinem Garten. Was blieb, war das Gehackte, das Zelma nun, statt auf die Heizung, vor das offene Küchenfenster stellte. Zu mir sagte sie nur, dass ich mich jetzt nicht mehr über den Gestank beschweren könne. Das war natürlich Blödsinn. Es stank nach wie vor abscheulich, und der Geruch waberte in der heißen Mittagssonne durch alle Zimmer.« Nolan lehnte sich zurück und rieb sich müde über die Augen. »Aber du kanntest sie. Man konnte ihr nichts abschlagen. Immer war da die Angst, dass sie das tun würde, was sie ja schließlich dann auch tat.« Er machte abermals eine kurze Pause, bevor er sich straffte und fortfuhr: »Die Raben hatten also nun die Möglichkeit, sich ihre Zwischenmahlzeiten vom Fensterbrett zu holen. Ad libitum, wie man sagt. Manchmal legte Zelma noch ein gekochtes Ei dazu. ›*Sie haben es gern. Schau, wie ihre Federn glänzen*‹, sagte sie, wenn ich ihr diese eigenartige Marotte vorhielt. Zelma zähmte auf diese Weise übrigens einen weiteren Raben, der offensichtlich die Partnerin des Anführers war. Sie hatte einen Spalt in der oberen Schnabelhälfte, höchstwahrscheinlich eine alte Verletzung. Wer weiß, vielleicht wäre sie ohne Zelmas Fütterung verhungert. Was ich aber eigentlich sagen wollte: Die Vögel saßen jetzt ständig am Küchenfenster, und jedes Mal, wenn ich diesen Raum betrat, brachen sie in ärgerliches Gekrächze aus. Ich fühlte mich wie ein Störenfried in meinem eigenen Haus und begann deshalb, die Küche zu meiden. Für die Bediensteten schob ich es auf den Gestank. Insgeheim fürchtete ich mich. Mit ihren stechenden Augen verdeutlichten mir die schwarzen Biester, dass sie nicht meine Freunde waren. Sie duckten sich angriffslustig und hieben mit den Schnäbeln nach mir. Sie blieben aber auf der Fensterbank. An Zelmas Geburtstag musste ich in die Küche. Carolyn, das Hausmädchen, das Zelma schon von Kindesbeinen an betreut hatte, hatte mir mitgeteilt, dass der Abfluss verstopft sei. Schon an der Tür schlug mir der widerliche, altbekannte Geruch nach Verwesung entgegen, verstärkt durch den Gestank, den das verstopfte Abflussrohr und das im Spülstein dümpelnde Schmutzwasser mit sich brachten. Auf der Oberfläche schwammen neben Fettaugen die Reste unseres Mittagessens: kleine Blumenkohlröschen und ein paar matschige Pommes. Wie konnte Carolyn nur mit diesem Gestank um sich herum arbeiten? Als ich sie das fragte, erklärte sie mir – und jetzt kommt das Ding aus dem Tollhaus –, dass sie seit einer Operation ohne Riechvermögen sei. Ha, ha!« Amüsiert schlug sich Nolan mit der freien Hand auf ein Knie. Nach einem Schluck Sherry erzählte er: »Als ich mich über die Spüle beugte, sah ich einen schwarzen Schatten auf mich zustürzen. Das Rabenweibchen mit dem verletzten Schnabel hieb ihre Krallen in meine Kopfhaut und mit dem verkrüppelten Schnabel nach meiner Schläfe. Dann färbte sich auch schon alles Rot. Ich schlug mit der Hand nach ihr, sie traf mich an der Stirn. Ich fegte sie vom Kopf, sie nahm ein Stück meines Skalps mit. Hier, diese kahle Stelle stammt von dem Angriff. Da wächst kein Haar mehr. Plötzlich flammte in mir eine unbändige Wut auf. Das war der berühmte Tropfen, der das Fass zum Überlaufen brachte. Ich weiß noch, dass ich die Autoschlüssel vom Haken riss, ein Geschirrhandtuch auf die Wunde presste, zu *Haynes* fuhr und Rattengift kaufte. Ein für alle Mal wollte ich dem Ganzen ein Ende bereiten. Zu Hause ging ich direkt in die Küche, nahm den Teller mit dem Gehackten, eine Gabel und beides mit ins Schlafzimmer. Die Vorhänge zog ich zu. Ich weiß, es klingt absurd, aber ich wollte nicht, dass die Krähen mich beobachteten. Erst jetzt arbeitete ich die blauen Körner in ihren *Snack* ein, und ich empfand eine mörderische Freude dabei. Der Gestank interessierte mich in diesem Moment nicht. Ich wusste ja, dass ich ihn das letzte Mal ertragen musste. Danach stellte ich das Hackfleisch wieder auf seinen Platz und verzog mich nach oben. Mit dem Fernglas konnte ich beobachten, wie der Rabe mit dem grauen Flügel zum Küchenfenster flog. Er verschwand kurz aus meinem Blickfeld. Dann sah ich ihn wieder, als er zu seinem Weibchen – dem Raben mit dem Schnabelriss – flog und sie fütterte. Anscheinend konnte sie nicht mehr allein fressen. Ich lachte mich innerlich kaputt! Der Vogel nahm mir die Arbeit ab und brachte seine Partnerin um.« Jeremy runzelte zwar die Stirn, aber Nolan fuhr einfach fort: »Als ich am nächsten

Morgen das Haus verließ, sah ich den Raben mit dem gespaltenen Schnabel. Mit hängenden Flügeln stand er auf dem Pflaster in der Nähe meines Autos. Er schwankte. Seine Augen blickten trüb und glanzlos. Ab und an, wenn er umzufallen drohte, hob er einen Flügel und machte ein paar unsichere Schritte. Als er mich sah, raffte er sich auf, krächzte heiser und hieb mit seinem Schnabel in meine Richtung. Dabei verlor er das Gleichgewicht. Ich trat einen Schritt näher und stupste ihn mit der Schuhspitze. Erneut krächzte er mich an, dann schoss ich ihn weg, dass die Federn stoben. Noch einmal versuchte er, hochzukommen, aber es misslang. Es war urkomisch. Fast musste ich grinsen. Dann riss etwas Scharfes plötzlich meine Wange auf. Der Rabe mit dem grauen Flügel attackierte mich. Hier, die Narbe ist immer noch als helle Stelle erkennbar. Wie ein Schmiss aus einer schlagenden Verbindung, oder? Ich verjagte das Vieh und drückte ein Taschentuch darauf, das sich sofort mit Blut vollsog. Da entdeckte ich Zelma hinter dem oberen Flurfenster. Sie hatte alles mit angesehen. Anstatt herunterzukommen und mir beizustehen, schaute sie mich – mich! – voller Abscheu an. Es war der Tag nach ihrem Geburtstag, den wir wegen ihrer Depressionen nicht gefeiert hatten. Abends dann, nun ja, fand ich ihre Kleidung.«

7. Kapitel

»Du siehst müde aus. Und sicher bist du hungrig.« Erwartungsvoll sah Nolan Jeremy an.
»Nein danke, mir ist speiübel. Auf keinen Fall kann ich etwas essen. Kann es sein, dass man den Verwesungsgeruch immer noch wahrnehmen kann? Auf jeden Fall stinkt es nach den Vögeln. Im Bunker damals hat es auch so gerochen. Dort saßen brütende Dohlen im Luftabzug, erinnerst du dich? Damals mochte ich den Geruch gern. Er sagte mir: *Hey, du bist in* Trinale, *es ist Sommer, du hast Ferien.* Jetzt kommt es mir vor, als hinge der Gestank bereits in meiner Kleidung.« Angewidert verzog Jeremy das Gesicht und erhob sich aus dem Sessel. »Es ist unglaublich! Wenn ich nicht mit eigenen Augen sehen würde, dass die Vögel sich hier zu Hunderten versammeln, ich würde es nicht für möglich halten. Ob sie noch da sind?« Er ging zum Fenster und spähte durch das Astloch. Da es mittlerweile dämmerte, konnte er kaum etwas erkennen.
»Natürlich sind sie noch da, Jey! Und sie werden bleiben.«
»Wie meinst du das: Sie werden bleiben? Irgendwann werden sie doch verschwinden! Ich meine: Worauf warten sie? Was wollen sie?«
»Hast du es noch nicht verstanden? Sie wollen mich! Ich kann dir gar nicht sagen, wie leid es mir tut, dass du hierhergekommen bist. Jetzt steckst du auch ganz schön tief drin.«

Jeremy spürte, wie seine Ungläubigkeit langsam eine Panik heraufbeschwor. Wo hatte er sich da hineinmanövriert? Er konnte nicht fassen, in welch prekärer Situation sie sich befanden. Daher hoffte er, dass er gleich aufwachen würde oder dass Nolan mit einem lauten »Reingelegt!« in schallendes Gelächter ausbrach, wie er es als Kind gern getan hatte.

Nichts davon geschah.

 ## 8. Kapitel

»Wir müssen hier raus, so viel steht fest«, sagte Jeremy und knetete seine Finger. Unruhig und ziellos lief er in der Bibliothek hin und her wie ein Löwe mit Hospitalismus. Er konnte nicht untätig herumsitzen und kostbare Zeit vergeuden. Sie brauchten einen Plan, wie sie diesem Spuk ein Ende bereiten konnten. »Wir müssen überlegen, welche Möglichkeiten wir haben hier herauszukommen!«
»Was denkst du, mache ich seit Tagen? Jey, die Viecher lassen sich weder vertreiben noch einschüchtern.«
»Weshalb hast du niemanden angerufen?«
»Weil ich die Telefonrechnungen nicht bezahlt habe. Ich hab mich im letzten halben Jahr komplett vergraben. Es können zwar Anrufe herein, aber nicht heraus.«
»Und der Notruf? Der müsste doch funktionieren.«
Beschämt schloss Nolan die Augen. Da war es wieder, das altbekannte Gefühl, der kleine, dumme Nolan zu sein, obwohl Jeremy jünger war. Krampfhaft suchte er nach einer plausiblen Erklärung. Wie immer ging der Punkt aber an Jeremy. »Wie dumm von mir. Das hatte ich vergessen«, gestand er widerwillig ein.
Jeremy sah ihn an, dann zuckte er mit den Schultern. »Wie auch immer. Ich habe ja ein Handy. Ich informiere sofort die Polizei. Die wird alles Weitere veranlassen.«

»Du hast hier leider kein Netz, Jey!«
»Und wo finde ich ein Telefon?« Jeremy gab nicht auf.
»Oben im Salon, der jetzt von Krähen belagert ist. Die Apparate in der Küche und im Büro sind wohl kaputt. Ist bestimmt ein Werk der Vögel. Als du gestern anriefst, hat nur das Telefon im ersten Stock geklingelt. Ich stürmte also nach oben. Sofort folgten mir die drei Krähen, die sich in der Eingangshalle positioniert hatten und dort Wache schoben. Noch bevor ich die ersten Stufen erreicht hatte, attackierten sie mich. Sie versuchten sich in meinem Nacken festzukrallen, aber ich hatte mir vorsorglich einen dicken Wintermantel von der Garderobe geschnappt, einen Hut und einen Schirm. Ich muss ausgesehen haben wie eine fleischgewordene Vogelscheuche. Im Salon schaltete ich die Deckenlampe an. Die Fenster hatte ich bereits letzte Woche verrammelt. Kaum flammte das Licht auf, schossen die Krähen zu den Fenstern und begannen die Latten zu bearbeiten. Sie versuchten die Nägel herauszuziehen. Von außen war ein aufgeregtes Gekrächze zu hören. Es war, als ob sie sich miteinander verständigen würden. Zudem versetzte sie das Läuten des Telefons in schiere Raserei. Während ich mit dir sprach, krachten die ersten Latten herunter und zwei Scheiben zersplitterten. Eine Krähe blutete. Das hielt sie aber nicht auf. Sie machte sich über das Telefonkabel her und riss es aus der Wand. Als die ersten Vögel hereinflatterten, raste ich zur Tür, um so schnell wie möglich aus dem Zimmer zu kommen. Panisch knallte ich sie hinter mir zu. Vier Krähen schafften es dennoch, mir zu folgen. Die anderen polterten gegen die Tür. Seitdem versuchen sie, diese mit Gewalt aufzubrechen. Als ich dich hereinließ, konnte ich deutlich hören, dass sie gar nicht daran denken, aufzugeben. Sie sind immer noch dabei, die Tür zu bearbeiten. Es können gut hundert Vögel dort oben sein. Sie haben

den Raum annektiert. Wir können dort nicht mehr hinein. Und wozu auch? Das Telefon ist zerstört und die anderen funktionieren auch nicht mehr.«

9. Kapitel

Jeremy fühlte sich wie zerschlagen und rieb sich mit beiden Händen über das Gesicht. Dann straffte er die Schultern und versuchte seiner Stimme einen entschlossenen Klang zu geben. »Wir haben keine Zeit zu verlieren. Zeig mir deine Gewehre. Den Viechern werde ich Beine machen!«

»Was? Du denkst, du kannst sie abknallen? Einfach so? Hast du eine Vorstellung, wie viele das sind? Hunderte, vielleicht sogar Tausende, lauern da draußen. Für wie blöd hältst du mich? Glaubst du, ich hätte hier nur herumgesessen und mich in mein Schicksal gefügt? Ich habe bereits auf sie geschossen. Sie reagieren sofort. Für jeden abgeknallten Vogel kommen zehn neue. Du sitzt jetzt genauso in der Patsche wie ich.« *Und hier nutzen dir weder dein gutes Aussehen noch dein Einfallsreichtum*, hätte er fast hinzugefügt, verkniff es sich aber. »Was ich meine, ist, dass die Situation ziemlich aussichtslos ist.«

Jeremy ging in Gedanken versunken weiter hin und her. Plötzlich blieb er stehen und schaute Nolan an: »Es gibt doch einen Hintereingang!«

»Jey, hör auf so zu tun, als hätte ich hier nur dumm herumgesessen.« Nolan wurde langsam wütend. »Du kannst hier nicht einfach im Haus herumspazieren, Waffen zusammenklauben und uns freischießen wie Old Shatterhand. Genauso wenig kannst du hier sorglos durch das Haus schlendern wie ein desinteressierter Museumsbesucher, der nach dem Ausgang Ausschau hält. Wir sind hier einer realen Bedrohung ausgesetzt.«

Jeremy tat, als habe er ihn nicht gehört. »Nolan, sag mir einfach, wo die Flinten sind, okay?« Schon war er wieder in seinem Element als Darsteller in einem Schwarz-Weiß-Film, und er wünschte sich gerade nichts so sehr wie die Gestalt und die Stimme von John Wayne, der gegen die Indianer antritt.

Nolan biss sich auf die Unterlippe. Er kannte Jey viel zu gut, um nicht zu wissen, wie er tickte. Und dass Jey damit immer durchkam, wusste er ebenfalls. Nolan erinnerte sich an die vielen Situationen, in denen er, obwohl älter, trotzdem der Unterlegene war. Jey war immer die Nummer eins. Er hatte die Ideen, war hübscher und unterhaltsamer und konnte erst die Erwachsenen und später die Mädchen um den Finger wickeln. Resigniert gab Nolan nach. »Im geschnitzten Jagdschrank im Trophäenzimmer«, sagte er und fügte lahm hinzu: »Es ist aber gefährlich, dieses Zimmer zu verlassen. Denk an die vier Krähen, die sich irgendwo im Eingangsbereich aufhalten.«

»Das werden wir sehen! Ich lass mich doch nicht von ein paar Singvögeln ins Bockshorn jagen!«

»Überschätz dich nur nicht!«, warnte ihn Nolan, dachte aber mit einem leisen Anflug von Eifersucht, dass, wenn jemand sie herausholen könnte, es Jey war.

Als Erstes rissen sie die schweren, mit einem Blumenmuster versehenen Vorhänge von den Fenstern. Mit einem Getöse landeten sie auf dem Fußboden. Jeremy und Nolan befreiten sie von den Haken und Ösen und wickelten sich damit ein, um sich zu schützen, so gut sie konnten.

»Schirm dir die Augen irgendwie ab«, empfahl Nolan. »Die sind ihre Lieblingsziele. Weißt du, dass sie auch neugeborenen Lämmern mit Vorliebe die Augen herausfressen? Die verenden dann qualvoll. Rabenkrähen gibt es überall, außer in Südamerika.« Als Jeremy ihn stumm, aber genervt ansah, sagte Nolan: »Okay, schon verstanden, keine Vorträge! Wir haben anderes zu tun.«

Wie zwei verkleidete Marktweiber in einem alten Kinoklamauk traten sie in die Eingangshalle. Die Krähen saßen oben auf dem Lüster und beobachteten sie. Eine schüttelte die Federn und krächzte leise. Unverwandt starrten die Vögel auf die Männer, von denen lediglich die Finger zu sehen waren, die die Vorhänge zusammenhielten. Der dicke Stoff ließ sich kaum fassen, und Jeremy bemerkte bereits Schmerzen in der Unterarmmuskulatur.

Während sie geduckt durch die Halle schlichen, blieb es überraschend still. Die Dämmerung hüllte sie ein. In den letzten Sonnenstrahlen wirbelten Staubflöckchen. Der handgeknüpfte dicke Perser, der den größten Teil des Parkettbodens bedeckte, schluckte ihre Schritte. Ihre Schuhe sanken bis über die Sohlen ein. Bis zu seiner heutigen Ankunft war Jeremy hier noch nie mit Straßenschuhen gelaufen.

Gegenüber, in der Ecke der Halle, befand sich eine alte Truhe aus Eichenholz. Schmiedeeiserne Beschläge verliehen ihr das geheimnisvolle Aussehen einer Schatztruhe, eines Relikts aus einer vergangenen Zeit. Dessen ungeachtet enthielt sie weder Gold noch Edelsteine, sondern nur mittlerweile speckige Filzpantoffeln in allen erdenklichen Größen.

Nolans Blick fiel auf die Kiste und unwillkürlich auf Jeremy. Vor seinem geistigen Auge sah er den kleinen Cousin und sich selbst darin nach den passenden Pantoffeln wühlen, wobei sie beide bis zu den Hüften in die Truhe eintauchten. Nach allen möglichen Seiten flogen die zu großen Filzpantoffeln heraus. Am Ende lagen sie großzügig verteilt im Eingangsbereich. Nolan war damals mit seinen sieben Jahren einen Kopf größer als der vierjährige Jey, doch die Truhe schien noch viel größer gewesen zu sein. Beim Versteckspiel war sie für die Kleineren immer die erste Wahl.

Nolans Gedanken flogen blitzschnell in die Vergangenheit – hin zu einem schwülen Sommertag. Schon seit einer Weile warfen er und Jey lustlos Kiesel in einen Sandhaufen, der vom Bau der Pferdeboxen übrig geblieben war.

»Papierboot bauen?«, fragte Jey.

»Nö.« Im Sitzen tastete Nolan den Boden hinter sich nach weiteren Steinen ab. Er fand einen, der so groß und flach war wie sein Ohr und sicherlich mühelos viermal über den Bach flitschen würde, und schmiss ihn in den Sandhaufen.

»Küche gucken?«

Das war Jeys Lieblingsspiel und beinhaltete in der Küche nachzuschauen, was gekocht wurde, um vielleicht den einen oder anderen Happen zu bekommen.

»Ach nee«, sagte Nolan, obwohl er die Idee an sich nicht schlecht fand, nur stammte sie leider nicht von ihm.

»Bunker!«, rief Jey aufgeregt und sprang auf. »Zum Bunker und Huuuh machen!«

»Huuuh machen ist doch was für Babys«, sagte Nolan mit abgeklärter Stimme. Er wusste genau, was Jey meinte. Es war spannend, im Bunker zu sitzen und Geräusche zu machen. Das Echo war unheimlich, aber geradezu famos, und ihre Stimmen wurden von den Felsen, in die der Bunker geschlagen war, hin und her geworfen. Ohne Frage war die Idee klasse. Leider war sie wieder nicht von ihm.

Als wäre er ganz mit Werfen beschäftigt, zermarterte sich Nolan den Kopf. Ihm fiel nichts Besseres ein, als am Bach zu spielen oder Huuuh machen. Das hätte er aber um nichts in der Welt zugegeben.

Aus dem Augenwinkel sah er, dass Jey sich wieder setzte. Er hatte aufgehört Steine zu werfen, stattdessen begann er sie der Größe nach zu ordnen und zu stapeln. Auf diese Weise türmte er eine kleine Wand auf, aus der mit etwas Geduld eine Festung gebaut werden konnte. Nolan ärgerte sich, dass er nicht auf diese Idee gekommen war. Missmutig schielte er zu Jey. Dann sagte er mit Inbrunst und schnippte mit den Fingern, als wäre es das Nonplusultra: »Ich hab's! Wir spielen Verstecken.« Ältere Kinder hätten sich sicherlich die Hand vor den Mund gehalten und: ›*Nicht schon wieder!*‹, gegähnt, aber nicht Jey. Er ließ seine Wand Wand sein und schaute Nolan begeistert an. Dieser triumphierte innerlich und sagte sich, welch kleiner Wurm Jey doch war. Weshalb machten die Erwachsenen nur immer so ein Gewese um ihn?

»Fein, Nolan. Ich versteck mich und du zählst.« Damit sprang Jey auf, klopfte sich den Sand von den nackten Knien und flitzte ins Haus. Nolan lehnte sich an die Hauswand.

In der Erinnerung hörte er sich laut zählen: »… achtundzwanzig, neunundzwanzig, dreißig! Hinter mir, vor mir, neben mir, das gibt es nicht! Eins, zwei, drei! Ich komme!« Er drehte sich von der Mauer weg und schlich zum Jagdzimmer, um nachzusehen, ob Jeremys staksige Beine unter der Gardine hervorlugten. Jey bevorzugte die bestickten schweren Gobelinvorhänge dort als Versteck oder die Truhe mit den Filzpantoffeln in der Eingangshalle. Im Winter waren die aufgehängten Daunendecken in der oberen Etage sein liebstes Versteck.

Hinter der Gardine war er diesmal nicht.

Nolan näherte sich auf Zehenspitzen der Eichenholzkiste. Der dicke Teppich schluckte seine Schritte. Dann hievte er den schweren Sack mit dem Hundefutter darauf, der stets danebenstand. Es kribbelte in seinem Bauch, als er sich gespannt fragte, ob Jey dort jemals wieder herauskommen würde. Nolan muckste sich nicht und horchte. Ganz still war es im Haus. Er hörte nur seinen Atem. Es dauerte eine ganze Weile, bis Jey anfing zu rufen. »Nolan, hier bin ich! In der Kiste. Such mal hier!« Seine Stimme war voller Spannung und Zuversicht. Dann polterte es leise, bevor Jey wieder rief: »Nolan, hier bin ich. Guck doch mal in die Pantoffelkiste!« Und dann: »Nolan?« Nach einer Weile wurde sein Ton ängstlicher und fordernder. »Nolan!« Wieder rumorte es. »Ich krieg den Deckel nicht auf«, rief er mit seiner feinen Jungenstimme. Nach und nach wurde sie lauter und panischer. Die kleinen Hände und Füße schlugen gegen das Holz. Es klang, als poltere eine Kokosnuss eine Holztreppe herab. Dann kippte die Stimme in ein hohes Falsett.

Nolan hielt sich die Hand vor den Mund, um nicht loszuprusten. Ganz hoch quiekte Jey – wie eines der Ferkel von Bauer James, wenn es geimpft wurde.

Unvermittelt trat eine Pause ein. Der Deckel wurde zwei Zentimeter gelupft, fiel aber unversehens wieder zu.

Nolan horchte angestrengt. Es war nichts mehr zu hören, außer dem Stimmengewirr der Erwachsenen, die im Garten Kaffee tranken. Ein letztes Schluchzen aus der Kiste drang an sein Ohr, dann nichts mehr.

Nach einer Weile fragte sich Nolan, ob Jey genügend Luft bekäme, und ihm wurde angst und bange. Bilder stiegen in ihm auf, in denen Jey seinen Hals umklammerte, Würgelaute von sich gab, während er nach Luft rang und blau anlief, seine Augen sich aufblähten und hervorquollen wie ein Ei aus einem Huhn.

Dann sah Nolan ein anderes Bild und erschrak bis ins Mark. Er sah sich selbst mit zuckenden Gliedern auf dem elektrischen Stuhl. Machte man das mit Mörderkindern? Hoffentlich nicht. Wurden sie etwa aufgehängt oder gar ersäuft, wie Jackson, der Einsiedler, es mit kleinen Kätzchen machte?

Nolan kannte kein Kind, das schon einmal jemanden ermordet hatte. Ob erhängt oder ersäuft, dass er keines kannte, war ihm Beweis genug, dass sie nicht überlebten.

Er befand sich in einer Zwickmühle. Was, wenn er die Kiste aufmachte und Jey war nicht mehr am Leben? Dann war auch er so gut wie tot.

Und wenn Jey noch lebte? Wenn er jetzt, in diesem Augenblick, nach Luft rang und den lieben Gott anflehte, ihn in Popeye zu verwandeln, damit er mit der Hilfe von Spinat die Kiste sprengen könnte?

Nur wenn er wirklich lebend aus der Kiste käme, würde er herauskrakeelen, dass Nolan ihn nicht herausgeholt hätte.

Statt Jey zu befreien, rannte er deshalb weg, versteckte sich im Bunker, kauerte sich nieder und hielt sich die Ohren zu, in denen es schrie: *Huuuh machen, Nolan, huuuh machen!*

Erst abends, als die Dämmerung einsetzte und er hungrig wurde, schlich er zurück nach *Trinale*.

Vor dem Haupteingang stand eine Traube Erwachsener, darunter seine und Jeys Eltern, die ihm auf halbem Weg entgegenkamen. Sie überhäuften ihn mit Vorwürfen, weil sie sie seit Stunden suchten.

In Nolans Augen dauerte es eine geraume Zeit, ehe die Erwachsenen registrierten, dass nur er vor ihnen stand.

Wo denn um Himmels willen Jeremy sei?

Kein Wort kam über Nolans Lippen.

Eine Ewigkeit schien zu vergehen, bis man den leblos wirkenden Körper fand.

Jeremys Kopf fiel nach hinten, als sein Vater ihn aus der Truhe hob. Nolan, der sich in die Bibliothek verzogen hatte, lugte durch den Türspalt. Er sah, wie der Onkel tränenüberströmt seinen blassen Jungen an sich drückte, und biss sich auf die Unterlippe. Über seine Wangen rannen Tränen der Angst. Und wieder tauchten die Schreckensbilder vor ihm auf. Diesmal aber mit unheilverkündender Schärfe. *Sie machen mich tot! Sie machen mich tot, weil ich Jey ermordet habe!*, schoss es ihm in endlosem Refrain durch den Kopf.

Dann wachte Jey auf und er lächelte. »Hab so schön geschlafen!«

Alle verdächtigten einen der Hundeführer, den Futtersack auf die Truhe gestellt zu haben. Keiner erfuhr die Wahrheit. Bis heute war es die Geschichte mit dem Titel: *Als Jey in der Kiste eingeschlafen war.*

Seit jenem Moment war Nolan aber klar, wie gern er Jey hatte, trotz dieser bohrenden Eifersucht, die ihn bis ins Erwachsenenleben begleiten sollte. Dem Wechselbad seiner Gefühle zwischen Neid und Schuld würde er sein Leben lang nicht entkommen.

Der Vorhang drohte auseinanderzufallen. Nolan fasste nach und fragte sich, wie lange er den dicken Stoff noch zusammenhalten könnte. Seine Unterarme schmerzten und er war sich sicher, dass eine höhere Macht ihre Hände im Spiel hatte, weil Jeremy ihn ausgerechnet gestern angerufen hatte – nach einem halben Jahr ohne jeglichen Kontakt!

Zusammen konnten sie sich vielleicht tatsächlich aus dieser Misere befreien.

10. Kapitel

Während sie den Eingangsbereich durchquerten, fasste Nolan Jeremy am Arm. »Vielleicht ist es sicherer, wenn ich in der Bibliothek bleibe, damit die Krähen sie nicht stürmen.«

Sofort schoss einer der schwarzen Vögel herab und hackte in seinen Handrücken, sodass die Haut auseinanderklaffte.

»Pass auf!«, schrie Jeremy, und Nolan beeilte sich, seine Hand wieder unter dem schweren Vorhang verschwinden zu lassen. »Ich brauch dich hier. Ich kenne mich mit deinen Waffen nicht aus!«

Die Tür zum Westflügel führte in den Flur, an dem unter anderem das Jagdzimmer lag. Was sie dort vielleicht erwartete, mochte Jeremy sich nicht vorstellen.

Überraschenderweise zeigte sich kein Vogel in dem langen Korridor. Links von ihnen erhob sich eine zweiflügelige Eichentür, die in den Scharnieren knarrte, als Nolan sie öffnete.

»Hier drin war ich nur ein Mal, seit ... Du weißt schon.«

Das Jagdzimmer hatte die Größe eines Saales. Der Parkettboden lag unter einer dicken Schicht Staub, der bei jedem Schritt aufwirbelte und zum Husten reizte. Hier drang das Tageslicht ungehindert ein, aber offensichtlich hatten die Vögel den Raum noch nicht besetzt.

Die Kassettendecke wurde in der Mitte von einem immensen Kronleuchter beherrscht, dessen ehemals funkelnde Glaskristalle blind und stumpf herabhingen. Die Wände waren mit einer dunkelroten Seidentapete verkleidet, die an einigen Stellen ausgeblichen war. Überall hingen Jagdtrophäen. Geweihe von Zwölfendern, Rehgehörne und Wildschweinköpfe mit räudigem Fell und verstaubten Glasaugen prangten an den Wänden. Andere erinnerten an die Zeit, als die Jagd sich auf die afrikanischen Kolonien ausdehnte. Gekreuzte Elefantenstoßzähne, ein Löwenfell und der Kopf einer anmutigen Gazelle hingen über dem mannshohen Kamin. Eine schwere dunkelgrüne Sitzgruppe mit Sofa rundete das Bild ab.

Der Waffenschrank nahm fast die gesamte Rückwand ein. Er hatte die Größe eines begehbaren Kleiderschranks. Gut und gern fünfzig verschiedene Schusswaffen fanden hier Platz. Jeremy, der selbst kein Waffenkenner war, erkannte trotzdem den Wert dieser Sammlung. Der Geruch nach Waffenöl und Schießpulver erfüllte die Luft, und er atmete tief ein, froh, etwas anderes zu riechen als die Vögel.

Während er sich weiter umsah, begriff er, warum Nolan diesen Raum mied. Es waren weder die Trophäen noch die Waffen, die ihn davon abgehalten hatten, das Zimmer wieder zu betreten. Es waren die Bilder. Überall verteilt standen sie auf Staffeleien, lehnten an der Wand oder hingen unter den Geweihen und präparierten Tierköpfen. Sie stammten von Zelma. Einige waren mit Laken verhüllt.

Waren es anfangs Landschaften Cornwalls, die Zelma in ihren Bann gezogen hatten und die sie mit leuchtenden Aquarellfarben teils gemalt, teils getupft hatte, wurden ihre Malereien im Laufe der Zeit immer düsterer.

Mit einer ausholenden Geste wies Nolan auf die Gemälde. »Sieh mal, dieses dort oben. Wie lebendig das Wasser herunterrauscht und das Moos leuchten lässt. Ist das nicht hübsch? Oder hier, das Rosenarrangement! Sie kannte sich so gut mit den verschiedenen Sorten aus. Dann malte sie mehr und mehr Tiere, bis sie schließlich bei den Vögeln landete. Damit war mit den Aquarellen Schluss. Hier, das ist eines ihrer letzten Bilder. Man erkennt die Melancholie, die beginnende Wahnhaftigkeit in jedem Strich. Kein Lichtblick, kein Anzeichen von Fröhlichkeit findet sich in diesem Gemälde. Es ging ihr sehr schlecht.«

Jeremy deutete auf die verhüllten Staffeleien. »Und die Bilder unter den Tüchern?«

»Die zeigen alle den Raben mit dem grauen Flügel. Mal ist er wie ein König auf seinem Thron, umringt von Dohlen, dargestellt, mal in bedrückter Haltung um den mit dem verkrüppelten Schnabel trauernd. Dabei starrt er mich unentwegt an. Immer! Egal, wo ich mich im Zimmer aufhalte. Das ist eine bestimmte Maltechnik, ich weiß, aber ich habe den Eindruck, als würden sich sogar die Halsfedern anders legen.« Er sah Jeremy kurz an. »Jetzt hältst du mich für verrückt, nicht wahr?«

Jeremy antwortete nicht, sondern sah sich die einzelnen Bilder an. Er liebte Kunst. Nein, es war anders, er liebte es, zu sehen. Das war es. Das Sehen war sein Lieblingssinn. Sonnenstrahlen auf dem tosenden Meer betrachten zu können, den unendlichen Horizont, an dem sich das Wasser zu kräuseln schien, Gräser in allen Schattierungen, Fell von Tieren oder Tau in Spinnennetzen …, das war einfach wundervoll. Manchmal versank er so in einen Anblick, dass er alles andere vergaß. Und aus den Bildern, die er hier sah, sprach so viel. In ihnen steckte eine ganze Welt von Gefühlen.

»Ich würde sagen, wir nehmen die Waffe mit dem größten Magazin«, unterbrach Nolan seine Gedanken und reichte Jeremy eine Handfeuerwaffe. »Hier hast du eine Glock. Sie fasst siebzehn Patronen. Du brauchst nicht jedes Mal entsichern und kannst so im Notfall durchfeuern. Dann nehmen wir noch die Schrotflinte mit. Sie streut schön weit. Damit können wir mit nur einem Schuss viele Vögel, wenn zwar nicht töten, so doch verletzen. Das Jagdmesser, die Munition ...« Nolan kramte im Jagdschrank herum, als Jeremys Blick auf die Fenster fiel.

Was er sah, erschütterte ihn bis ins Mark. Vor dem mittleren Fenster saß der Rabe mit dem grauen Flügel erhaben und still. Er beobachtete jeden Handgriff, den Nolan tat. Flankiert wurde er von einer großen Anzahl von Krähen. Diese hatten die Köpfe tief zwischen die Flügel gezogen. Sie sahen aus wie Torpedos, die darauf warteten, gezündet zu werden. Eine falsche Bewegung von Nolan oder Jeremy und die Vögel würden den Raum stürmen. Daran gab es nicht den geringsten Zweifel.

»Kennen sie Waffen?«, fragte Jeremy und kam sich gleichzeitig töricht vor.

»Ich habe schon auf sie geschossen. Sie lernen schnell. Ja, ich denke schon«, erwiderte Nolan. Er bewegte sich plötzlich sehr vorsichtig und langsam. »Wir wickeln am besten alles in die bunte Patchworkdecke da vorn und sehen zu, dass wir wieder in die Bibliothek kommen. Hier sind wir völlig ungeschützt. Ich vermute zwar, sie respektieren diesen Raum als Zelmas Zimmer, vielleicht ist er ihnen in irgendeiner Form heilig, aber ich möchte dafür nicht die Hand ins Feuer legen.«

Das Päckchen war sehr schwer. Sie hatten ihre liebe Not, es in die Bibliothek zu schleifen und sich gleichzeitig mit den Vorhängen zu schützen.

Als Nolans Überwurf verrutschte, schoss ein Vogel blitzschnell auf ihn zu und verletzte ihn am Hals. Der Kratzer blutete so stark, dass sein Hemdkragen durchweicht war, als sie die Bibliothek erreichten.

Dort besah sich Jeremy die Verletzungen an Nolans Hals und seiner Hand und sagte: »Wir brauchen Verbandszeug und Wasser, sonst wird sich das in Nullkommanichts entzünden.« Er deutete auf einen blauen zehn Liter Kanister mit der Aufschrift: *Aral*. »Der ist schon fast leer.«

Nolan griff nach dem Taschentuch, das Jeremy ihm reichte, und drückte es sich auf die Halswunde. Kleine Federn säumten dort die eingerissene Haut und er fragte sich, wie viele Keime genau jetzt damit begannen, sich zu teilen, um eine eitrige Entzündung hervorzurufen, die sich gewaschen hätte.

Mittlerweile war es fast dunkel, und Jeremys Darm fühlte sich an, als hätte sich dort ein Wollknäuel festgesetzt, das nach und nach aufquoll und immer mehr Platz forderte.

»Aber erst gehe ich auf die Toilette. Danach überlegen wir, was zu tun ist. Komm!«

»Geh nur, ich gebe dir von hier aus Feuerschutz«, erwiderte Nolan.

»Wir dürfen uns nicht trennen! Allein ist es viel schwieriger, die Vögel in Schach zu halten. Wir nehmen die Waffen mit und knallen zumindest die Krähen in der Eingangshalle ab. Dann füllen wir auch gleich den Wasserkanister auf.«

Nolan wollte nicht wieder da raus – dahin, wo die Krähen ihm auflauerten. Allein der Gedanke schnürte ihm die Kehle zu. Außerdem hatten die Vögel Jeremy noch nicht angegriffen. Er wies auf seine Handverletzung und seinen Hals, von dem das Blut in den Hemdkragen lief. »Solltest du nicht zuerst Verbandszeug für mich holen?«, fragte er.

Aber Jeremy sagte: »Ohne dich? Bist du verrückt? Wenn die Vögel hier reinkommen, bist du geliefert. Wir bleiben zusammen, keine Widerrede!«

Schon wieder hat Jey gewonnen, dachte Nolan, *und ich bin der Dumme.* In seinem Mund breitete sich ein bitterer Geschmack aus. Mit verkniffenem Gesichtsausdruck reichte Nolan Jeremy die Schrotflinte und das Jagdmesser. Er selbst steckte die Pistole ein, nahm den Plastikkanister und stopfte sich die Taschen voll Munition.

Jeremy tat es ihm gleich, während er überlegte, ob sie wohl erneut heil auf die andere Seite des Hauses kommen würden.

In diesem Moment fühlte er sich hilflos wie ein Männchen in einem Computerspiel, das Monstern ausweichen oder auf Sprungfedern hüpfen musste, um das nächste Level zu erreichen.

Leider hatte Jeremy aber nur ein Leben, keine drei.

11. Kapitel

Nachdem sie sich wieder in die Vorhänge gewickelt hatten, öffnete Jeremy die Tür zur Eingangshalle einen Spalt. »Bist du bereit, Nolan?« Er blickte über seine Schulter zurück.

Nolan hob einen Daumen in die Luft, kam sich dabei aber reichlich albern vor.

Dann traten sie in die Halle. Einzig der Kronleuchter spendete ihnen etwas mattes Licht.

Jeremys Blick fiel auf das große Gemälde an der Wand über der Empore. Grotesk und dämonisch eröffnete es dem Betrachter die Welt des Wahnsinns. Es war von Hieronymus Bosch. Jeremy erinnerte sich, dass er sich als Kind davor gefürchtet hatte. Jeder Schritt auf der Treppe nach oben glich damals einer Mutprobe, denn er war sich sicher, dass das Bild, sobald man ihm den Rücken kehrte, zum Leben erwachte wie in seinen Träumen, in denen er das irre Gekreische der Wahnsinnigen und das Flüstern der Dämonen darauf hörte. Sogar das Lauschen selbst bekam einen Klang. Es glich einem tiefen Brummen.

Jetzt hielt sich am unteren Rahmen eine Dohle fest, bereit sofort jeden anzugreifen, der ihre Aufmerksamkeit erregte. Rechts davon hing eine große, aber unscheinbare Federzeichnung des gleichen Künstlers. Der Titel war aufgedruckt: *Das Feld hat Augen, der Wald hat Ohren.* Es zeigte einen Acker, in dem Augen steckten. Die Bäume dahinter horchten mit aufgestellten Ohren. Vögel saßen auf ihren Ästen.

War Jeremy dieses Bild als Kind harmlos erschienen, verursachte es ihm jetzt Übelkeit. »Den hartgesottensten Kämpfer würden diese Bilder in eine Paranoia stoßen«, zischte er. »Wie verrückt muss man sein, sich mit solchen Bildern zu umgeben? Anzünden sollte man sie! Kein Wunder, dass ihr alle hier nach und nach verrückt werdet. Sogar die Vögel!«

Nolans Blick huschte durch die Halle, sodass das Weiß in seinen Augen zu erkennen war. Seine Stirn glänzte vom Schweiß. »Halt um Gottes willen den Mund und konzentrier dich«, raunte er Jeremy zu.

Obwohl er sehr leise gesprochen hatte, gingen die Vögel, die sich offensichtlich strategisch in der Halle verteilt hatten, plötzlich in Angriffsstellung.

Unvermittelt schoss einer auf Nolan zu. Der ließ den Kanister fallen, schlug nach dem Tier, verfehlte es aber, und die spitzen Krallen hieben in seine Wangenknochen. Sofort liefen ihm blutige Fäden über das Gesicht.

Nolan fasste den Vogel an beiden Beinen und schleuderte ihn von sich. Der jedoch breitete die Flügel aus, fing sich ab, nahm den Schwung mit, drehte um und flog erneut direkt auf ihn zu.

Jeremy hatte zwar die Schrotflinte in der Hand, war aber völlig ungeübt im Umgang mit Waffen. Der Überwurf nahm ihm zudem die Sicht und schränkte seine Bewegungen ein. Sie hätten die Stoffbahnen mit Gürteln befestigen sollen!

Vielleicht sollten sie auch wieder zurück in die Bibliothek gehen und den Plan noch mal genau durchdenken. Nach wie vor spürte er aber diesen Drang, die Toilette aufsuchen zu müssen. So fuchtelte er mit der Flinte durch die Luft, zielstrebig die Tür zum Westflügel anpeilend, die raus aus dieser

Hölle führte. Dabei übersah er die Teppichkante und strauchelte. Reflexartig ruderte er mit den Armen, bemüht sein Gleichgewicht zu halten. Es misslang und er knallte rücklings auf den Boden.

Aus dem Schrotgewehr löste sich zeitgleich mit seinem Aufprall ein Schuss. Jeremy sah das Mündungsfeuer aus dem Lauf aufflammen. Der Knall war zwar ohrenbetäubend, dennoch vernahm er eine Art Fiepen und dann einen hellen Ton, der immer lauter wurde, bis etwas gegen die Scheibe krachte.

Das riesengroße Fenster zerbarst und eine pechschwarze Federwolke drang in die Halle.

Begleitet von einem markerschütternden, wütenden Gekreische schossen die Vögel auf Jeremy zu. Wie auf Kommando griffen die Krähen mit ihren Klauen nach der Waffe und entrissen sie ihm.

Jeremy schaute sich hektisch nach Nolan um. Der lag mitten in der Eingangshalle am Boden. Seine Hände zuckten durch die Luft, während er versuchte, die Vögel zu packen. Neben ihm sah Jeremy einige Krähen mit gebrochenen Gliedmaßen. Sogar mit den Zähnen setzte sich Nolan zur Wehr. Er zerbiss ihnen, sobald es ihm gelang, das Rückgrat. Zudem hieb er in blinder Wut auf die Angreifer ein.

»Nolan, wir müssen hier weg!«, schrie Jeremy. Erst jetzt bemerkte er die Blutlache, die sich auf und unter Nolans Oberschenkel bildete. Ohne darüber nachzudenken, griff Jeremy nach dessen Arm und schleifte ihn hinter sich her – umgeben von dem hysterischen Gekreische der Vögel und seinem eigenen Wimmern.

Nolan schoss indessen mit seiner Pistole blindwütig in die Luft. Dabei traf er die Aufhängung des Kronleuchters, der prompt von der Decke fiel. Klirrend knallten die Glaskristalle aufeinander, als er auf dem weichen Teppich landete.

Irritiert verharrte eine Vielzahl der Vögel, sodass Jeremy genug Zeit hatte, mit Nolan die Tür zum Westflügel zu passieren. Mit einem Tritt knallte er sie hinter sich zu und sank neben Nolan auf die Knie.

»Gut gemacht, Kumpel!«, flüsterte er heiser, war sich jedoch nicht sicher, ob er Nolan oder eher sich selbst meinte.

Vorerst schienen sie hier in Sicherheit, aber schon hörten sie die Schnabelhiebe aufgebrachter Vögel an der Eichentür, die bereits in ihren Angeln zitterte.

12. Kapitel

Der Westflügel war frisch renoviert, der Parkettboden geschliffen und versiegelt. Ein dicker Läufer, passend zu dem Teppich in der Eingangshalle, dämmte die Schritte. Es roch nach Kunststoffkleber und Tapetenkleister. Die halbhoch vertäfelten Wände waren ebenfalls abgebeizt, ausgebessert und neu lackiert worden. Darüber verkleideten flaschengrüne Tapeten die Wände.

Auch hier hingen ausgestopfte Tiere. Ein Seeadler, ein Bussard, ein Habicht und ein Falke, aber auch kleinere Vögel wie ein Eichelhäher, eine Drossel und sogar zwei Zaunkönige zierten die Wände. Über der Tür zum Bad waren zwei Schwalben so drapiert, als flögen sie aufeinander zu. Die eine trug einen kleinen Ast im Schnabel, als würden sie sich ein Nest bauen, in dem sie aus niemals gelegten Eiern niemals gezeugte Jungen aufziehen wollten.

Der Flur war breit und schien endlos lang. An seinem Ende hatte Nolan vor einigen Jahren einen Aufzug installiert, mit dem man in die oberen Etagen gelangte. Aus Rücksicht auf Zelma, die Angst hatte, steckenzubleiben, verfügte er zusätzlich über eine Notstromversorgung. Im ersten Stock lagen die Schlafzimmer der Bewohner, die Räume im zweiten Stock wurden nicht mehr bewohnt. Hier im Erdgeschoss befand sich auf der linken Seite das Jagdzimmer. Direkt dahinter lag ein großes Bad, in das Nolan nachträglich eine Sauna installiert hatte. Gegenüber dem Jagdzimmer war das Büro. Der Computer nebst Drucker und die Aktenordner wirkten deplatziert zwischen den antiken Möbeln. Hinter dem Büro lud der *Blaue Salon* zum Ausruhen ein. Ein elektrischer Kamin hatte erst vor Kurzem den mannshohen Schacht abgelöst, der eine ganze Wagenladung Holz benötigt hatte, um diesen Raum zu wärmen.

Der prächtigste Raum lag am Ende des Flurs. Durch eine Glastür betrat man hier den Wintergarten, die Orangerie. Nolan hatte hier ein Kunstwerk geschaffen, indem er Panoramafenster in die dicken Mauern setzen ließ, die einen fantastischen Blick auf die Landschaft und den Himmel boten.

Der Ostflügel war spiegelgleich zum Westflügel erbaut worden. An der linken Seite des Flurs, gegenüber der Bibliothek, befand sich der Speisesaal, an dessen langem Tisch fünfzig Personen dinieren konnten. Aber die Zeit der großen Feste war längst vorbei. Hinter dem Speisesaal gelangte man in das Damenzimmer. Hier hielten sich die Frauen zum Plaudern auf, während die Männer im gegenüberliegenden Herrenzimmer kubanische Zigarren rauchten und sich an schottischem Whisky labten. Das Herrenzimmer grenzte direkt an die Bibliothek. Schloss im Westflügel der Wintergarten den langen Flur ab, war es hier die Küche. Zur Aufbewahrung von Vorräten war eine Speisekammer abgeteilt, in der stets Schinken und Würste von der Decke hingen, als Jeremy noch ein Kind gewesen war.

Erst jetzt fiel Jeremy auf, dass sie allein zu sein schienen. Das war ungewöhnlich. Sicher war schon zu Lebzeiten Zelmas das Personal beständig abgebaut worden. *Trinale* warf mit dem Wald und der Landwirtschaft einfach nicht mehr so viel ab wie noch vor zwanzig Jahren. Außerdem waren Modernisierungen und Renovierungen nötig gewesen. War aber wirklich überhaupt niemand der Bediensteten, die zum Teil in dritter Generation hier lebten und arbeiteten, mehr da? Er würde Nolan gleich danach fragen. Zuerst wollte er sich im Bad dem Wohlgefühl der Erleichterung hingeben.

Vorsichtig hob er die bestickte weiße Gardine an, die das Badezimmerfenster dekorierte, welches für Licht und Luft im Raum sorgte.
    Wussten die Rabenvögel schon, dass er hier war?
    Vorsorglich hatte Jeremy kein Licht gemacht. Er wollte den Mistviechern ihr Versteck auf keinen Fall verraten. Als er sah, dass die Ahornbäume, die an dieser Seite standen, schwarz von den Tieren waren, wurde Jeremys Hoffnung schlagartig im Keim erstickt, unbehelligt im Schutz der Dunkelheit an sein Auto zu kommen, in dem sein Handy lag. Nolan sagte zwar, dass er keinen Empfang haben würde, doch wusste Jeremy, dass dieser überhaupt kein Handy besaß. Außerdem hatte sich Nolan seit Zelmas Tod so weit zurückgezogen, dass er auf sämtliche Kontakte zur Außenwelt verzichtete. *Ein verhängnisvoller Entschluss*, dachte Jeremy verbittert.
    In dem Moment fiel ihm die Federzeichnung im Foyer wieder ein. *Das Feld hat Augen, der Wald hat Ohren.* Schaudernd blickte er erneut zu den Bäumen. Viele Vögel hatten bereits ihre Köpfe unter die Flügel gesteckt, aber ihre Posten nicht verlassen. Er ließ die Gardine fallen.

Jeremy kleidete sich wieder an und betätigte die Spülung. Das Wasser rauschte. Aus Gewohnheit drückte er auf die Stopptaste, um so wenig Wasser wie möglich zu verbrauchen. Es rumpelte kurz in den alten Leitungen, und der Wasserfluss versiegte.

Dann beugte er sich über das Waschbecken, das sich unter einem großen Theaterspiegel befand, der ringsum von Glühbirnen eingefasst war. Ungnädig würde er Jeremys Bild reflektieren, wenn er das Licht anmachen würde. Hier blieb keine Falte unentdeckt.

»Spieglein, Spieglein an der Wand, wer ist total am Arsch in diesem Land?« Der Spiegel antwortete zwar unmissverständlich mit seinem verkaterten und übernächtigten Gesicht, er konnte es zum Glück aber nicht allzu genau erkennen.

Jeremy wusste, dass er furchtbar aussah. Sein verschwitztes Haar hing strähnig über den Hemdkragen, und seine mit Blutflecken verdreckte Kleidung verlieh ihm das Aussehen eines Obdachlosen. Er rieb sich das eckige Kinn und fühlte die Notwendigkeit einer Rasur. Sehnsüchtig blickte er zur Dusche.

Die Seife aus dem Spender fühlte sich kühl und glitschig an, während er sie einmassierte. Er wollte sie gerade abspülen, als er Nolan im Korridor wimmern hörte.

»Jey, sie kommen durch! Die Tür hat bereits ein Loch! Und das Blut hört nicht auf zu fließen. Du Idiot hast mich angeschossen! Da sind etliche Löcher in meinem Oberschenkel.«

Nolan stand unter Schock, so viel war sicher. Mit der gleichen Sicherheit wusste Jeremy, dass sein Cousin viel Blut verloren hatte. Es war keine Zeit zu verlieren. Er musste Nolan hier herausbringen.

Jeremy drehte den Kaltwasserhahn auf – ohne Erfolg. Irritiert runzelte er die Stirn, als er abermals das Rumpeln in den alten Leitungen hörte.

Er versuchte es mit dem Warmwasserhahn. Hier lief das Wasser normal, und Jeremy begann sich die Seife von den Händen zu waschen. Plötzlich versiegte das warme Nass.

Mit schaumigen Fingern drehte er an den mit einem roten und einem blauen Punkt markierten Knäufen. Den Kaltwasserhahn drehte er sogar so weit auf, bis er den Knopf in der Hand hielt. Ratlos sah er ihn an.

»Nolan, hier kommt kein Wasser mehr!«, rief er, aber sein Cousin wimmerte weiter, sodass Jeremy befürchtete, nicht gehört worden zu sein. »Gibt es hier noch einen weiteren Hahn, einen Haupthahn vielleicht, der verschlossen ist?«

Als Nolan einen gellenden Schrei ausstieß, ließ Jeremy den Knauf ins Becken fallen, rannte zur Tür und riss sie auf.

Die Vögel hatten es tatsächlich geschafft, ein Loch in die Tür zur Eingangshalle zu hacken. Ein schwarzer Vogelkopf erschien darin und musterte sie mit giftgelbem Blick.

13. Kapitel

Jeremy stürzte sich auf Nolan, packte ihn am Kragen und zog ihn in den *Blauen Salon*, in dem der elektrische Kamin stand. Dort zerrte er ihn in einen indigofarbenen Sessel und schob dann schnell den schweren Eichentisch vor die Tür.
Erleichtert bis hierher gekommen zu sein, stützte er beide Hände auf den Tisch und atmete tief durch.
Der *Blaue Salon* bezog seinen Namen von der Einrichtung. Die Polstermöbel waren in verschiedenen Blautönen bezogen, die Wände in Weiß gestrichen. In das Himmelblau der Decke waren weiße Schäfchenwolken getupft.
Durch die Fenster, die zum Garten zeigten, schien ein Bilderbuchmond. Mit silbrigem Glanz überzog er die Vögel, deren starre Silhouetten auf dem Rasen wie Scherenschnitte wirkten.
Jeremy überlegte, ob er es wagen konnte, den Lichtschalter zu betätigen, stellte aber fest, dass er viel zu müde war, um noch mutig sein zu können.
Er beschloss, dass sie die Nacht hier verbringen würden. Rabenvögel waren nachts nicht aktiv. Er wägte daher im Stillen ab, was sinnvoller wäre: einen Versuch zu starten, an sein Handy zu kommen, oder sich hier zu verbarrikadieren und die Helligkeit des Tages abzuwarten. Er entschied sich vorerst für Letzteres.

Beherzt trat er ans Fenster und zog die schweren Vorhänge zu, die kein Licht durchließen. Schon manches Mal hatte er sich während Partys hierher zurückgezogen, wenn er der Leute überdrüssig wurde. Mit einer Flasche Whisky bewaffnet hatte er in dem stockdunklen Zimmer gesessen, bis er in dem blauen Sessel eingeschlafen war, in dem Nolan nun saß.

Sein nächster Gang führte ihn dann doch zum Lichtschalter. Er biss sich auf die Unterlippe, als er den Kippschalter bediente. Gelbes Licht flutete das Zimmer. Jeremy wagte kaum zu atmen und wartete mit pochendem Herzen auf kollektives Gekrächze und splitterndes Glas.

Nichts geschah.

Als er sich zu Nolan umdrehte, sah er, dass dieser so weiß war wie die Wand. Er zitterte am ganzen Leib. Die Pupillen waren schwarz und geweitet. Seine Hände umfassten den verletzten Oberschenkel.

Jeremy ging vor Nolan in die Hocke, umfasste sein Gesicht und schaute ihm in die Augen. »Die Hose schneide ich auf. Ich muss mir die Wunde ansehen«, sagte er, griff nach dem Jagdmesser, das in seiner Hosentasche steckte, und begann Nolans Hosenbein von unten her aufzuschlitzen. Das letzte Stück riss er auf, bis er Nolans Bein freigelegt hatte.

Deutlich waren die Einschüsse, die die kleinen Bleikugeln hinterlassen hatten, zu sehen. Auf einer Fläche von der Größe einer Ananas war der Oberschenkel mit schwarzen Sprenkeln, umgeben von feuerroten Malen, gespickt. Blutige Rinnsale flossen aus den Verletzungen.

»Man, ich hab dich mit der ganzen verdammten Ladung erwischt. Ich mach dir einen Druckverband.«

»Damit drückst du die Kugeln doch nur tiefer in die Wunden«, ächzte Nolan. »Kannst du versuchen, einige Bleikörner herauszuholen?«

Jeremy schaute zweifelnd, bevor er sagte: »Okay, ich versuche es.«
Zwei Schrotkugeln konnte er ohne Weiteres entfernen. Bei der dritten Kugel wimmerte Nolan vor Schmerzen, sodass Jeremy sagte: »Das lassen wir lieber einen Arzt machen. Dann kommt es gar nicht mehr drauf an, ob die Kugeln durch den Verband ein wenig tiefer rutschen. Die Wunde muss großflächig behandelt werden. Außerdem könntest du dir eine Infektion zuziehen, wenn ich mit der Messerspitze darin herumfuhrwerke.«
»Aber was ist, wenn ich eine Bleivergiftung bekomme?«
»So schnell geht das nicht. Zuerst muss das Blei sich lösen, um in die Blutbahn zu gelangen.«
»Du hast gut reden. Mir wäre es lieber, du holst sie gleich raus. Was, wenn eine Bleikugel sich auf den Weg durch meine Adern macht und ins Herz gelangt oder ins Gehirn?« Nolan wusste selbst, wie unsinnig diese Gedanken waren. Er konnte sie jedoch nicht abstellen. »Jey, hol zumindest die Schrotkörner heraus, an die du irgendwie herankommst.«
Jeremy riss einen Stoffstreifen von dem aufgeschnittenen Hosenbein ab. Er knäulte es zu einem Kissen und presste es auf die Wunde. »Hier wird gar nichts mehr herausgeholt. Halt das fest!«
Nolan tat, was er sagte, und drückte seine Handfläche auf das Knäuel, während er das Gesicht vor Schmerzen verzog.
Mit einem weiteren Streifen fixierte Jeremy das Polster und sagte: »Halt dich an meinem Hals fest! Ich bring dich jetzt zum Sofa.«
Unter Stöhnen ließ sich Nolan auf das Möbelstück hieven.
»Wo hast du Verbandszeug und Medikamente?«, fragte Jeremy mit Blick auf Nolans Oberschenkel, der zusehends anschwoll. »Ich muss die Wunden desinfizieren.«

»Ich habe nichts im Haus. Medikamente sowieso nicht. Zelma hätte leicht eine Überdosis nehmen können, und Verbandszeug hab ich nie gebraucht. Im Auto ist ein Erste-Hilfe-Koffer. Aber da kommen wir nicht ran. Es steht in der Garage auf der anderen Seite des Hofes.«

»Mein Wagen steht am Rondell«, überlegte Jeremy laut. »Vom Eingangsportal sind es nur wenige Meter bis dorthin. Wenn ich schnell genug bin, könnte ich den Kasten holen.«

»Vorn sind bestimmt auch schon lauter Krähen! Wie willst du das schaffen?«

Resigniert zuckte Jeremy mit den Schultern. »Du hast recht. Im Moment bin ich sowieso nicht mehr in der Lage, so ein Risiko einzugehen. Schaffst du es, bis morgen durchzuhalten?«

Nolan sah Jeremy zweifelnd an. Schließlich sagte er: »Wir haben keine Wahl, oder?«

Jeremy erwiderte ruhig seinen Blick. »Nein«, antwortete er dann, stand auf und löschte das Licht, bevor er sich zum Ohrensessel tastete. Er ließ sich hineinsinken und atmete tief durch. Unversehens fiel er in einen unruhigen Schlaf.

Draußen versammelte sich in der Zwischenzeit eine Gruppe aus Raben, Krähen und Dohlen.

Plötzlich hackten einige der Vögel nach einer Dohle. Als sie wegfliegen wollte, biss der Rabe mit dem grauen Flügel zu und zerrte an ihrem Flügel, bis er gebrochen herabhing. Die Dohle versuchte zu entkommen, wurde aber von den Krähen umdrängt. Ein Entkommen war unmöglich.

Orientierungslos fuhr Jeremy hoch. Tiefste Dunkelheit umfing ihn. Er spürte den Cordsamt des Sessels unter sich, und blitzschnell kam die Erinnerung mit der Wucht eines Vorschlaghammers zurück.

»Nolan?«

Kein Laut war zu hören.

Jeremy schlich zum Fenster. Vorsichtig schob er den Vorhang einige Millimeter zur Seite. Draußen brach der Tag langsam an, sodass er bereits was sehen konnte.

Erstaunt fragte er: »Was machen denn die Vögel da unten am Nordostturm?« Er runzelte die Stirn und versuchte genauer zu erkennen, was sich dort abspielte.

Die Tiere hatten einen Teil des Mauerwerks ausgepickt und Rohre freigelegt.

»Sind das Wasserleitungen?«

Nolan hatte ihn tatsächlich gehört. Mühsam richtete er sich auf. Die Federung des Sofas quietschte. »Ich weiß es nicht genau. Lass mich überlegen ... Ja, das müssten Wasserleitungen sein. Kupferleitungen, soweit ich weiß. Fressen die Viecher etwa die Leitungen an?« Nolan saß jetzt kerzengrade. »Sie wollen tatsächlich mit allen Mitteln erreichen, dass ich herauskomme. Sie wissen, dass wir ohne Wasser nicht lange überleben können.«

Nachdenklich steckte Jeremy die Hand in eine Hosentasche und ließ die Würfel, die er stets bei sich trug, in seiner Hand kreisen. Das klackernde Geräusch beruhigte ihn in der Regel. Diesmal aber nicht. Jetzt ahnte er, warum das Wasser gestern Abend im Bad versiegt war. Bestimmt hatten die Vögel die Wasserleitungen in diesem Flügel auch beschädigt.

Nolan beobachtete ihn, bevor er sagte: »Ich habe so großen Durst. Wenn ich daran denke, dass wir bald kein Wasser mehr haben. Und ich habe auch noch den Kanister in der Eingangshalle fallen lassen.«

Jeremy ging nicht darauf ein, stattdessen sagte er: »Ich laufe jetzt zum Auto. Falls es mir gelingt, fahre ich weg und hole Hilfe. Ich werde dich hier herausholen, das schwöre ich dir!«

»Dann drück uns die Daumen, dass es gelingt, damit dieser Albtraum hier ein Ende nimmt. Verbarrikadiere aber bitte vorher das Fenster, sonst sterbe ich hier vor Angst.«

Jeremy tat, was er sagte, und traf die notwendigen Vorkehrungen mit den wenigen Mitteln, die ihm hier zur Verfügung standen. Währenddessen ertappte er sich dabei, dass er versuchte Zeit zu schinden. Es hatte jedoch keinen Sinn noch länger zu warten, denn die Angst wuchs proportional mit jeder Sekunde, die er verstreichen ließ.

»Lass das Messer hier, damit ich mich verteidigen kann.« Nolan hielt ihm die offene Hand hin.

Jeremy reichte ihm das Messer und erhielt im Tausch die Pistole.

»Damit hast du hoffentlich mehr Glück als mit der Schrotflinte. Knall dich aber bloß nicht selbst ab!«

14. Kapitel

Im Korridor war es ruhig. Die Vögel hatten offensichtlich den Rückzug angetreten. Das Morgenlicht bahnte sich seinen Weg durch die gläserne Wintergartentür. Jeremy schnappte sich einen der Vorhänge, die sie auf ihrer Flucht noch ergriffen, im Flur aber fallen lassen hatten, und wickelte ihn sich um den Körper. Das Blumenmuster, das im dämmerigen Abendlicht wie Camouflage gewirkt hatte, entpuppte sich bei Tageslicht als ein Feuerwerk an Farben.

So sieht mich ein Blinder auf drei Kilometer Entfernung, dachte Jeremy und wünschte sich einen Tarnanzug.

Er lugte durch das Loch in der Tür zur Eingangshalle und erkannte eine Krähe auf dem zerborstenen Kronleuchter. Die schüttelte ihr Gefieder und blickte wachsam in seine Richtung. Weitere Vögel konnte Jeremy, so weit er die Halle einsehen konnte, nicht entdecken.

Vorsichtig griff er nach der Klinke. Nichts rührte sich. Als er die Tür langsam öffnete, lauschte er auf verräterische Geräusche, vernahm aber keine – außer den eigenen.

So leise wie möglich betrat er die Halle. Ungehindert erreichte er die Eingangstür. Ein kurzer Blick über seine Schulter offenbarte ihm jedoch ein schauriges Bild. Die Treppe in den ersten Stock war übersät mit Vögeln. Schwarz und glänzend bedeckten sie jede Stufe sowie das Treppengeländer.

Nolan hatte recht. Sie wollten nicht ihn, sondern seinen Cousin! Trotzdem blieb er auf der Hut und hielt sich weiterhin geduckt, während er hinausschlüpfte, die Tür leise wieder schloss und dann die Stufen hinabrannte.

Das Tageslicht blendete ihn und raubte ihm für ein paar Sekunden die Sicht. Blinzelnd versuchte er seine Pupillen an die Lichtflut anzupassen, als er registrierte, dass er sich den Vögeln wie auf einem Präsentierteller darbot. Genauso gut hätte er lautstark einen alten Gassenhauer schmettern können, um die Aufmerksamkeit der Krähen zu erregen.

Sein Auto stand mit offenem Verdeck auf dem Kopfsteinpflaster. Die Vögel hatten es total besudelt. Von dem schwarzen Lack war kaum noch etwas zu erkennen. Auch der Innenraum ließ nur mehr hier und da etwas von dem roten Leder erahnen. Das Holzlenkrad war vollgekotet. Getrocknete Häufchen bedeckten es wie Schnee. Aus dem angefressenen Polster quoll die Füllung und enthüllte eine silbrig glänzende Sprungfeder. Hätte er doch nur das Verdeck geschlossen!

Ekel schüttelte Jeremy und er wischte sich über die Nase. Dann sah er die zerstörten Räder. Reifenfetzen lagen verstreut um das Auto herum. Die Felgen glänzten zwar silbrig, waren aber ummantelt von schwarzem Gummi wie von geschmolzener Zartbitterschokolade.

Entweder würden die Felgen auf dem Schotter durchrutschen oder, was noch wahrscheinlicher war, die Karosserie würde aufliegen, denn eines der hervorstechendsten Merkmale dieser Automarke war der geringe Bodenabstand.

Wie weit würde er damit fahren können? Das nächste Haus war mindestens zehn Meilen entfernt.

Mit sachten Schritten näherte er sich dem Wagen und sah sich dabei um. Die Vögel beobachteten ihn. Sie verhielten sich ruhig, wirkten aber wachsam.

Mit einem leisen Klack öffnete er die Fahrertür. Er unterdrückte einen Brechreiz, als der weißgraue Kot zwischen seinen Fingern hindurchquoll. Angewidert wischte er die Hand an der Hose ab. Wenn er sich setzte, würde sie sowieso ruiniert sein.

Jeremy ließ sich in den Sitz fallen und griff nach dem Schlüssel, der noch im Zündschloss steckte. Es war normal auf *Trinale*, dass man die Schlüssel einfach stecken ließ. Jeder tat dies, weil man sich vertraute und es ein Gefühl von Gemeinschaft vermittelte. Außerdem konnte man sich auf *Trinale* in Sicherheit wiegen. Bisher zumindest!

Der Motor startete, ohne zu mucken. Vorsichtig wollte Jeremy die Kupplung kommen lassen, rutschte aber auf dem Vogeldreck ab, und der Wagen machte einen Satz nach vorn.

Sofort brach wildes Gekrächze los und etliche Vögel flogen kurz auf.

Jeremy zog instinktiv den Kopf ein, während er erneut startete, den Rückwärtsgang reinknallte und scharf zurücksetzte. Die Felgen kratzten mit einem metallischen Knirschen durch den Schotter, bevor er auf die Bremse trat und in den ersten Gang schaltete. Dann schoss der Wagen nach vorn, und der Motor erstarb. Erfolglos trat er immer wieder das Gaspedal durch. Er ruckte am Lenkrad, als säße er auf einem Trettrecker und könne das Auto mit seinem eigenen Schwung fortbewegen. Auch erneutes Drehen des Zündschlüssels half nicht. Der Motor gab keinen Mucks mehr von sich.

Die Vögel hatten sich mittlerweile in einem Kreis um den Wagen herum versammelt.

Jeremys geschockter Blick fuhr hektisch über die gefiederten Köpfe, die dichter und dichter kamen. Einige ließen sich sogar auf dem zusammengefalteten Autodach nieder, öffneten die Schnäbel und krächzten bedrohlich.

Der Rabe mit dem grauen Flügel hatte sich auf dem Kühler niedergelassen und starrte ihn unverwandt an.

Hastig griff Jeremy nach der Pistole, die in der Hosentasche steckte. *Wenn ich den abknalle, geben die anderen vielleicht von selbst auf,* schoss es ihm durch den Kopf und richtete die Mündung auf den Raben.

Sofort gingen die Krähen hinter ihm auf ihn los. Er duckte sich schnell, doch sie hackten unaufhaltsam auf ihn ein.

Als er panisch in die Luft schoss, kam Bewegung in die aufgeschreckten Tiere, und Jeremy griff nach dem ebenfalls besudelten Handy, das auf dem Beifahrersitz lag.

Um sich schlagend sprang er aus dem Auto. Als er über die Schulter zurückblickte, sah er, dass Schwanzfedern eines Vogels – einer Dohle wahrscheinlich – aus dem Auspuff herausragten.

Panisch rannte Jeremy zum Haus zurück, verfolgt von dem aufgebrachten Vogelschwarm.

15. Kapitel

Mit dem Messer in der Hand saß Nolan auf dem gepolsterten Sofa und lauschte. Kein Laut war zu hören. *Wahrscheinlich sind die Vögel anderweitig beschäftigt und zerfleischen gerade Jey*, überlegte er, bevor seine Gedanken wieder zu seinem Oberschenkel und den bleiernen Schrotkörnchen wanderten. Er war sich sicher, dass sie bereits anfingen sich aufzulösen.

Er drehte eine graue Schrotkugel, die Jeremy aus seinem Bein gepult hatte, zwischen den Fingern und besah sie genau. War die Oberfläche noch glatt oder waren schon Teile des Bleis abgetragen? Rein optisch konnte er nichts erkennen, obwohl er die Kugel im Licht der wieder eingeschalteten Lampe drehte und wendete.

Er steckte sie in den Mund und rollte sie prüfend zwischen Zungenspitze und Gaumen hin und her. Sie hatte die Größe einer Zuckerperle und fühlte sich auch so an. Liebesperlen hatten sie die bunten Kügelchen immer genannt. Es gab sie auf jedem Jahrmarkt, abgefüllt in Plastikfläschchen und versiegelt mit Sauggummis von Babyflaschen in Kleinformat. Wenn man sie lutschte, wurde die anfangs glatte Oberfläche immer rauer.

Siedend heiß fiel Nolan ein, dass sein Speichel vielleicht auch in der Lage war, das tödliche Blei zu lösen. Blei wurde durch Säure gelöst, das wusste er. Und wenn sein Speichel gerade sauer war, hätte er jetzt einige Milligramm gelöstes Blei geschluckt.

Hastig spuckte er die Kugel in seine Handfläche und besah sie erneut. Wenn er sie in einem ganz bestimmten Winkel im Licht drehte, meinte er nun tatsächlich, Erosionen auf ihrer Oberfläche zu erkennen. Sein Blut hatte also schon winzige Mengen des Bleis von dem Schrot abgetragen. Und das breitete sich jetzt in seinem Körper aus und begann seine Leber zu schädigen. Die angeraute Oberfläche der Schrotkugel belegte es ihm. Der Selbstversuch lieferte Nolan zudem den Beweis, dass er mit dem Schrot im Körper einer schleichenden Schwermetallvergiftung unterlag. Das bedeutete: jahrzehntelanges Siechtum.

Vielleich war aber auch ein besonders kleines Schrotkörnchen gerade jetzt auf dem Weg zu seinem Herzen, und er würde nicht einmal bis Hundert kommen, wenn er in diesem Moment begänne, seine Pulsschläge zu zählen.

Er musste die Schrotkörner entfernen, auch wenn er eine weitere Blutung riskierte. Es gab keine andere Möglichkeit und es galt, keine Zeit zu verlieren.

In einem Krankenhaus, gebettet auf weißen Laken und verwöhnt von einer jungen Krankenschwester, die ihm mitfühlend die Hand auf die Stirn legte, würde der großen Bleiwanderung natürlich ein Riegel vorgeschoben werden.

»Metallkontrolle! Entschuldigen Sie, Sir, aber diese Aorta ist derzeit für Blei gesperrt. Sie müssen bitte die Umleitung über die Dialyse nehmen. Dort werden wir Sie umgehend aus dem Verkehr ziehen und eliminieren.«

Leider war er nicht im Krankenhaus. Nolan musste sich selbst helfen. Vorsichtig löste er den Stoffstreifen von dem *Kissen*. Sofort breitete sich ein kribbelnder Schmerz aus und nahm ihm den Atem. Dennoch zwang er sich dazu, die Verletzung anzusehen. Die Blutung hatte aufgehört. War das gut oder schlecht?

Schlecht, sagte er sich, weil kein Schrot mehr ausgespült werden kann. Und gut – nun, weil ich kein Blut mehr verliere.

Er zählte die kleinen Bleisteinchen, die er mit bloßem Auge sehen konnte. Sie waren wirklich kugelrund wie die kleinen Zuckerperlen.

Dort! Er fand ein Schrotkorn, das er ohne Weiteres entfernen könnte. Er setzte das Messer an und senkte die Spitze in die Haut. Sofort kam die blutige Kugel heraus. Als sie an der Haut kleben blieb, nahm er sie mit der Messerspitze auf und ließ sie lautlos in dem dicken Teppich verschwinden.

Nolan senkte seinen Kopf tiefer und kniff die Augen zusammen. Da war noch eine Kugel, die er erreichen konnte. Sie steckte allerdings etwas tiefer. Als er die Messerspitze in der Wunde versenkte, pikste es, und er drückte das Objekt noch tiefer ins Fleisch. Er bekam es nicht zu fassen. Immer wieder entglitt es ihm. Der Schmerz, den er so verursachte, war zwar erträglich, aber die Blutung setzte wieder ein und nahm ihm die Sicht. Mit einem Zipfel des *Kissens* saugte er das Blut auf. Die Wunde füllte sich allerdings sofort aufs Neue.

Er polkte noch eine Weile mit dem Messer in der Wunde herum, bis ihm eine neue Idee kam. Mit beiden Daumen drückte er so an der Wunde herum, als quetsche er einen Mitesser heraus. Und tatsächlich, da war sie!

Die Konturen der restlichen Körner verschwammen langsam mit ihrem Umfeld. Das Rot des Blutes und das Grau der Körner waren kaum mehr voneinander zu unterscheiden. Aber jedes einzelne Körnchen, das er herausoperierte, konnte entscheidend für sein Weiterleben sein. Vielleicht sollte er nicht so zögerlich vorgehen, sondern ein wenig beherzter.

Vorsichtig tastete er mit den Fingerspitzen die fleischige Wunde ab. Er spürte die kleinen Erhebungen, die die Schrotkörner unter der Haut bildeten. Dann setzte er das Messer an und stach zu.

Es tat weit weniger weh, als er erwartet hatte, während er mit dem Messer begann um die Wunde herumzuschneiden. Ob er wohl tief genug schnitt?

Als ihm schlecht wurde, fragte er sich, woher das kam: vom Blutverlust oder von der schleichenden Bleivergiftung?

Bevor er einen Finger in den Schnitt schob, atmete er tief durch. Vielleicht konnte er auf diese Weise einige Schrotkörner ertasten wie früher beim Fasanenrupfen.

Leider erzielte er mit dieser Aktion nicht den gewünschten Erfolg.

Gerade wollte er mit dem Messer schräg unter den Hautlappen fahren, als er die schwere Eingangstür zum zweiten Mal ins Schloss fallen hörte. Rasch griff er nach dem blutigen Polster und band es wieder fest.

Jeremy würde ihn sicher für verrückt halten, wenn er sähe, was er getan hatte. Aber Nolan war nicht verrückt. Er war nur vorsichtig – immer.

16. Kapitel

Jeremy wollte nur noch eines: zurück zu Nolan. Es war gut möglich, dass die Vögel Nolan überfielen, während sie hier mit ihm ihre Spielchen trieben. Ohne zu zögern, rannte er los, riss die Tür zum Westflügel auf, schoss in den *Blauen Salon* und knallte die Tür hinter sich zu.

Nolan starrte ihn fassungslos an. »Bist du verrückt, so laut zu sein?«

»Sie tun mir nichts. Ich kann mich hier frei bewegen, solange ich keine Hilfe hole. Und das kann ich auch nicht. Mein Auto ist kaputt, total zerstört. Ein Vogel steckt sogar im Auspuff. Die schrecken wirklich vor nichts zurück!«

»Deine Kleidung sieht aus, als hättest du in Guano gebadet. Du stinkst, weißt du das?« Angewidert verzog Nolan das Gesicht. »Hast du das Verbandszeug?«, fügte er übergangslos hinzu und deutete auf sein Bein, aus dem Blut quoll.

»War nicht dran zu denken. Ich warte hier auf die Dunkelheit«, sagte Jeremy und zeigte ihm das verschmutzte Handy. »Dann versuche ich nach oben zu kommen. Dort habe ich vielleicht Empfang.«

»Ich komme mit«, sagte Nolan bestimmt.

Jeremy starrte ihn an, als zweifle er an dessen Verstand. »Erstens: Du kannst nicht gehen! Zweitens: Dich greifen die Vögel sofort an. Und drittens: Du hast zu viel Blut verloren.«

Nolans Magen zog sich schmerzhaft zusammen. War es die Angst oder war es das Blei, das zu wirken begann? Es griff zwar zuerst das zentrale Nervensystem an, konnte aber auch Magenbeschwerden verursachen.

Jeremy würde sich – trotz der prekären Situation – ausschütten vor Lachen, wenn er ihm seine Angst vor einer Bleivergiftung gestehen würde. Im Geiste hörte er, wie er sich über ihn lustig machte. *Außer ein paar Gramm mehr auf der Waage wird dir das Blei nichts bescheren!* Und Nolan würde nicht wissen, was er dem entgegensetzen sollte. Also sagte er: »Ich werde nicht noch einmal allein hier bleiben, bedroht von Vögeln, die mich lieber heute als morgen verspeisen würden und die nur darauf warten, dass mein Kadaver die nötige Konsistenz hat. Das kannst du vergessen!«

Jeremy fuhr sich mit dem Handrücken über die Stirn. Nolan hatte recht. Jeremy musste ihn mitnehmen. Aber nicht aus den Gründen, die Nolan nannte, sondern nach wie vor, weil Nolan Jeremys Sicherheit für die Zukunft darstellte. Würde Nolan sterben, wäre Jeremy seinen Schuldnern ans Messer geliefert.

Aber er hatte noch keine Idee, wie er Nolan – wohin auch immer – schleppen sollte, ohne dass dieser in kleine, schnabelgerechte Stücke zerhackt werden würde.

Um Zeit zu gewinnen, versuchte Jeremy, mit dem Ärmel das Handy zu säubern, und lenkte geschickt vom Thema ab, indem er fragte: »Wo sind eigentlich alle anderen – die Hausmädchen und Gärtner? Wo ist Carolyn geblieben? Sie war doch Zelmas Schatten, quasi ihr Satellit.«

Nolan blieb wachsam. Obwohl er das Ablenkungsmanöver durchschaute, ging er darauf ein. »Als meine Frau von uns ging, blieb Carolyn zwar noch eine Weile hier, sie verhielt sich aber sehr seltsam. Sie ordnete jeden Tag Zelmas Kleidung, wusch sie hin und wieder, ganz als wäre Zelma noch da. Sie werkelte in der Küche herum und fütterte sogar die Raben weiterhin. Dieses Verhalten war wirklich unheimlich. Diese bedingungslose Hingabe! Carolyn hing zwar schon immer sehr an Zelma, aber nach deren Ableben verehrte sie sie plötzlich wie eine Göttin. Sie kochte obendrein noch eine Weile Zelmas Lieblingsgerichte und kaufte dafür ein. Ich ging ihr aus dem Weg. Ich vermute, sie entwickelte zunehmend schizoide Eigenschaften. Aber ... Hallo? Sie ist ein Dienstmädchen.« Nolan zuckte mit den Schultern, bevor er fortfuhr: »Eines Tages kam sie von einem Einkauf nicht wieder. Vielleicht sah sie aus der Entfernung all diese schwarzen Vögel. Es wurden ja mit jedem Tag mehr, bis heute. Carolyn war dann weg, einfach so. Zuerst hatte ich noch die leise Hoffnung, sie würde jemandem von den Rabenvögeln erzählen und derjenige würde dann stutzig werden, aber du hast Carolyn ja erlebt. Sie ist die Einfalt in Person. Ein Dienstmädchen eben, das nur gelernt hatte, Zelmas Aufträge zu erfüllen. Eigeninitiative kannte sie nicht, nicht einmal als Wort.«

Jeremy wusste, was er meinte. Er hatte auch immer den Eindruck gehabt, Carolyn hätte was am Sträußchen, weil sie so sehr auf Zelma fixiert war.

»Das restliche Personal habe ich schon vorher entlassen. Ich konnte einfach niemanden um mich herum ertragen. Aber das habe ich dir ja schon gesagt.«

Plötzlich wurde es stockdunkel. Beide hielten inne, sagten kein weiteres Wort, bis Nolan die Erkenntnis wie ein Schlag traf. »Sie haben die Stromversorgung gekappt. Dann gehen auch bald die elektrischen Heizkörper aus. Jetzt müssen wir uns im wahrsten Sinne des Wortes warm anziehen.«

17. Kapitel

»Diese Teufelsbrut ist es, die sich warm anziehen muss!« Jeremy hielt sein mittlerweile halbwegs sauberes und eingeschaltetes Handy hoch. Erst letzte Woche hatte er als Werbegeschenk eine Taschenlampen-App erhalten und sich gefragt, ob er die jemals brauchen würde. Jetzt aktivierte er sie.

Der Lichtkegel war zwar schwach, genügte aber zur Orientierung. Probehalber schwang Jeremy ihn einige Male hin und her und schaltete dann wieder ab, um den Akku zu schonen.

»Ich wette, dass ich auf einem der Türme zumindest ein wenig Empfang habe.« Er dachte kurz nach. »Ist der Nordwestturm noch begehbar?«

Nolan nickte und sagte: »Es führt zwar keine Treppe dort hinauf, aber in die Decke des Abstellraums darunter ist eine Klappe eingelassen. Keine Ahnung, wie wir da hochkommen sollen. Wir sollten uns aber beeilen.«

Als ob die Vögel dies gehört hätten, ertönte jäh ein anhaltendes Klopfen und Picken am Fenster, das zunahm, bis das Glas zersplitterte. In der Stille und Dunkelheit klang es wie das Bersten einer Windschutzscheibe nach einem gewaltigen Steinschlag. Dann war deutlich zu hören, wie die Tiere gegen die provisorische Verbarrikadierung hackten.

Entsetzt hielt sich Nolan die Ohren zu und wimmerte: »Sie kommen! Wir müssen hier weg!«

Jeremy aktivierte die Taschenlampen-App erneut und sah zweifelnd auf Nolans Bein. Es war mittlerweile so stark geschwollen, dass der Oberschenkel doppelt so dick wie sein Pendant war.

»Du kannst aber nicht laufen. Zeig mal her, wie es jetzt aussieht!« Vorsichtig löste er den Druckverband und beleuchtete die Schusswunde. Sie blutete wieder heftig. Nolan schien dies nicht zu wundern. Der Schweiß, der diesem in Strömen über das Gesicht lief, sprach jedoch Bände. Die Wunde zeigte erste Anzeichen einer Entzündung. Gespickt war sie mit grauen Kernen wie die Samen auf einer fauligen Erdbeere. »Himmel, das sieht ja regelrecht zerfetzt aus!«, stellte Jeremy fest. »Hier ist sogar ein Hautlappen, den man anheben kann. Und es blutet immer noch. Es hätte längst aufhören müssen.«

Nolan schwieg und biss die Zähne zusammen.

Jeremy leuchtete ihm ins Gesicht, sodass Nolans Kopf wie ein feuchter Vollmond im Zimmer schwebte. »In diesem Zustand kannst du unmöglich laufen, das siehst du doch ein!«

»Dann schiebst du mich eben. Da vorn ist ein Bürostuhl.«

Das Hacken gegen das Holz wurde indessen immer lauter und intensiver.

Nolan starrte auf das verrammelte Fenster und begann hastig zu atmen. Panisch versuchte er vom Sofa aufzustehen, fiel aber vornüber aufs Gesicht, bevor er sich mit den Händen abfangen konnte. Er heulte auf, stützte sich mühsam mit den Ellbogen ab und schaute hoch zu Jeremy. Heiser flüsterte er: »Hörst du sie? Es dauert nur noch Minuten, bis sie hier drin sind. Zieh mich hoch in den Stuhl, Jey!« Seine Gesichtszüge verzerrten sich vor Angst und Schmerz.

Jeremy erinnerten sie an die mit Sand gefüllten Ballons, auf die eine Fratze gemalt war und die man mit der Hand zerknautschen konnte.

»Ausgeschlossen! Helfen kannst du mir nicht. Und die Vögel reagieren auf dich völlig unberechenbar.«

Nolan sackte in sich zusammen. Für einen Moment dachte Jeremy, er würde aufgeben. Doch dann machte er einen Buckel und stierte zu ihm hoch. In seinen Blick mischte sich etwas Neues: Boshaftigkeit.

»Du wirst mich hier nicht verrecken lassen. Sonst sorge ich dafür, dass du keinen Penny bekommst.«

Jeremy zuckte zusammen und hoffte, dass Nolan es nicht bemerkt hatte. Seit wann wusste er, dass es ihm um Geld ging? In Gedanken spielte er rasch seine Alternativen durch. Am wenigsten Nutzen hätte er tatsächlich davon, wenn Nolan tot wäre. Zwar verfluchte er sich für diesen Gedanken, aber er kam nicht umhin, es realistisch zu betrachten: ohne Nolan kein Geld! So einfach war das!

Hastig verband er Nolans Bein wieder und fixierte alles mit seinem Gürtel, den er in einer raschen Bewegung aus den Schlaufen zog.

»Komm, ich hebe dich in den Stuhl. Und dann nichts wie raus hier!« Energisch schob Jeremy den Beistelltisch zur Seite und griff unter Nolans klatschnasse Achselhöhlen. Er überwand seinen Ekel, widerstand dem Impuls, ihn sofort wieder fallen zu lassen, und zog ihn hoch.

Nolan schrie auf im Schmerz. »Mein Bein! Verdammt! Sei doch vorsichtig!«

Jeremy legte ihn sachte vor dem Sofa wieder ab. Dann gab er dem inneren Drang nach und wischte sich die Hände an der sowieso schon schmutzigen Hose ab. »Du musst die Zähne zusammenbeißen, sonst kommen wir hier nicht raus. Wenn es weh tut, behalt es einfach für dich, okay?«

Nolan nickte unter Schmerzen. Er spürte vor allem Erleichterung, dass sein Erpressungsversuch funktioniert hatte, obwohl es ein Schuss ins Blaue gewesen war. Der Treffer tat aber auch weh. Nur war jetzt weder die Zeit noch der Ort, sich darüber Gedanken zu machen. Das musste warten.

Bei dem Versuch, sich zu entspannen, fuhr seine Hand über den Teppich. Unter dem Sofa ertastete er ein borstiges Stück Holz. Es war ein Teil eines zerbrochenen Handfegers, das dort schon seit Ewigkeiten lag. Die an den Seiten verfilzten Borsten waren voller Staub und Spinnweben.

»Hier beiß ich jetzt drauf, dann kannst du mich hochheben. Das hab ich mal in einem Cowboyfilm gesehen. Leider haben wir keinen Whisky hier, sonst hätte ich den vorher getrunken«, sagte er mit einem schiefen Grinsen und steckte sich das Fragment zwischen die Zähne. Es schmeckte nach muffigem Dreck und einige der spröden Borsten brachen ab. Er verschluckte sich und würgte. Dann sammelte er Speichel und versuchte die Borstensplitter auszuspucken.

»Also gut, auf drei«, sagte Jeremy und begann zu zählen. »Eins, zwei, dr...« Mit einem Ruck hob er Nolan hoch. Der versuchte sich mit dem gesunden Bein abzustützen, doch es verdrehte sich nach außen wie bei einem verrückten Tango.

Nolan war zu schwach. Daher warf Jeremy ihn mehr in den Bürostuhl, als dass er ihn hineinsetzte, und Nolan jaulte auf wie ein verwundetes Tier.

In dem Moment riss Jeremy der Geduldsfaden. Er hielt sich die Ohren zu und schrie: »Halt endlich dein dummes Maul! Wenn dich die Vögel hören, ist alles umsonst.«

Nolan aber stieß weiterhin seine Klagelaute aus, weshalb Jeremy wütend zu einem Schwinger ausholte.

Da er Nolan seitlich am Hals traf, fragte er sich einen Moment lang, ob er ihn erschlagen hatte. Dann tastete er mit zwei Fingern nach dessen Halsschlagader und spürte einen schwachen Puls. Zum Glück!

Er musste Nolan auf jeden Fall zu einem Scheck überreden, solange sie noch hier drin waren. Wer konnte schließlich garantieren, dass Nolan überlebte?

Als einziger Überlebender wäre Jeremy seinen Verfolgern ans Messer geliefert. Mit einem gedeckten Scheck sähe seine Zukunft wesentlich rosiger aus. Es war allerdings genauso gut möglich, dass Jeremy umkommen würde, zerfleischt und verschlungen von den schwarzen Aasfressern.

Er öffnete die Tür einen Spalt. Mattes Tageslicht fiel durch die Glastür des Wintergartens in den Flur. Raben, Krähen oder Dohlen waren auf den ersten Blick nicht zu sehen. An der Wand hingen die ausgestopften Vogelleiber, deren zum Teil abgespreizte Schwingen hervorragende Sitzgelegenheiten für diese schwarzen Biester boten. Es war aber unmöglich, zu erkennen, ob sich zwischen den ausgestopften Vögeln lebende versteckten.

Jeremy hielt den Atem an und ließ seinen Blick aufmerksam über die Wände gleiten, bevor er nach links zur Tür, die zur Eingangshalle führte, schaute. Von seinem Standort konnte er nicht genau erkennen, wie groß das Loch in der Tür mittlerweile war.

Erst jetzt fiel Jeremy auf, dass seine Hose ständig ein Stück herunterrutschte. Alle paar Schritte musste er sie hochziehen. Er traute sich aber nicht den Gürtel und damit das *Kissen* von Nolans Bein zu nehmen aus Angst, die Blutung könnte wieder einsetzen, wenn sie überhaupt schon zum Stillstand gekommen war.

Jeremy wandte sich zu Nolan um, der leblos wie eine verkleidete Puppe auf dem Stuhl hing, sagte aber trotzdem: »Hier ist zum Glück noch kein Vogel. Wir müssen los!« Er trat hinter den Schreibtischstuhl, packte die hohe Lehne und schob ihn zur Tür hinaus.

Bereits an der Teppichkante des Läufers verhakten sich Nolans Füße. Er kippte nach vorn und schlug der Länge nach hin. Jeremy hörte es knirschen und war sich sicher, dass Nolans Nase gerade gebrochen war. Glücklicherweise war er immer noch bewusstlos.

Als er ein ärgerliches Krächzen vernahm, riss Jeremy Nolan am Arm hoch, umfasste seinen Oberkörper und zerrte ihn eiligst in den Stuhl zurück. Ein Blick in Richtung Tür offenbarte ihm eine Bewegung. Die kleineren Vögel versuchten wohl sich durch das Loch zu zwängen.

Sofort rannte Jeremy darauf zu, griff nach dem ersten Tier, nahm den spillerigen Hals und riss ihm den Kopf ab. Ein Knirschen ertönte, als ob Kirschkerne aneinanderrieben, während die Wirbelsäule des Vogels durchtrennt wurde. Dann stopfte Jeremy den Kadaver in das Loch in der Tür und ließ den Kopf einfach fallen. Federn und graue Flusen klebten an seinen blutigen Händen. Der metallische Geruch erregte in Jeremy Ekel und er wischte sich die Hände erneut an seiner verkoteten, blutbefleckten Hose ab. Als Dichtung für das Loch sah der Vogel nicht anders aus als ein schwarzer Staublappen. Es hätte sich genauso gut um eine Federboa oder einen Wollschal handeln können. Der Kadaver würde aber die anderen Vögel hoffentlich abschrecken. Zumindest für eine Weile.

Als er sich Nolan zuwandte, sah er erstaunt, dass dieser weinte. Sein Gesicht war verquollen und die Tränen liefen über das Blut aus seiner Nase, das sich mit Rotz und Speichel vermischte.

»Jetzt hab ich mir vor Angst in die Hosen gemacht!« Jämmerlich und hilflos schaute er Jeremy an. »Wie das am Bein brennt!«

Nolan musste dringend ärztlich versorgt werden. Er brauchte weiße Mullbinden, auf die eine antiseptische Salbe aufgetragen war, Pillen, die den Schmerz bekämpften und ihn in den Schlaf begleiteten, Krankenschwestern, die seinen Nacken hielten, während sie ihm Tee einflößten und beruhigende Worte sprachen ... Nichts war weiter davon entfernt als die Gegenwart.

»Du musst durchhalten!«, beschwor Jeremy Nolan und merkte erstaunt, dass er wütend wurde, obwohl er sich eher hilflos und überfordert fühlte. Auch ihm machte die Angst zu schaffen. Ohne Nolan wäre er hier schon längst raus. »Wir müssen zusehen, dass wir nach oben kommen!« Den Bürostuhl diesmal hinter sich herziehend hastete Jeremy den Flur entlang in Richtung Wintergarten. Zu seinem Entsetzen hörte er, wie sich die Vögel auf der anderen Seite der Tür zur Eingangshalle über den Kadaver hermachten. Von Abschreckung konnte also keine Rede sein.

Jeremy zog sich die Hose noch mal hoch und versuchte im Laufen die Oberschenkel zusammenzupressen. Er kam sich dabei vor wie ein Pausenclown in einem billigen Zirkus. *Hereinspaziert, hereinspaziert! Sehen Sie sich den dümmsten August von England an!*, schoss es ihm durch den Kopf.

Später vielleicht würde er darüber lachen. Im Moment war es nur hinderlich.

Kurz entschlossen blieb er stehen und zog die Hose einfach aus. Die schwarzen Boxershorts mussten reichen. Seine muskulösen Beine überzog sofort eine Gänsehaut.

Als er das schmutzige Kleidungsstück Nolan auf den Schoß warf, drehte der überrascht den Kopf zu ihm um.

»Sie rutscht«, erklärte Jeremy kurz angebunden und griff nach der Bürostuhllehne. Ihm war klar, dass die untere Hälfte seines Körpers jetzt völlig ungeschützt war und dass er einer Attacke dieser Biester nur mehr schwerlich würde standhalten können, wollte aber nicht länger darüber nachdenken.

»Zuerst müssen wir mit dem Lift nach oben«, sagte Jeremy. »Das ist der einfache Teil, weil der zum Glück ja noch funktioniert.«

Als sich die Aufzugtüren hinter ihnen schlossen, sagte Nolan: »In dem Abstellraum unter dem Turm ist die Klappe, durch die wir hinaufkommen. In dem Zimmer gegenüber dem Aufzug müsstest du eine große Trittleiter finden.«

Die Fahrstuhltüren öffneten sich, und Jeremy spähte vorsichtig in den Flur. Alles war ruhig.

Im Abstellraum spendete lediglich ein kleines Fenster etwas Licht. Im Zimmer gegenüber dem Aufzug fand Jeremy die Trittleiter, schleppte sie über den Flur dorthin, wo er sie brauchte, und stellte sie auf. Sie reichte zwar nicht bis zur Decke, trotzdem konnte er problemlos die Klappe öffnen, um zu sehen, ob oben noch alles okay war.

Abgestandene Luft schlug ihm entgegen. »Ich klettere jetzt da hoch und schaue mich um.«

»Nein«, wimmerte Nolan und schlug die Arme um seinen Oberkörper, wobei er heftig zitterte. Dann sammelte er all seine Kräfte und brüllte ungehalten: »Du musst mich sofort mitnehmen. Jede Sekunde können die Vögel ...«

Da riss Jeremy endgültig der Geduldsfaden. Trotz Mitleid mit Nolan hatte er die Nase gestrichen voll. »Wie, bitte schön, stellt sich der Herr das denn vor? Wie soll ich dich auf diesen verdammten Dachboden bekommen? Wenn ich allein hochgehe, bin ich in wenigen Minuten zurück. Du musst jetzt die Nerven behalten.«

»Zieh mich mit der Leiter hoch«, befahl Nolan und versuchte seiner Stimme einen festen Klang zu geben. »Ich habe das mal in einem Film gesehen.«

Jeremy schwankte, ob er sich Nolans Gerede wirklich anhören sollte. Jeden Moment konnten die Vögel schließlich bemerken, dass sie hier oben waren. Vielleicht waren sie auch schon im Turm.

»Du kannst dein Leben wieder auf die Reihe kriegen, wenn wir das hier überleben«, flüsterte Nolan. »Aber dazu brauchst du mich und mein Geld, wie du weißt. Hör mir also zu.«

Jeremy fühlte sich erneut ertappt, musste sich aber eingestehen, dass Nolan recht hatte. Sie mussten hier zusammen herauskommen. Erschöpft legte er kurz die Hand auf die Augen und rieb sich die Stirn. Enerviert schloss er die Luke, drehte sich auf der Leiter halb um und seufzte: »Okay, ich höre.«

Nolan erläuterte Jeremy seinen Plan, und bei aller Abneigung gegen die Mühe und die Arbeit musste Jeremy zugeben, dass es klappen könnte.

Obwohl er sich dafür schämte, wünschte er sich dennoch nichts sehnlicher, als von Nolan befreit zu sein. Wäre er allein, wäre er längst über alle Berge und in Sicherheit. Leider hing Nolan wie ein klebriges Bündel an ihm, wie ein zudringliches, stinkendes, bemitleidenswertes Bündel. Aber er hatte keine Wahl, deshalb sprang er von der Leiter, beugte sich über Nolan, zog ihm das Hemd aus, das der schon aufgeknöpft hatte, und half ihm dabei, es sich verkehrt herum anzuziehen. Dann hievte er Nolan hoch, stemmte ihn gegen die Leiter und trat den Bürostuhl weg.

Nur mit Mühe konnte Nolan mit dem gesunden Bein sein Gleichgewicht halten, während Jeremy versuchte das Hemd hinter der Leiter zuzuknöpfen und so Nolan auf den Sprossen zu fixieren.

»Nimm deine Hose noch!«, forderte Nolan, und Jeremy band ihn damit fest.

Als ein alarmierendes Geräusch ertönte, fuhren ihre Blicke zum Fenster. Ein Rabenkopf erschien dort, und er begann sofort mit seinem mächtigen Schnabel auf die Glasscheibe einzuhacken. Nur eine Sekunde später schlossen sich ihm unzählige Schnäbel an.

»Beeilung!«, rief Nolan, der mittlerweile einen fürchterlichen Gestank – eine Mischung aus Blut, Schweiß und Urin – verströmte.

Es ist schlimm, Jey so auf Gedeih und Verderb ausgeliefert zu sein, dachte Nolan. *Er ist nur des Geldes wegen gekommen, nicht meinetwegen. Hat er schon jemals etwas für jemanden getan, ohne eine Gegenleistung zu erwarten?*

Nolan wischte sich mit dem Ärmel die Nase ab und sah angeekelt auf die Spur aus Blut und Schleim.

Kein Mensch hatte sein Leben so beeinflusst wie Jeremy. Er war ein Charmeur, und die Frauen flogen auf ihn. Doch nicht nur die. Strategisch clever lullte Jey alle Menschen ein. Und es war fast unmöglich, sich seinem Charme zu entziehen.

Nolan verzog das Gesicht, als sich die Wade seines Standbeines verkrampfte. *Verdammt!*

Ein erster Riss in der Scheibe ermunterte die Vögel, härter draufloszuhacken. Das Stakkato der Hiebe im Verbund mit wildem Gekrächze uferte schnell zu einem ohrenbetäubenden Crescendo aus.

Nolan drehte hektisch den Kopf hin und her. »Nun beeil dich doch! Die kommen!«, rief er und lauschte ängstlich auf das mittlerweile rhythmische, zermürbende Hacken. Genauso furchtsam dachte er an das Blei, das sich unaufhaltsam zusammen mit den Keimen, die von außen eindrangen, in seinem Körper ausbreitete. »Beeilung, Jey!«, schrie er wieder.

Jeremy funkelte ihn zornig an. »Ich werde jetzt dort hinaufgehen und dich hochziehen. Du hältst ab sofort die Klappe.«

Mühsam kletterte Jeremy auf der Leiter nach oben, darum bemüht, nicht auf Nolan zu treten. Als er die letzte Sprosse erreichte, blickte er noch mal nach unten zu Nolan.

Der stierte in seltsam verrenkter Haltung nach oben, sodass Jeremy das Weiß seiner Augen sehen konnte, was ihm zeigte, dass Nolan einer Panik nahe war. Für einen Moment überlegte Jeremy, ob er nicht einfach allein auf den Dachboden klettern und den Empfang testen sollte, um dann mit Nolan hier in der Abstellkammer abzuwarten, bis Hilfe käme, wischte den Gedanken aber rasch beiseite, als er sah, dass die Vögel jeden Moment eindringen würden.

Jeremy drückte die Luke erneut auf. Dort hochzukommen würde schwieriger werden, als er angenommen hatte.

Er griff nach den Rändern der Öffnung, die ihm unsanft in die Handflächen schnitten, stieß sich von der Leiter ab und warf seinen Oberkörper auf den Dachboden. Dann strampelte er mit den nackten Beinen, um sich Schwung zu verleihen. Mit den Unterarmen stützte er sich auf dem rohen Holzfußboden ab und schob ein Bein über die Kante. Splitter bohrten sich in das empfindliche Fleisch seiner Innenschenkel und in die Hände.

Als er sich aufrichtete, legte sich die Dunkelheit bleiern auf seine Schultern und sandte ein Signal an seinen Körper, das ihn in Alarmbereitschaft versetzte. Sofort begann er die Anzeichen einer Platzangst niederzukämpfen, obwohl er das Gefühl hatte, keine Luft zu bekommen, und öffnete die oberen Knöpfe seines Hemdes. Dann zog er rasch sein Handy aus der Brusttasche und starrte auf die Balken im beleuchteten Display. Entnervt stellte er fest, dass er auch hier keinerlei Empfang hatte.

Zornig wollte er das Mobiltelefon in die Ecke feuern, bremste sich aber im letzten Moment und besann sich.

Draußen pfiff der Wind um den Turm herum. Er vernahm jedoch auch das Rascheln und das Getrappel von Vögeln auf der Suche nach einem Zugang zum Turm.

Jeremy aktivierte die Handytaschenlampe. In ihrem Schein erkannte er umherwirbelnde Staubflocken. Uralte Spinnweben hingen vom Gebälk herab. Ein verlassenes großes Wespennest, dessen Oberfläche aussah wie weihnachtlicher Baumkuchen, klebte an der Schräge.

Jetzt erst registrierte er, wie hungrig er war. Wie lange hatte er nichts mehr gegessen? Schnell verdrängte er den Gedanken und sah sich weiter um.

Die Dachschrägen waren mit Glaswolle verkleidet. Reste davon lagen auf dem Boden verstreut herum. Dass er das flockige gelbe Zeug auch an den Händen hatte, bemerkte er, als er sich den Schweiß abwischte. Seine Haut fing an den Stellen, an denen er mit den feinen Glasfasern in Kontakt gekommen war, an zu brennen und zu jucken, genau wie seine nackten Beine. Er wischte mit den Handflächen darüber, verteilte die feinen Partikel so aber umso mehr.

Der Turm erhob sich gut vier Meter in die Höhe. Kurz hielt er die Luft an und lauschte. Außer dem Wind, der gegen die Wände donnerte, und dem Trippeln der Krähen, Raben oder Dohlen war nichts zu hören.

»Zieh mich endlich hoch!«, bellte Nolan. »Ich habe einen Krampf und mir wird langsam schwarz vor Augen.«

Jeremy legte das Handy zur Seite, ließ sich vor der offenen Luke auf die Knie sinken und beugte sich herab, um nach der Leiter zu greifen. Sie hatte ein beträchtliches Eigengewicht, und auch Nolan war nicht eben von zierlicher Statur. In einem ersten Versuch zog Jeremy an der Leiter. Sie war schwerer, als er es sich vorgestellt hatte. »Du bist zu schwer! Ich schaff es nicht, verdammt!«, fluchte er.

Nolans Gesicht war mittlerweile rostrot angelaufen. »Lange halte ich das nicht mehr durch. Ich habe eine Scheißangst. Hol mich hoch, sonst lass ich dich mit über den Jordan gehen.«

Zu Jeremys Überraschung zog er die Glock aus der Tasche seiner verdreckten Hose und zielte damit auf seinen Kopf.

»Ich knall dich ab! Und wenn du dich zurückziehst, schieß ich durch die Decke, ist das klar?« Abermals verdrehte er die Augen, um nach oben zu schielen. »Ich schwör es dir.«

Nolan war drauf und dran, durchzudrehen. Er war jetzt unberechenbar.

»Immer mit der Ruhe. Steck bitte die Pistole wieder weg. Ich versuche es ja noch mal, okay?« Jeremy wartete die Antwort gar nicht ab, sah aber, dass Nolan die Glock tatsächlich wegsteckte, und setzte dann all seine Kraft ein. Endlich bewegte sich die Leiter.

Als sie ein Stück über dem Boden schwebte, klappte sie mit einem lauten Knall zusammen. Nolan, der sich mit einer Hand daran festhielt, schrie gellend auf, aber Jeremy biss die Zähne zusammen und zog weiter.

Begleitet von Nolans Schmerzensschreien, der seine eingeklemmten Finger nicht herausziehen konnte, hob sich die zusammengeklappte Trittleiter Zentimeter für Zentimeter.

Nolans Brüllen stachelte die Vögel regelrecht an. Jeremy konnte das aggressive Hacken trotz Nolans Gejaule hören.

»Du machst sie mit deinem Geschrei noch wilder, Nolan. Das ist keine gute Idee«, ächzte Jeremy und zog mit zusammengebissenen Zähnen weiter an der Leiter, während er dabei versuchte aufzustehen.

Er hatte kaum ausgesprochen, als Glasscherben auf den Fußboden prasselten. Nolans Kopf fuhr herum.

Der Rabe mit dem grauen Flügel zwängte sich durch die geschaffene Öffnung im Fenster. Er tat das auf eine sehr überlegen wirkende Art, indem er zuerst den einen Flügel hindurchsteckte, dann den Körper und erst danach den zweiten Flügel nachholte. Es hatte etwas Menschliches. Danach wand sich eine Dohle ohne Mühe durch das Loch und schon folgte die erste Krähe.

Nolan schrie aus Leibeskräften. Zusammen mit dem Gekrächze der Vögel hob sich die Lautstärke und die Töne vermischten sich zu einer wahnsinnigen Kakophonie.

Als sich eine Dohle auf Nolans ungeschütztes Gesicht stürzte und auf seine gebrochene Nase einhackte, ergriff er sie und biss ihr ohne zu zögern die Wirbelsäule durch.

Blut und Federn klebten an seiner Mundpartie, während er wie von Sinnen schrie: »Das habt ihr davon, ihr Drecksviecher! Kommt nur her, ich schlachte euch ab.«

Rasend vor Wut zog er die Pistole wieder hervor und fuchtelte damit herum. Einen Moment lang dachte Jeremy, er würde sie gegen sich selbst richten. Aber Nolan ballerte nur ziellos durch die Luft und gab atavistische Urlaute von sich, die tief aus seinem Inneren hervorbrachen.

Endlich schaffte Jeremy es, aufzustehen. So konnte er die Leiter schneller hochziehen und ablegen.

Nolan, der nun mit dem gesamten Gewicht auf seiner eingeklemmten und wahrscheinlich gebrochenen Hand lag, heulte auf wie ein verwundetes Tier, während Jeremy hektisch die Luke schloss in der Hoffnung, dass noch kein Vogel auf den Dachboden gelangt war.

»Ich knall euch alle ab, alle!«, brüllte Nolan und richtete die Pistole hektisch mal hierhin, mal dorthin.

Jetzt dreht er komplett durch, schoss es Jeremy durch den Kopf und er flüsterte: »Tut mir leid, Kumpel«, bevor er seine Faust ballte und zu einem weiteren Schwinger ausholte. Diesmal traf er wohlgezielt Nolans Kinn und schickte diesen wieder ins Reich der Träume. Dann drehte er Nolan mitsamt der Leiter auf die Seite und befreite so dessen Hand. Drei Finger, verdreht wie Luftschlangen und aufgedunsen wie Partywürstchen, hingen davon herab, deshalb beeilte sich Jeremy Nolan von der Leiter zu befreien und ihn so hinzulegen, dass er weder seinen Oberschenkel noch die zerschmetterten Finger belastete.

Als er sich erneut im Licht der Handylampe umschaute, bemerkte er, dass sich an einer Stelle des Daches die Glaswolle bewegte. Die Vögel zupften bereits von außen daran. Jeremy leuchtete nach oben, um die Dachschrägen besser einschätzen zu können.

Die Leiter knallte gegen die Seitenwände, als er versuchte sie unter dem höchsten Punkt aufzustellen. Sie verkantete sich und ließ sich nur mit größter Mühe aufstellen. Während er nach oben kletterte, schickte er ein Stoßgebet zum Himmel.

Je weiter er nach oben kann, desto weniger Platz hatte er sich zu bewegen. Am höchsten Punkt warf er einen Blick auf die Empfangsbalken auf dem Display. Und tatsächlich – ein einzelner grüner Balken erschien.

Jeremys Knöchel waren weiß, so fest hielt er das Handy. Sich zur Ruhe zwingend schloss er kurz die Augen und wählte dann hastig die Notrufnummer.

Der Freizeichenton war das schönste Geräusch, das er seit Langem vernommen hatte. Tränen der Erleichterung traten ihm in die Augen, als am anderen Ende abgenommen wurde.

Doch hinter sich in der Dunkelheit hörte er ein Krächzen – leise und siegessicher.

18. Kapitel

Helen

Helen griff nach dem Hörer und drückte dann die Eins. Neben dem Telefondienst war sie für die Instandhaltung der Ausrüstung zuständig, wenn sie nicht selbst an Rettungseinsätzen teilnahm.

Diese forderten gute körperliche Fitness, und die hatte sie sich angeeignet, seit sie vor einem Jahr hier mit der Ausbildung angefangen hatte.

War sie vorher ungelenk und pummelig gewesen, konnte sie nun mit einem durchtrainierten und muskulösen Körper aufwarten. Helen war ganz hingerissen von ihrem Spiegelbild. Die Fettröllchen auf der Hüfte waren verschwunden und auch die Oberschenkel hatten den Kampf gegen die Cellulite gewonnen.

Das lag sicher an den dreißig Bahnen, die sie jeden Morgen zügig schwamm. Aber auch das Training im Ausbildungslager hatte seinen Teil dazu beigetragen. Laufen und klettern, neben den klassischen Übungen wie Liegestütze und Sit-ups, gehörten zu den täglichen Trainingseinheiten.

Hätte man ihr vor einem Jahr gesagt, dass sich ein solcher Körper unter der fülligen Masse verbarg, hätte sie schallend gelacht. Bei einer Größe von eins siebzig hatte sie sich im Laufe ihrer Ehejahre auf stattliche fünfundneunzig Kilogramm hochgefuttert. Mittlerweile waren aufgrund der Bewegung zwanzig Kilogramm dahingeschmolzen wie Butter in der Sonne. Jetzt könnte sie sich endlich die Sachen zum Anziehen kaufen, die sie mochte. Nun hätte sie zwischen verschiedenen Modellen wählen und sich kleiden können, statt zu kaschieren. Nur, jetzt hatte sie das Geld dafür nicht mehr.

Es war reines Glück gewesen, dass man sie genommen hatte. Aufgrund der schlechten Bezahlung, des Schichtbetriebes und der unzähligen Überstunden hatte sich kaum jemand auf die Stelle beworben.

Die Aufstiegsmöglichkeiten, die ihr dieser Job bot, und die landschaftliche Lage machten diese Minuspunkte aber mehr als wett.

Land's End – der traumhaft schöne westlichste Punkt der englischen Insel – lud ein zu Höhlenerkundungen und zum Klettern. Hierfür gab es mehrere ausgewiesene Kletter- und Wandertouren. Die leichteren waren durchaus keilfreundlich und gut abzusichern, aber sogar von diesem Minimum an Sicherheit nahmen einige ganz Verwegene Abstand und setzten lieber das eigene und das Leben der Retter aufs Spiel.

Die tideabhängigen Touren, vor allem bei kombinierten Höhlenexpeditionen, konnten sehr schnell zum Verhängnis werden. Oft fand man die Vermissten gar nicht wieder, was für die Hinterbliebenen ein Desaster war, weil das Einzige, das blieb, ein leeres Grab war. Viele, vor allem Eltern, verbrachten ihr restliches Leben damit, auf die Rückkehr der Verschollenen zu warten.

Die meisten Einsätze spielten sich im Bereich der Klippen und der vorgelagerten Strände ab. Badeunfälle waren an der Tagesordnung. Viele der Surfer kannten die Tücken des Meeres nicht oder überschätzten sich. Sie setzten sich weder mit den Winden noch mit Tide und Strömung auseinander und so mancher war mit seinem Surfbrett abgetrieben, bevor er das

Wort »Hilfe!« auch nur denken konnte, sodass Helen und ihren Kollegen nur blieb, die Seenotrettungsmannschaften zu informieren, eine Kerze anzuzünden und zu beten.

Es ärgerte sie, dass manche so unvorsichtig waren und sich aus Leichtsinn in Gefahr begaben. Es war einfach rücksichtslos den Rettern gegenüber. Schließlich mussten sie immer wieder ihr Leben für solche Torheiten aufs Spiel setzen.

Obwohl sie seit einem Jahr dabei war, bewunderte sie ihre Kollegen, die diesen Beruf schon seit zwanzig Jahren und länger ausübten, noch immer. Das waren wirklich Berufene. Wenn man ihnen gegenüber von einem Job sprach, kränkte es sie zutiefst.

Eine weitere Gruppe von Touristen war ebenfalls ein Ärgernis. Braun gebrannt und bepackt mit Muskelbergen aus dem Fitnessstudio machten sie sich mit einem Minimum an Sicherheit ans Freeclimbing, was für sie so viel hieß wie in T-Shirt und Treckingsandalen einen Steilhang zu erklimmen. Und das am besten bei Nieselregen, wenn alles schön glitschig wie Schmierseife war, und bei steigender Brandung. Zudem waren die Klippen zum Teil aus Sandstein. Sie sahen zwar so zuverlässig aus, als würden sie schon seit Jahrhunderten an diesem Ort stehen, ohne ihr Aussehen verändert zu haben, aber das war ein Trugschluss. Einige bestanden aus verschiedenen Gesteinsarten, die sich in Schichten aufbauten und so porös wie Blätterteig sein konnten. Eine felsenharte Oberfläche konnte tatsächlich nur eine Auflage auf einer Schicht aus lockerem Gestein sein und abrutschen.

Den Zeitpunkt, wann eine Klippe bröckelte, ein Überhang brach oder rutschte, konnte keiner vorhersehen. Er wurde durch Wind und Wetter im Laufe vieler Jahre festgelegt. Unten lagen die Riffe und die algenbedeckten Steine als Einladung zu einem saftigen Aufprall.

Helen liebte ihre Arbeit. Sie hatte schon bei etlichen Rettungseinsätzen mitgewirkt und jedes gerettete Leben verlieh ihrem eigenen Sinn. Endlich hatte sie ihr Leben geordnet und konnte ganz in Ruhe auf das warten, was es noch für sie bereithielt.

Natürlich träumte sie immer noch von gesellschaftlicher Anerkennung und davon, in Geld zu schwimmen. Diese Hoffnung hatte sie nie aufgegeben. Und sie war wirklich ganz knapp davor gewesen. Aber es erfüllte sie mit Stolz, dass sie sich alles, was ihr Leben jetzt ausmachte, selbst erarbeitet hatte. Ihrem Selbstbewusstsein gab dies enormen Auftrieb.

Im Nachhinein war ihr manches klar geworden und sie gestand sich ein, dass die Ehe mit Jeremy von vornherein zum Scheitern verurteilt gewesen war. Mit ihm allein hätte sie sich arrangieren können, im Doppelpack mit seiner Mutter war die Situation jedoch schlicht unhaltbar und nicht tragbar gewesen.

Bei aller Klarheit war da aber immer noch der Stachel der Demütigung, und sie würde alles darum geben, sich für das Erlebte rächen zu können: für die Schmähungen, die Verleumdungen, die Herabwürdigung ihrer Person. Und für ihr ungeborenes Baby, dessen Weinen sie bis in ihre Träume verfolgte.

Schon während sie nach ihrem Rauswurf im Taxi saß, hatte sie das Ziehen im Unterleib bemerkt. Als sie sich bei der günstigsten Pension absetzen ließ, war ihr klar, dass ihre Blutung eingesetzt hatte.

Helen hatte die Lippen fest zusammengekniffen und sich ermahnt, Ruhe zu bewahren. Sie schaffte es, bis sie in der kleinen Mansarde mit der lindgrün und rosa geblümten Tapete auf der durchgelegenen Matratze in sich zusammensank, nachdem sie auf der Toilette ihren Verdacht bestätigt fand.

Sie säuberte sich, während ihre Augen in Tränen schwammen und ihre Gedanken Achterbahn fuhren. Hatte der Treppensturz die Blutung verursacht? Die Aufregung? Oder hatte ihre Periode nur verzögert eingesetzt und sie war überhaupt nicht schwanger gewesen? Verwirrt sank sie auf das Bett und grub das Gesicht in die fadenscheinige Tagesdecke, die stark nach ungelüfteten Socken roch und mit bräunlichen Flecken übersät war – den Resten von Körperflüssigkeiten vorheriger Gäste.

Angewidert warf Helen sie hinunter. Das Deckbett, das darunter zum Vorschein kam, war nicht besser.

Mit einem tiefen Seufzer erhob sie sich und wischte sich die Tränen aus dem Gesicht. Sie könnte einen Arzt aufsuchen. Aber was versprach sie sich davon? Davon abgesehen, dass sie gar nicht in der Verfassung war, sich nach einem Arzt zu erkundigen, einen Termin zu machen, ein Taxi zu rufen und das nötige Prozedere über sich ergehen zu lassen, was konnte sie tun, wenn er ihr offenbarte, dass sie nie schwanger gewesen war? Oder – noch schlimmer – es nie sein würde?

Es war allein Jeremys Schuld, dass sie hier so hilflos dasaß. Wie gewissenlos, hartherzig und egoistisch er war! Er konnte doch den Fotos kaum Glauben schenken. Was war er nur für ein Idiot!

Hin- und hergerissen zwischen Wut und Verzweiflung entschied sie, dass ein schmuddeliges Bett ihr geringstes Problem war, legte sich hin und starrte auf die schmierige Kristallschale, die als Lampe an der Decke klebte.

In ihrer Fantasie erfand sie Bilder und Geschichten, die ihr, wenn auch nur kurzfristig, Befriedigung verschafften.

In einer lag Jeremy vor der Tür des Schlosses, das sie in ihrer Vorstellung bewohnte, und bat sie mit zittrigen Händen um eine Flasche Whisky. Sie – in hochhackigen, schwarzen Overknees – verhöhnte ihn, schenkte sich selbst ein Glas ein und trank es genussvoll vor seinen Augen aus.

In einem anderen Bild sah sie ihn während eines Blizzards, wie er in Cornwall nie vorkam, am Straßenrand stehen. Er war mit seinem *Austin* Cabrio, dessen Verdeck er selten schloss, stecken geblieben. Aber sie fuhr mit ihrem Mercedes Geländewagen fröhlich winkend auf Schneeketten an ihm vorbei und überließ ihn dem sicheren Tod.

Zugegeben, diese Geschichte war der Realität noch ferner, aber sie gab ihr den Seelenfrieden und das Selbstwertgefühl, das sie brauchte, um ihren Alltag wieder auf die Reihe zu kriegen.

Ihr innigster Wunsch war dennoch, dass Jeremy sie nur ein Mal im Leben um etwas bat, nur ein einziges Mal. Sie würde es ihm von ganzem Herzen verwehren.

19. Kapitel

Helen verlor ihre Eltern als Dreijährige bei einem Unfall. In ihrem Kindersitz hatte sie dieses Unglück als Einzige überlebt und war zu ihrer Großmutter gekommen, die eine kleine Wohnung in den Docklands im Osten Londons besaß. In den Achtzigerjahren, als Helen ein Schulkind war, wurde mehr und mehr Geld in die Docklands investiert. Luxusappartements schossen wie Pilze aus dem Boden und drängten die Einheimischen zunehmend in die Randbezirke. Nur Helens Großmutter behauptete energisch ihr Terrain. Sie hatte Glück, dass die Wohnung ihr gehörte. Als Mieterin wäre sie längst mit den Kosten überfordert gewesen oder von Investmentfirmen herausgeklagt worden.

Voll gespielter Verachtung, die eine große Portion Neid enthielt, sahen Helen und ihre Freunde die Neuen, die mit schicken Schulranzen und polierten Schuhen in die frisch eingeweihten Schulen gingen. Und Helen schwor sich: Zu dieser Schicht würde auch sie einmal gehören.

Wenn sie allein war, hängte sie sich Tücher, die ihrer Großmutter gehörten, über die Schultern, zog Schuhe mit Absätzen an und trippelte geziert durchs Zimmer, wobei sie näselte: »Wärest du wohl so nett, meine Handtasche zu reinigen?«

Nichts kam ihr mit neun Jahren überflüssiger vor als eine Handtasche, in der ein Lippenstift oder ein Taschentuch lag.

Damit war eine Handtasche, neben schicken Kleidern und teuren Autos, für sie der Inbegriff sozialen Wohlstands.

Erst einmal in diese Gesellschaftsschicht aufgestiegen war sich Helen sicher, beschäftigte man sich den ganzen Tag nur mit dem, was ihre Oma Firlefanz nannte, Helen aber insgeheim für so erstrebenswert hielt.

Mit der Rente der Großmutter schlugen sich die beiden mehr schlecht als recht durch. Schon früh war Helen daher gezwungen, auf eigenen Beinen zu stehen und Geld zu verdienen. Als Kind sammelte sie Pfandflaschen, als Schülerin trug sie Zeitungen aus und verteilte Brötchen in den schönen Vororten, wo sie die feinen Villen und schmucken Häuschen bewunderte. In so einem würde sie auch einmal wohnen!

Als sie sechzehn Jahre alt war, starb ihre Großmutter, und Helen verzweifelte vor Trauer und aus Angst vor der Zukunft.

Mittlerweile hatte sie eine Ausbildung in einem Restaurant begonnen. Ihr Verdienst jedoch war kläglich, öffentliche Verkehrsmittel waren rar und nur für ihren Arbeitsweg benötigte sie jeden Tag länger als zwei Stunden mit dem Rad. Sicher hätte sie in einer Fabrik in London mehr verdient. Sie verwarf den Gedanken aber, die Ausbildung abzubrechen. Immerhin hatte ihre Großmutter ihr die Wohnung vermacht, sodass sie ein Dach über dem Kopf hatte. Essen konnte sie am Arbeitsplatz, auch wenn ihr das vom Lohn abgezogen wurde. Trotzdem sicherte die Ausbildung ihre berufliche Zukunft.

Auf einem Reiterball lernte sie Jeremy kennen. Sie, die unscheinbare, magere Bedienung, wurde tatsächlich von einem der schönsten und betuchtesten Junggesellen des Festes angeschmachtet. Sie konnte ihr Glück kaum fassen.

Neunzehn Jahre alt war sie damals erst gewesen. Jeremy war acht Jahre älter als sie, aber was machte das schon? Hals über Kopf verliebte sie sich in ihn. Sein Charme war seine hervorstechendste Eigenschaft, und als er ihr von seinem Vermögen und seiner gesellschaftlichen Stellung erzählte, gab sie zuerst vor, ihm nicht zu glauben. Er führte sie daraufhin mehrmals aus und schenkte ihr teure Kleider, Besuche bei den angesagtesten Friseuren und Visagisten der Stadt, und schließlich, an ihrem einundzwanzigsten Geburtstag, nahm er sie mit nach Hause. Zum ersten Mal wurde Helen bewusst, dass sie nicht die graue Maus sein konnte, für die sie sich hielt. Wenn sich ein Mann wie Jeremy für sie interessierte, musste sie zumindest ansehnlich sein.

Langsam veränderte sich ihr Selbstbild. Die Spiegelungen in den Schaufenstern beim Einkaufsbummel zeigten ihr eine selbstbewusste junge Dame. Ihr blondes Haar trug sie zu dieser Zeit hochgesteckt. Sie liebte lange Ohrringe, die ihren Nacken streiften, wenn sie den Kopf drehte. Sie, die in ihrer Freizeit zu Jeans und Sweatshirt griff, begann Kostüme und Etuikleider zu tragen. Auch die Turnschuhe wurden in die Ecke verbannt und durch Riemchensandalen und Pumps ersetzt. Jeremy gefiel sie so noch besser, und sie sich selbst ebenfalls. Für Helen verwirklichte sich nach und nach also alles, was sie sich erträumt hatte.

Jeremys Mutter allerdings, die gute alte Lady Mathilda Berwich, war entsetzt. Permanent versuchte sie einen Keil in die Verbindung zu treiben, die sie als Poussade oder eine seiner Affären abtat.

Helen hatte gehört, wie Lady Mathilda gegenüber einer ihrer oberflächlichen Freundinnen äußerte, Jeremys Hang zum Küchenpersonal würde sich schon noch geben.

Wo es nur ging, ließ sie einfließen, dass Helen nicht standesgemäß sei. Sie machte das auf eine katzenfreundliche Art – gut getarnt als mütterliche Ratschläge, die Helen innerlich zur Raserei brachten.

»Liebes, wenn man gerade sitzt, sieht man viel mehr von der Welt, meinst du nicht?« Oder: »Vor dem Trinken, nach dem Essen Mund abtupfen nicht vergessen! So habe ich es mit drei Jahren gelernt. Wie alt bist du mittlerweile?« Und dann nannte sie eine Zahl, die Helen umgehend mindestens fünf Jahre älter machte. Korrigierte Helen sie machte Lady Mathilda ein amüsiertes Gesicht und eine Bemerkung wie: »Dann, meine Liebe, solltest du mehr auf dich achten. Noch ein Stück Kuchen? Du isst doch so gern immer eins mehr als die anderen.«

Helen hoffte, dass sich die Bevormundung durch Lady Mathilda nach der Hochzeit legen würde, was sich leider nicht bestätigte.

Ihre Hochzeit hatte in Las Vegas stattgefunden. Jeremy sagte, er wolle nur dem übertriebenen Hochzeitsrummel entgehen, aber Helen hatte den Verdacht, dass er sich den Anfeindungen seiner Mutter entziehen wollte. Ihr war es ganz recht, der alten Gewitterhexe, wie sie ihre Schwiegermutter in spe in Gedanken nannte, an ihrem Hochzeitstag nicht begegnen zu müssen. Mit zweiundzwanzig Jahren war sie zwar erwachsen genug, um sich ihr zu widersetzen. Aber der schwelende Konflikt setzte ihr zu. Sie hoffte, als verheiratete Frau vor weiteren Anfeindungen endlich sicher zu sein. Doch sie hatte sich getäuscht.

Als sie und Jeremy ihre erste Dinnereinladung als Ehepaar erhielten, bat sich die Schwiegermutter bei den Gastgebern aus, neben Helen sitzen zu dürfen, da diese noch ein wenig unsicher mit den Tischmanieren sei.

Helen hatte Jeremy mit den Augen um Beistand angefleht, aber der fand diese Idee sehr gut, konnte er sich so ja seinen eigenen Vergnügungen widmen, zum Beispiel der Bedienung in altväterlicher Manier auf den Po zu klopfen. Damit hatte er schon kurz vor der Hochzeit begonnen. Helen hatte sich vorgenommen, es geflissentlich zu ignorieren. Sie wollte sich ihr Glück nicht trüben lassen. Schließlich war *sie* mit Jeremy liiert und daran konnten auch diese anderen Frauen nichts ändern. Dass die Gefahr von einer ganz anderen Seite drohte, bemerkte sie damals nicht.

Helen biss auf einem Kugelschreiber herum und merkte, wie sich ihr Puls beschleunigte, als sie daran dachte, wie gedemütigt sie sich damals gefühlt hatte. Sie schloss die Augen und atmete tief durch. Schließlich war sie von diesen Situationen jetzt so weit entfernt wie damals vor ihrem Leben mit Jeremy.

Hier interessierte es keinen, wie sie Fish and Chips aß und ob sie die fettige Zeitung anschließend faltete oder knäulte. So lächerlich war das Benehmen, das man in den höheren gesellschaftlichen Schichten an den Tag, der mit Nebensächlichkeiten vollgestopft war, legte. Da waren zum Beispiel die strengen Hierarchien, die alles regelnde Etikette, wer wann und wo etwas sagen durfte, oder die Sitzordnungen. All das ließ keinen Raum für Spontanität.

Dabei hätten sie und Jeremy mit dem Geld so tolle Sachen machen können. Kreuzfahrten in die Antarktis oder nach Feuerland zum Beispiel – geführte Expeditionen mit einem hohen Maß an Komfort, da sie wusste, dass Jeremy eine gepflegte Umgebung brauchte.

Leider musste sie schon bald feststellen, dass Lady Mathilda den Daumen auf dem Geld hatte. Jeremy bekam monatlich nur ein festgelegtes Salär. Das war zwar nicht kleinlich bemessen. Allerdings bekam Helen davon nur das, was Jeremy ihr abgab.

Wenn sie ein liebes Kätzchen war, wie er sie betitelte, konnte sie alles von ihm bekommen. Sobald sie versuchte eigene

Wege zu gehen, waren er und seine Mutter sofort da und pfiffen sie zurück.

Lady Mathilda Berwich wurde 1938 geboren. Trotz des Irrsinns des Zweiten Weltkrieges sorgte ihre Mutter dafür, dass sie eine ihrem Stande angemessene Erziehung erhielt. Mathilda wuchs in der Obhut einer Nanny auf, die später ebenfalls als Privatlehrerin fungierte. Ms Armstrong achtete auf Disziplin, die vor allem in den kleinen Dingen vonnöten ist. Bei den großen ergibt sie sich dann ganz von selbst, wie sie gern näselte. Ihre Nase bebte dabei vor Selbstgerechtigkeit wie die einer Spitzmaus.

Mathilda beherzigte nicht nur die Lehren von Ms Armstrong, sondern übernahm auch ihre Blasiertheit und Selbstherrlichkeit. Keiner der Männer, die sich um sie bemühten, war ihr gut genug. Es war ihr Vater, der sie endlich versorgt wissen wollte. Als Mathilda zweiunddreißig war, verheiratete er sie trotz aller Proteste. Ihrer Meinung nach weit unter dem Stand, dem sie eigentlich angehören sollte. Bis an sein Lebensende verzieh sie ihm dies nicht.

Mit vierunddreißig gebar sie Jeremy, der ein Einzelkind blieb. Lady Mathilda begrüßte dies sehr, weil sie sich so ganz auf ihn konzentrieren konnte. In ihn setzte sie ihre ganze Hoffnung, und er avancierte zum Dreh- und Angelpunkt ihres Lebens. Ihn würde sie in die Gesellschaftsschicht heben, die ihr selbst – ohne ihr Zutun wohlgemerkt – verwehrt geblieben war. Ob schulische oder musikalische Ausbildung, Jagen und Golf, nichts hatte sie Jeremy vorenthalten. Ihrem Sohn widmete sie ihr ganzes Leben, während ihr Mann, Sir Frederic Berwich, geschäftlich nahezu permanent unterwegs war. Er hatte das Familienvermögen stetig vergrößert durch den Handel mit Kaffee und Kakao, der zum Teil auf eigenen Plantagen in den Höhenlagen Ostafrikas und Südamerikas angebaut wurde. Nur ein Mal hatte Lady Mathilda ihn auf eine dieser Farmen begleitet, um sofort wieder darauf zu verzichten. Allein diese Insekten, die mehr als dreimal so groß waren wie die in England, der afrikanische Staub und die schwüle Hitze verursachten ihr Kopfschmerzen und Übelkeit. Die dunkle Haut des Personals erschreckte sie zudem, auch wenn sie das niemals zugegeben hätte. Schließlich war sie eine moderne, gebildete, liberale Frau.

Lady Mathilda bevorzugte ganz entschieden die frische Luft in Cornwall, die Wetterumschwünge, die Zuverlässigkeit des Personals und die ausgebauten Straßen. Traf man eine Verabredung um acht Uhr, dann waren die Gäste spätestens um fünf nach acht da und nicht erst am nächsten oder übernächsten Abend. In England hing außen an den Geschäften Werbung, an der erkennbar war, was es drinnen zu kaufen gab. Dort, auf dem schwarzen Kontinent, war jeder Laden ein Sammelsurium von durcheinandergeworfenem Gerümpel, aus dem man sich dies und das mit spitzen Fingern herausfischen konnte.

Es war gut, dass ihr Mann eine Vorliebe für alles Exotische hatte, ihr nicht im Weg war und obendrein noch sehr viel Geld verdiente.

Sir Frederic Berwich dagegen wusste es zu schätzen, dass die vielen Geschäftsreisen ihm – neben Geld – alle Freiheiten bescherten. Darüber hinaus konnte er seiner Frau aus dem Weg gehen, die so ganz anders war als seine Gespielinnen.

Die Ehe mit Lady Mathilda hatte seinem gesellschaftlichen Ansehen Auftrieb gegeben und ihm auch geschäftlich Ruhm und Reichtum eingebracht. Sie und seinen Sohn sah er aber nur hin und wieder, nämlich dann, wenn es sich nicht umgehen ließ, als Familie aufzutreten.

Im Ungehorsam seines Sohnes gegenüber dessen Mutter erkannte Sir Frederic sich selbst wieder, und es freute ihn diebisch, zu wissen, dass sein Sohn seine Frau zur Weißglut treiben konnte, während er selbst seine Hände in Unschuld wusch. Schließlich konnte er nichts für die Aufsässigkeit seines Sohnes. Er war ja nie da. Es erfüllte ihn jedoch mit Stolz, wenn er sah, dass sein Sohn durchaus in der Lage war, eigene Wege zu gehen. Irgendwann in ferner Zukunft würde er ihn in seine Geschäfte einweihen. Aber daran zu denken, war jetzt noch nicht die Zeit. Obwohl er auf die siebzig zuging, fühlte er sich immer noch wie ein Mittfünfziger.

Dank seiner Großzügigkeit und seines Humors war er ein beliebter und anerkannter Mann. Was seine Frau ihm als Egoismus vorwarf, nannte er selbst schlicht: Leben.

Erst mit zweiundvierzig Jahren hatte er sie geheiratet. Es war für ihn an der Zeit. Als Jeremy geboren wurde, betrachtete Frederic Berwich die Affenliebe, die seine Frau dem Jungen entgegenbrachte, mit Skepsis. Öfter dachte er, dass das, was dem Jungen fehle, eine starke Hand sei.

Darin war sich auch die Dienerschaft einig, wenn sie zum wiederholten Male bemerkte, dass Jeremy Geld aus der Börse seiner Mutter oder von Besuchern nahm. Lady Mathilda kniff ihm aber stets nur nachsichtig in die Wange und nahm ihm das Versprechen ab, es nie wieder zu tun.

Jeremys Liaison mit Helen passte Lady Mathilda überhaupt nicht und sie versuchte mehrmals, ihren Sohn davon zu überzeugen, sich die jungen Damen von Stand anzusehen. Doch Jeremy hielt an Helen fest, und sei es nur, um einmal mehr zu zeigen, dass er sich von seiner Mutter nichts sagen ließ.

Nach der Hochzeit allerdings, als er auch diesen Machtkampf gewonnen hatte, verlor das Spiel für ihn immer mehr an Reiz.

Helen ging ihm nachhaltig auf die Nerven mit ihren Forderungen nach Beschäftigung, Gesellschaft oder Unterhaltung.

Als sie zwei Jahre verheiratet waren, hatte sie sogar die glorreiche Idee, arbeiten zu wollen.

Schmunzelnd fragte er sie: »Wirst du dann täglich mit dem Bus nach Penzance fahren, bevor du dich an die Kasse im Supermarkt setzt?«

»Nein, ich werde meine Ausbildung zur Gastronomiekauffrau fortsetzen, die ich dir zuliebe abgebrochen habe.«

»Tabletts wirst du nicht schleppen, solange du meine Frau bist. Und wenn ich dir draufkomme, dass du auch nur die kleinsten Aktivitäten in diese Richtung unternimmst, wirst du dein blaues Wunder erleben.«

»Dann werde ich eben weiter zur Schule gehen!«

»Sicherlich warten die Direktoren schon auf dich. In deinem Alter werden sie dich wegen Demenzverdachts vom Unterricht ausschließen.« Überheblich grinsend schaute er sie mit schief gelegtem Kopf an, als dächte er nach. »Ein Studium könntest du machen. Schöne Künste vielleicht.« Dann schlug er sich auf die Stirn. »Ach nein, kannst du ja nicht. Du hast ja keinen Abschluss.« Er hob die Augenbrauen. »Überhaupt keinen, richtig?«

»Ich habe meine Ausbildung dir zuliebe abgebrochen, schon vergessen?«

»Trotzdem bin ich dir nichts schuldig. Du brauchst dich nur umzuschauen. Und wehe, du fängst jetzt wieder mit dem Gewäsch von Unabhängigkeit an. Sonst bis du bald unabhängiger von mir, als dir lieb ist.« Er machte eine Pause und fuhr dann in einem Tonfall fort, der für Helen bedrohlich klang. »Du wusstest, worauf du dich einlässt, als du mich heiratetest. Alles hat seinen Preis, meine Liebe.«

Helen schluckte schwer, weil sie wusste, dass er nicht zögern würde, seine Drohung in die Tat umzusetzen.

Ein weiterer Funken Zuneigung erlosch in ihr.

Für Jeremy wurde die Situation zu Hause in den folgenden Jahren zunehmend unerträglich. Die Fragen und Vorwürfe zu seinem Londoner Leben waren lästig und nahmen ihm das Gefühl von Freiheit. Er ertappte sich dabei, dass er bei dem Gedanken an Helen Widerwillen verspürte. Er fühlte sich tief verstrickt in eine Situation, die nicht zu seinem Selbstbild passen wollte. Was sollte er um Gottes willen mit einer nörgelnden Ehefrau an seiner Seite? Wo war Helens Einfallsreichtum, ihre Spontanität geblieben, mit der sie ihn in den Hafen der Ehe gelockt hatte? Sie waren noch nicht einmal sieben Jahre verheiratet. Er lächelte schief, als er an den uralten Witz dachte: *Und, wie lange musst du noch?*

Jeremy fühlte sich gefangen in einem ausweglosen Labyrinth. Diese Situation musste er ändern, das stand fest.

Nach längerem Grübeln, das sich über Wochen zog, kam ihm der rettende Einfall: ein Baby! Das war die Lösung. Es würde ihm das Leben um einiges leichter machen, da Helen endlich beschäftigt wäre und ihn in Ruhe lassen würde. Vor allem würde sie nicht mehr laufend fragen, wo er wie viel Geld verspielt hätte und ob er wirklich jede Woche dreimal auf die Trabrennbahn müsse.

Der erste Hauch von Frühling strich gerade über England. Die Menschen hoben ihre vom Winter blassen Gesichter zum Himmel, um die wärmenden Strahlen einzufangen. Wie in jedem Jahr mahnte Lady Berwich Helen zum Sonnenschirm und wie immer lehnte Helen dieses Ansinnen strikt ab. Jeremy verdrehte innerlich die Augen. Diese kleinkarierten Weiber. Womit hatte er sie nur verdient?

Es wurde Zeit, seinen Plan in die Tat umzusetzen.

Entgegen seiner Gewohnheit kam er schon am Donnerstagabend nach Hause. Er fand Helen vor dem Fernseher sitzend. Auf ihrem Schoß hatte sie Bourbon-Vanilleeis – einen Liter.

Erschrocken sprang sie auf und ließ die Dose unter der Fernsehzeitschrift verschwinden.

Anstatt des erwarteten Tadels reichte Jeremy ihr einen Blumenstrauß – Margeriten und rote Rosen.

Verwirrt nahm Helen ihn entgegen. »Gibt es etwas Besonderes?«, fragte sie. »Was machst du denn schon hier?«

»Überraschung«, flüsterte er und drückte sie an sich. »Lust auf einen Abendspaziergang?«

Der samtige Himmel war gespickt mit Sternen, auf die er sie aufmerksam machte, bevor er mit inbrünstigem Blick ihre Hände in seine nahm, an seine Brust drückte und mit weicher Stimme flüsterte: »Wir sollten unseren Stammbaum erweitern. Was denkst du?«

Ein Leuchten überzog ihr Gesicht. Sie hatte Jeremy schon oft mit ihrem Kinderwunsch konfrontiert. Ein Baby würde ihr endlich den Inhalt geben, den sie brauchte, und eine Scheidung war mit einem Baby undenkbar. Nachwuchs festigte ihre Stellung in der Familie, vor allem, wenn er männlich wäre.

Tief in ihrem Inneren spürte sie plötzlich, wie sich die Zuneigung zu Jeremy träge wie ein alter Kettenhund regte, und Zufriedenheit und Ruhe breiteten sich in ihr aus.

Ihre Liebe, die unter den Anfeindungen mit dem Gewicht von Felsbrocken verschüttet gewesen war, kämpfte sich mit aller Macht an die Oberfläche und breitete sich mit einer Kraft in ihr aus, die sie lange nicht gespürt hatte.

20. Kapitel

Was so einfach klang, erwies sich doch als schwierig, was nicht zuletzt daran lag, dass Jeremy immer mehr Zeit in seiner Londoner Stadtwohnung verbrachte.

Helen füllte indessen ihre Tage mit dem Einrichten eines Kinderzimmers, denn mehr und mehr wurde die Schwangerschaft für sie zur fixen Idee.

Sie meldete sich im Internet in verschiedenen Foren an, in denen sich Schwangere gegenseitig mit guten Ratschlägen überhäuften, und begann auch ihre Ernährung umzustellen. Sie konnte ja schon einmal üben, bevor es so weit war. So wäre sie fit für den Ernstfall und die Umstellung würde ihr gar keine Probleme mehr bereiten. Sie fühlte sich sogar schon schwanger, obwohl ihre Periode sich so zuverlässig wie ein Uhrwerk einstellte.

Bald traten die Heißhungerschübe auf, von denen in den Foren immer wieder berichtet wurde – diese vermeintliche Unterzuckerung, die man mit kuriosen Essenszusammenstellungen bekämpfen konnte. Mal waren es die sauren Gurken – gern mit Mayonnaise –, mit denen sie ihren Hunger stillte, mal Muscheln in Pfefferminztee, bestreut mit Kakao. Als morgendliche Übelkeit sie überfiel, legte sie sich mit gezuckertem Tee und Schokokeksen ins Bett, während der Fernseher das Neueste vom Tage zeigte.

So sehr sie sich auch suggerierte, schwanger zu sein, kam doch mit jeder Monatsblutung die Erkenntnis, dass mehr dazugehörte. Die Angst, empfängnisunfähig zu sein, nistete sich in ihrem Brustkorb ein und machte ihr das Atmen schwer.

Der gemeinsame Spaziergang hatte ihrer Ehe Auftrieb gegeben. Vorher hatte Jeremy die Nöte seiner Frau ignoriert. Wenn er nach Hause in die Villa kam, die seiner Familie als Residenz diente, war er entweder müde, gereizt oder beides, weil er erneut, wie Helen richtig vermutete, Geld verspielt hatte.

Zwar versuchte sie häufig ihn zu verführen, aber er hatte seine Lust meistens schon in irgendeinem Etablissement in London gelassen.

»Schon mal in den Spiegel geschaut? Du wirst immer runder. Das Herumsitzen bekommt dir nicht. Unternimm etwas, amüsiere dich, such dir einen Sport – vielleicht Rumkugeln, darin müsstest du spitze sein«, kommentierte er mit abfälligem Blick ihre Verführungsversuche.

Verletzt zog sich Helen daraufhin zurück.

Diese verbalen Angriffe kamen aber nach dem Spaziergang nur noch selten vor. Seit jener Nacht war er es, der ihr leise seinen Kinderwunsch ins Ohr flüsterte.

Tatsächlich war er auch jetzt hin und wieder sehr betrunken. Dann hatte sie leichtes Spiel, ihn zu einem Schäferstündchen zu animieren. Sie wusste zwar nicht genau, ob er sich am nächsten Morgen daran erinnerte, dass er mit ihr geschlafen hatte, aber das spielte keine Rolle.

Während der nächsten Menstruation suchte sie dann im Netz fieberhaft nach Anhaltspunkten, unter welchen Umständen es trotz einer Schwangerschaft zu Blutungen kommen konnte. Manchmal waren Frauen schwanger, obwohl sie ihre Periode hatten. Vielleicht gehörte sie zu denen? Wer wusste das schon?

Sie fand viele Erklärungen, blieb aus Sicherheitsgründen im Bett und hatte sogar Depressionen, weil sie sich in den Gedanken hineinsteigerte, gerade ihr Kind zu verlieren.

Einen Arzt suchte sie aber nie auf. Harte Fakten hätten ihre Träume und Hoffnungen zerschlagen.

Vielleicht rührte das Ziehen im Unterbauch ja gar nicht vom Eintopf, sondern war ein erstes Anzeichen? Sie kuschelte sich tiefer in die Bettdecke und legte vorsorglich die Füße auf einen Berg Kissen, damit sich kein Wasser einlagerte.

Lady Mathilda sah die Veränderung Helens mit Missbilligung, aber auch mit Hoffnung.

»Jetzt sieht sie so gewöhnlich aus, wie sie ist«, vertraute sie einer ihrer Herzensfreundinnen an. »Sie lässt sich gehen, und das macht kein Mann lange mit. Schon morgens nach einem ausgiebigen Frühstück geht sie wieder mit Keksen ins Bett und beschäftigt sich dann entweder mit dem Computer oder sieht fern. Ich werde Jeremy bei nächster Gelegenheit fragen, was er dagegen zu unternehmen gedenkt. Das Personal tuschelt bereits.«

Als sie bei Jeremy auf taube Ohren stieß, beschloss sie selbst tätig zu werden.

21. Kapitel

Im Gartenpavillon unter der Weide am Teich saß ein verkaterter, missmutiger Jeremy und blickte trübsinnig mit glasigen Augen und unrasiertem Kinn auf das Lichtspiel des Wassers. Eine Stockentenfamilie schnäbelte am flachen Ufer nach Wasserpflanzen und Schnecken, und Jeremy warf Kiesel, die größer werdende Kreise auf das Wasser malten. Immer dichter an die Enten warf er die Kiesel, und die Entenmutter beeilte sich, ihre Küken einzusammeln und aufgeregt schnatternd das andere Ufer aufzusuchen.

Lady Mathilda zog sich einen schmiedeeisernen Stuhl heran. Nachdem sie die Sitzfläche inspiziert und für sauber befunden hatte, setzte sie sich.

»Jeremy, Liebling, wie geht es dir?«, begann sie vorsichtig und unterzog ihn prüfenden Blicken.

Jeremy grunzte, bückte sich und nahm weitere Kieselsteine auf. Er wog sie in seiner Handfläche und lächelte, als er daran dachte, dass Kies ein Synonym für Geld war.

So viel Kies und noch viel mehr, als er in beide Hände nehmen konnte, hatte er gestern verspielt. Zuerst beim Roulette und dann beim Blackjack.

Hier hatte sich eine Glückssträhne angebahnt, und er hatte plötzlich das sichere Gefühl gehabt, dass es eine Verbindung zwischen seinem Getränk und dem Schicksal gab.

Was hatte er getrunken, als er das letzte Mal mit einem satten Gewinn in der Tasche nach Hause gegangen war? ... Jim Beam. Genau!

Einige Runden lang war es dann tatsächlich so, dass er fast gewonnen hätte. Als er nach den hundert Pfund in Form seines eisernen Reserve-Scheins fingerte, den er im Innenfutter seines Jacketts verwahrte, obwohl er sich geschworen hatte, ihn nicht anzutasten, war er sich sicher, jetzt und hier am Blackjack-Tisch kurz vor dem großen Gewinn zu stehen.

Was aber, wenn er nur einmal gewänne und den Rest verspielte? Egal! Jetzt – und nur jetzt – hatte er die einmalige Chance und würde sie nutzen.

Sicher konnte er nur sein, wenn er diesen Schein in einen einzigen Jeton eintauschte – nicht in zehn Zehner oder vier Fünfundzwanziger! Nein, er würde alles auf eine Karte, auf einen Chip setzen. Aber eine Sache fehlte noch. Er hatte den richtigen Drink, den richtigen Chip, aber was war das dritte Zeichen? Er würde es erkennen, da war er sich sicher.

Er fand es in den zwei Spielern, die ihm rauchend gegenübersaßen. Wenn sie beide gleichzeitig an ihren halb heruntergebrannten Zigaretten zögen, dann ...

»Jeremy? Hörst du mich?« Lady Mathilda beugte sich zu ihm herüber und betrachtete ihn aufmerksam.

Er wusste, wie er aussah, aber es war ihm egal. Wie sahen andere Leute aus, die die ganze Nacht gearbeitet hatten? Spielen war harte Arbeit! Schließlich beschäftigte er sich in Gedanken permanent damit, wie er es zum Erfolg führen könnte.

Es gab so viele Berufsspieler, die davon lebten. Das konnte er auch. Nur, er brauchte mehr Geld, um die Sicherheit zu haben, die er für ein gelungenes Spiel benötigte.

Angst war der Todfeind des Glücks, und solange er sich für jedes Pfund, das er verlor, vor seiner Mutter oder Helen rechtfertigen musste, würde er nie die nötige Portion Glück haben, um auf Dauer ein erfolgreicher Spieler zu sein. Und Geld – das hatte seine Mutter.

Er wischte sich mit der Hand über die Augen, straffte seine Schultern und sagte: »Entschuldige meinen Aufzug. Ich habe eine harte Woche hinter mir. Die Geschäfte in London, du weißt ...«

Es war ein stillschweigendes Übereinkommen zwischen Mutter und Sohn, die Geschäfte in London nicht weiter zu benennen.

Die Geschäfte in London beinhalteten die Wohnung, die dortigen Angestellten, die Telefonate mit Freunden und das gesellschaftliche Leben. Die Geschäfte in London umfassten den Teil von Jeremys Leben, der abseits seiner Mutter stattfand, und Jeremy hatte nicht den blassesten Schimmer, ob seine Mutter wusste, dass zu diesem Leben auch Spielkasinos und andere Frauen gehörten. Dass dieses Leben kostspielig war, wusste sie allerdings mit Sicherheit. Schließlich finanzierte sie es.

Die Entenmutter schwamm aufgeregt im Schilf herum und suchte nach einer Stelle, an der sie das sichere Ufer erreichen konnte, als seine Mutter sagte: »Du weißt, ich bin immer für dich da. Der Kaffeepreis ist aufgrund der Trockenheit gestiegen, lässt dein Vater ausrichten. Deinen Anteil daran wirst du auf jeden Fall erhalten, denn unsere Farmen in Ostafrika haben gute Gewinne abgeworfen.«

Jeremy war erleichtert. Auf diesem Weg sagte ihm seine Mutter nämlich, dass er sich um Geld keine Sorgen zu machen brauchte.

»Allerdings ist die Lage auf der Plantage in Tansania weniger glücklich. Beizeiten solltest du dir selbst ein Bild davon machen.«

Jeremy hob überrascht die Augenbrauen. Was war denn das für ein Anliegen? Seine Mutter wusste besser als jeder andere, dass er nichts davon hielt, England zu verlassen und in andere Welten aufzubrechen. Schon gar nicht wollte er die familieneigenen Farmen bereisen, die am Ende der Welt lagen. Wollte sie ihn bestrafen? Das war ja absurd! Die Krankheiten und der Schmutz, der sich wie ein Film auf ihn legen würde, schränkten ihn schon in seiner Vorstellung dermaßen ein, dass er dankend verzichtete. Giftschlangen gab es da und Spinnen, die so groß wie eine Männerhand waren. Zwar liebte er die Natur und genoss sie bei einem Ausritt oder einem Spaziergang, aber echte Wildnis war zu viel des Guten. Ferner verunsicherte ihn, dass er das Gebaren der Menschen dort nicht verstand, was nicht nur an der Sprache lag. Er konnte ihre Körpersprache und ihre Mimik nicht interpretieren und fühlte sich in Gesprächen mit ihnen wie ein Golfball auf einer Eisfläche.

Sicherlich waren die Einheimischen nicht mehr so wild wie zu Beginn der Kolonialzeit. Mittlerweile gab es auch in den entlegensten Teilen der Erde durchaus Handys und Internet. Aber – auch wenn schon! Was hatte das mit seinem Leben zu tun? Dort wurde angebaut und hier landete das Geld. Hoffentlich! Außerdem hatte Jeremy noch nie irgendwo anders geschlafen als in einem richtigen und bequemen Bett. Ganz bestimmt würde er sich nicht mit einem Feldbett in irgendeinem Dschungel begnügen, wo ihn das Gekreische der Affen am frühen Morgen in den Wahnsinn trieb. Mit Grausen dachte er an die Ferien bei Nolan auf *Trinale*, als sein Cousin die Idee hatte, in einem Zelt im Garten zu übernachten. Die Erwachsenen machten ein mächtiges Gewese. Die Tanten schleppten Decken und Taschenlampen herbei, und die Onkel brüsteten sich mit Geschichten, die sie als Kinder beim Zelten in der Wildnis erlebt hatten. Schon damals war Jeremy schleierhaft gewesen, was daran spannend sein sollte. Was war reizvoll an der Kälte, die den Atem kondensieren ließ, sodass sich kleine Gespenster im Licht der Taschenlampe formierten? Waren klamme Decken spannend? Und Mücken, die einen aussaugten, bis man leichenblass und blutleer aufwachte? Was, wenn man nachts pinkeln musste und irgendein Untier nicht wusste, dass man nur ein kleiner Junge mit Harndrang war und keine Beute? Jeremy wusste damals nicht, ob es in England wilde Tiere gab. Es interessierte ihn auch nicht. Wenn es sie gab, hatten sie in seiner Welt nichts verloren. *Es ist nicht spannend, Angst zu haben*, dachte Jeremy. *Es ist furchteinflößend und Punkt.*

»Vielen Dank auch, ich geh lieber in mein Bett. Von mir aus kannst du hier Spannung tanken, so viel du willst«, hatte er mit fester Stimme zu Nolan gesagt, und der war ihm mit seiner Decke im Schlepptau hinterhergerannt und hatte versucht, ihn umzustimmen.

Er hatte seinen Cousin aber gar nicht beachtet, sondern war glücklich in sein Bett gefallen. Es war ihm egal, ob er draußen hätte Abenteuer erleben können.

Jeremys verkaterter Verstand meldete gerade, dass seine Gedanken noch nicht logisch ineinanderrasteten. Außerdem war ihm speiübel. Er erhob sich vom Stuhl und trat an den Rand des Pontons. Auf dem Wasser des Sees spiegelte sich der kupferne Pavillon.

Selbstzufrieden warf Lady Mathilda einen Seitenblick auf Jeremy und stellte fest, dass er angebissen hatte. Sie hörte förmlich, wie seine Gehirnwindungen aneinanderrieben und knirschten, um eine einleuchtende Erklärung für ihr Anliegen zu suchen. Er brauchte sie um so viel mehr, als er ahnte.

Sie zog ihren Kaschmirschal vor der Brust zusammen, kuschelte sich darin ein und sah ihn amüsiert an. Nebenbei fuhr sie mit der Hand in ihre Manteltasche und strich mit einem Finger über den glatten Briefumschlag. Ihr Sohn schmorte wie eine Weihnachtsgans im Römertopf – und sie genoss es.

Eine Million für deine Gedanken!, dachte sie.

Jeremy suchte im kristallklaren Teichwasser indessen noch immer nach einer Antwort auf das unsinnige Anliegen seiner Mutter.

Lady Mathilda ließ ihren Blick über die Blumenbeete streichen. Die Osterglocken waren noch nicht mal verblüht, schon schob sich neues Grün an ihren Platz.

Hier in England waren die Gärten prächtig, und die milden Winter schonten auch die exotischen Sorten.

Sie atmete tief durch die Nase ein und sagte: »Hm, wie das duftet! Der neue Gärtner ist wirklich gut. Man sieht, dass er sein Handwerk versteht.« Sie machte eine Pause, und in Gedanken sah Jeremy, wie sie eine imaginäre Schrotflinte nachlud, um den nächsten Schuss abzufeuern. »Er ist sehr attraktiv, du hast ihn sicher schon gesehen. Seit einigen Wochen wird übrigens gemunkelt, dass er häufig bei Helen zu Gast sei. Vorzugsweise, wenn du nicht da bist.« Sie räusperte sich hinter vorgehaltener Hand, um deutlich zu machen, wie unangenehm es ihr war, ein so pikantes Thema anzuschneiden.

Jeremy zuckte zusammen. »Seit wann gibst du etwas auf das Geschwätz anderer Leute?«

»Nur, wenn es die Familie betrifft. Jeremy, was deine Ehe angeht, ich habe mich noch nie eingemischt ...«

Er zog spöttisch eine Braue hoch.

»... aber hier ist Handlungsbedarf nötig. Um es kurz zu machen, du kennst Barbara? Ihr Neffe ist darin geschult, Leute zu observieren. Ich habe ihn gebeten, ein Auge auf die Geschehnisse hier zu haben, solange du deinen Geschäften nachgehst. Du kennst mich. Ich weiß, wann ich eine Sache aus der

Hand geben muss. Und diese Geschichte ist von der Art, mit der ich mich sicher nicht auseinandersetze. Gestern bekam ich die Ergebnisse seiner Observation.« Sie griff in ihre Kamelhaarmanteltasche und legte den Briefumschlag auf den Tisch. »Sieh dir diese Fotos in Ruhe an. Und dann tu, was du tun musst.« Lady Mathilda erhob sich und schaute ihn mit ernster Miene an.

Die Entenmutter zwickte ein Junges, das sich im Schilf verheddert hatte.

»Nimm Helen mit nach London oder geh mit ihr nach Tansania«, sagte sie mit Nachdruck. »Viel zu lange habe ich sie hier geduldet und zugelassen, dass sie unseren Ruf ruiniert. Ausgerechnet der Gärtner, du liebe Güte!« Sie reckte ihr Kinn vor. »In meinem Haus dulde ich derlei nicht. Ich gehe davon aus, dass du die nötigen Vorkehrungen triffst.« Dann stand sie auf, kehrte ihm den Rücken zu und sagte, ohne ihn anzuschauen: »Ich weiß, du wirst das Richtige tun!«

Jeremy stand eine Weile ganz still da. Er hatte Helen mehrfach betrogen, aber auf die Idee, dass sie ebenfalls ein Spiel spielen könnte, wäre er im Traum nicht gekommen. Er spürte einen Stich ganz tief in seinem Herzen – dort, wo seine Eitelkeit saß – und dass er vor Überraschung rot anlief.

Eine Wolke schob sich plötzlich vor die Sonne und tauchte den Garten in Schatten.

Er war davon ausgegangen, dass sie ihn liebte, und war sich ihrer so sicher gewesen. Er hatte sogar eine Familie mit ihr gründen wollen, verdammt noch mal! Ärgerlich trat er einen Kiesel zur Seite, als ihm eine leise Stimme einflüsterte, dass sein spontaner Kinderwunsch auf einem ganz anderen Mist gewachsen war.

Und wenn schon! Er schob diesen Gedanken rasch beiseite. Er hatte sie aufrichtig geliebt, und sie herherging ihn.

Zögernd griff er nach dem Umschlag, war aber nicht sicher, ob er ihn wirklich öffnen wollte.

Was, wenn die beiden im intimen Liebesspiel versunken auf den Bildern zu sehen waren? Nein, solche Fotos würde seine Mutter ihm niemals zumuten.

Im Grunde ging Jeremy immer noch wie ein kleiner Junge davon aus, dass seine Mutter ein asexuelles Wesen war, die von den Dingen im Leben eines Mannes keine Ahnung hatte. Beim besten Willen konnte er sich nicht vorstellen, wie sie ihn empfangen hatte. *Es muss doch so etwas wie den Klapperstorch geben*, dachte er. *Auf natürlichem Wege ...* Blitzschnell wischte er diese Gedanken weg.

Er war immer noch stark verkatert. Seine Gedanken zogen sich dadurch wie ein Gummi in die Länge, um dann wieder auf ein bedeutungsloses Mindestmaß zusammenzuschrumpfen. Die Relevanz einzelner Gedanken, ihre Priorität war noch nicht deutlich genug. Heute Nachmittag, mit seinem ersten Whisky, würde die Welt wieder klarere Konturen annehmen.

Gern hätte er sich jetzt einfach wieder in sein Zimmer zurückgezogen und sich eingebildet, das Gespräch mit seiner Mutter hätte niemals stattgefunden. Aber da lag dieser Umschlag!

22. Kapitel

Nachdem er sich auf den Schreck hin drei Whiskys gegönnt hatte, unternahm er eine kleine Bootstour. Auf dem See würde ihn keiner stören, während er sich die Fotos anschaute.

Wie lange war es her, dass er das dunkelblaue alte Ruderboot aus dem Unterstand gezogen hatte und hinausgerudert war? Zwei Jahre? Oder sogar vier?

Allein auf dem See hatte er stets wichtige persönliche Entscheidungen getroffen, und er spürte, dass es wieder einmal so weit war.

Das Boot schaukelte stark, als er sich auf eine der beiden Planken setzte, die gerade breit genug für einen Erwachsenen waren.

Das Boot war mit weißem Plastik ausgekleidet, und dort, wo die metallenen Halter für die Ruder eingelassen waren, zogen sich Rostflecken entlang, als hätte jemand braunes Tuschewasser vergossen.

Auf dem Boden lagen schwarzer Sand, kleine Zweige und trockene Blätter, die zerrieselten, wenn er darauftrat. Die Sitzflächen waren vor Kurzem abgewischt worden. Irgendjemand schien ebenfalls eine Schwäche fürs Rudern entwickelt zu haben. Helen? Das sähe ihr ähnlich.

Dann schoss ein anderer Gedanke in ihm hoch: Helen und der Gärtner? Waren sie im Boot rüber zum Wald gefahren, um es dort draußen zu treiben wie die Tiere? Bilder tauchten vor ihm auf, als hätte er sie wirklich gesehen, und er wehrte sich nicht dagegen.

Hinten im Boot, unter dem Brett, war eine kleine Klappe eingearbeitet. Die öffnete er und griff hinein. Hier war es noch schmutziger, und er zog seine Hand, die in Spinnweben griff, angeekelt zurück. Ein Weberknecht fiel von seinem Ärmel und verkroch sich rasch wieder.

Jeremy schaute in die Luke. Da lag eine angebrochene Flasche Cola. Das verwitterte Etikett hielt ihn davon ab, einen Schluck zu nehmen, obwohl er sehr durstig war. Dahinter blitzte die vertraute Form einer anderen Flasche hervor: Whisky. Er zog die Flasche heraus, wischte mit dem Ärmel über das Etikett, grunzte zufrieden, öffnete den Schraubverschluss und setzte sie an die Lippen. Brennend floss das Gebräu seinen Hals hinunter und wärmte ihn auf eine wohlige Art.

Dann griff er nach den Rudern, die auf dem Boden lagen, und legte sie in die Metallgabeln. Mit einigen kräftigen Zügen näherte er sich der Mitte des Gewässers. Hier war er sicher vor neugierigen Blicken.

Der See lag ruhig. Nur das Boot rief konzentrische Kreise im Wasser hervor. Er folgte ihnen mit den Augen und beobachtete, wie sie sich bis zum Ufer ausweiteten, um dann abzuflachen.

Sein Herz klopfte ihm bis zum Hals, als er nach dem weißen Umschlag griff und ihm einen Stapel Fotos entnahm, den er so hielt, dass er die Rückseite sah. Den Blick auf den Wald gerichtet, der sich dunkelgrün und finster hinter dem See erhob, drehte er den Stapel um. Mit einer beiläufigen Bewegung langte er nach der Flasche und nahm einen weiteren Schluck.

Dann senkte er den Blick auf die Fotos. Sie zeigten den Gärtner und Helen in inniger Umarmung. Helen lachend mit sprühenden Augen, wie er sie lange nicht mehr gesehen hatte. Ihre helle Haut leuchtete beinahe weiß im Gegensatz zu den braun gebrannten Armen des Gärtners, der sie umfangen hielt. Helen trug eine grüne Seidenbluse, die er noch nie an ihr gesehen hatte, und hatte den Kopf in den Nacken gelegt, während der Liebhaber ihren Hals küsste.

Die Fotos waren an einigen Stellen unscharf, etwas verschwommen, aber die Situationen waren eindeutig.

Es waren mehr als zwanzig Bilder, und alle zeigten das Gleiche: Hingabe, intime Vertrautheit, Wohlgefühl, Wärme, Entspannung. Jeremy atmete tief durch. Er sah Verrat, Untreue, Unzucht, Promiskuität.

Jeremy wurde übel und er erbrach sich in den See. Seinen Mund erfüllte der Geschmack von Magensäure, und wieder würgte er, bevor er spürte, wie sich sein Gesicht unter dem Druck des Blutes, das pulsierend durch seine Halsschlagadern rauschte, rötete.

Mit dem Handrücken wischte er sich über den Mund. Dann rutschte er zur anderen Seite des Bootes hinüber, schöpfte Wasser, nahm einen Schluck und spülte sich den Mund aus.

Es war eiskalt. Seine Zähne schmerzten, aber es machte seinen Kopf klarer. Er rutschte noch weiter an die Seite und versuchte seinen Kopf in das nasse Element zu tauchen, doch das Boot schwankte bedenklich und drohte zu kentern. Trotzdem nahm er Wasser in die hohle Hand und goss es sich über das Haar wie bei einer Taufe. Als er sich aufsetzte, spürte er, wie es ihm in den Kragen lief und seinen Rücken herabrieselte. Da warf er den Kopf in den Nacken und stieß einen lang gezogenen, wütenden Schrei aus.

Über sich selbst erschrocken hielt er inne und starrte auf das letzte Foto. Es zeigte Helen mit gespreizten Beinen auf dem Waldboden, verschmolzen mit seinem Widersacher. Beide blickten in die Kamera, sodass es keinen Zweifel bezüglich der beteiligten Personen geben konnte.

Es war dieser Nadelwald am anderen Ufer des Teiches, der sich so düster und erhaben präsentierte in seiner mächtigen Dunkelheit, mit all seinen Geheimnissen. Dort waren die Fotos gemacht worden. In diesem Dämmerlicht hatten die beiden ihr Liebesnest gefunden, und hier hatte sie aufgehört, nur ihm zu gehören.

Angewidert ließ Jeremy die Fotos auf den Bootsboden fallen und wäre vor Wut am liebsten daraufgetreten. Dann griff er sich mit beiden Händen an den Kopf, wie um zu untersuchen, ob er die Hörner, die sie ihm aufgesetzt hatte, schon spüren konnte.

Wenig später besann er sich, atmete tief durch, steckte die Bilder wieder in den Umschlag und machte sich auf den Weg zurück zur Villa – zurück zu Helen. Ein letztes Mal.

23. Kapitel

Als Helen Jeremy die Treppe hochkommen hörte, machte ihr Herz einen Satz. Seit dem Spaziergang fühlte sie sich endlich wieder geborgen bei ihm. Er ließ sie sein Begehren wieder spüren, und alles, was sie so an ihm geliebt hatte, nahm sie plötzlich wieder wahr: seine Augen, die so herausfordernd und wild waren, seine Souveränität, die er herauskehrte, wenn er wollte, und seine Aufmerksamkeit, ebenfalls wenn er wollte. Sie liebte seinen Hals, an dem sie ihre Nase platt drücken konnte, und seinen Geruch nach Aftershave, wenn er frisch rasiert und bereit zum Ausgehen war.

Offenbar hatte es jetzt geklappt: Ihre Periode war überfällig! Schon den dritten Tag. Helen war sich so sicher wie selten. Seit ihre Gefühle neu erwacht waren, hatte sie sogar manchmal einen Orgasmus, und das war wichtig für die Empfängnis, hatte sie irgendwo gelesen. Die kontrahierenden Bewegungen halfen bei der Befruchtung des Eis. Da ihr Kopf aber oft, wenn sie mit Jeremy intim war, mit solchen Gedanken beschäftigt war, blieb der Höhepunkt meistens aus. Sie konnte einfach nicht anders, als sich vorzustellen, was in ihrem Körper passierte, wo ihr empfängnisbereites Ei gerade war – noch im Eileiter (hoffentlich kam es nicht zu einer Eileiter- oder – Gott bewahre! – zu einer Bauchhöhlenschwangerschaft) oder schon in der Gebärmutter. Wie war der pH-Wert des Säuremantels? Manche Gelbkörperhormone veränderten ihn und ließen so die Verschmelzung von Spermium und Eizelle nicht zu. Diese Hormone befanden sich sogar in manchen Nahrungsmitteln und richteten, geschmack- und geruchlos, Schäden an, die sich jemand, der sich nicht so intensiv mit der Materie befasste wie Helen, nicht vorstellen konnte.

In letzter Zeit gelang es ihr aber immer öfter, sich ganz auf Jeremy und sich selbst zu konzentrieren. Tatsächlich: Seit sie wusste, dass er die Sehnsucht nach einem Kind mit ihr teilte, war ihre Liebe wieder aufgeblüht. Alles würde gut werden und so schön wie am Anfang ihrer Beziehung, nur gereifter, inniger und tiefer – wie ein vollmundiger, schwerer Rotwein.

Nachdem sie festgestellt hatte, dass er schon aufgestanden war, duschte sie und suchte nach den ersten Anzeichen einer Schwangerschaft. Nachsichtig lächelte sie über sich selbst: Es war natürlich noch zu früh.

Ganz bewusst vermied sie daran zu denken, dass Jeremy ohne sie aufgestanden war und sie nicht einmal geweckt hatte. Möglich, dass er sich absichtlich hinausgeschlichen hatte, um ein Gespräch zu vermeiden.

Rasch schob sie den Gedanken wieder beiseite. Er war doch genau wie sie darum bemüht, eine Familie zu gründen und wieder glücklich zusammen zu sein.

Wann sollte sie ihm sagen, dass sie bald zu dritt sein würden? Drei Tage drüber waren nicht viel, aber sie wusste einfach, dass sie schwanger war. Keiner hatte dafür einen besseren Instinkt als eine Frau, wenn die Schwangerschaft sie selbst betraf.

Jetzt bin ich ein Kelch, dachte sie verträumt. *So etwas wie der Heilige Gral. Eine wunderschöne Zeit liegt vor uns.*

In Gedanken sah sie Jeremy, wie er beim Nachhausekommen die Tür nur ein wenig öffnete, um einen großen, hellblauen Teddy hindurchzuschieben. Mit verstellter Stimme hörte sie ihn sagen: »Wo ist denn unser Baby?« Jeremy wäre eine solche Geste durchaus zuzutrauen. Und dann würde er seine nächtlichen Aktionen einstellen und nicht mehr mit seinen Freunden oder Geschäftspartnern um die Häuser ziehen.

Nach dem Frühstück, das sie mit Heißhunger verschlungen hatte, warf sie sich ein T-Shirt-Kleid über und setzte sich an den Laptop. Mal sehen, was es bei ihren Chatfreunden im Forum Neues gab.

In einem Blog stieß sie auf ein Gedicht:
Schau die Welt mit andern Augen,
und sie wird schön,
ganz von selbst.
Zauberei.

Ja, dachte sie. *Es ist alles eine Sache des Blickwinkels.*

Sie beschloss nur noch die positiven Seiten zu sehen und die anderen einfach zu ignorieren. Sie musste ihr Augenmerk auf Jeremys positive Seiten lenken und mehr Verständnis für ihn aufbringen. Was wusste sie von seinen Geschäften? Network war heute wichtiger denn je.

Helen schrieb das Gedicht auf einen rosa Zettel, den sie Jeremy heimlich in die Jackentasche schieben würde. Da würde er ihn irgendwann finden und liebevoll an sie denken.

Freudig erregt und erwartungsvoll blickte sie zur Tür und fasste in dem Moment den Entschluss, ihm schon heute von der Schwangerschaft zu erzählen. Wozu Zeit verlieren? Sie sahen sich ohnehin nicht sehr oft.

Dann hörte sie seine Schritte verharren.

Helen legte den Kopf schief und runzelte die Stirn. Was war los? Warum trat er nicht ein?

Ungeduldig stand sie auf und öffnete ihm.

Verwirrt bemerkte sie sein wütendes Gesicht.

Wortlos schob er sie zur Seite und warf einen Briefumschlag auf den Boden. Bevor sie eine Frage stellen konnte, war er durch den Raum gerauscht und im Schlafzimmer verschwunden, dessen Tür er geräuschvoll hinter sich zuknallte.

Zögernd bückte sie sich und hob das Kuvert auf, während sie ihn im Zimmer rumoren hörte, sich aber keinen Reim darauf machen konnte. Würde er schon heute wieder nach London gehen?

Helen öffnete den Umschlag und zog Fotos heraus. Ungläubig riss sie die Augen auf, als sie die Bilder durchsah. Das war infam! Alle zeigten sie zusammen mit dem Gärtner!

Aber die Fotos waren falsch. Lügen! Unwahrheiten! Schmähungen! Nie war sie mit ihm zusammengekommen. Nie hatten sie auch nur mehr als Floskeln miteinander ausgetauscht. Die Bilder logen.

Zornig schrie sie auf und stürzte in das Schlafzimmer. »Das bin ich nicht!«

Jeremy hatte den Koffer vom Schrank gerissen und ihn geöffnet aufs Bett geworfen. Nun langte er wahllos in den Schrank, zerrte Kleidungsstücke hervor und stopfte diese hinein, ohne auf Helen zu achten.

»Das bin ich nicht«, wiederholte sie, und ihre Stimme überschlug sich. »Glaub doch nicht, was du da siehst! Ich liebe dich, Jeremy.«

»Metze!«, zischte er. »Hure! Aus dem Weg, ich kann dich nicht mehr sehen. Mit dem Gärtner hast du es getrieben. Er hat dich wohl so angeregt, dass du auch wieder Lust auf mich hattest! Sofort verlässt du mein Haus! Das Taxi ist bestellt.«

Er griff in sein Jackett und warf ihr ein Bündel Geldscheine vor die Füße. »Das ist für die letzte Nacht. Nimm es und verschwinde aus meinem Leben.«

Noch einmal setzte sie an, aber er hörte ihr nicht zu.

Dann läutete es an der Tür.

»Dein Taxi!«

»Aber wo soll ich denn hin?«, rief sie und Tränen schossen ihr in die Augen. »Ich hab doch nur dich!«

»Hattest, meine Liebe, vergiss das nie mehr! Du und ich – das ist Geschichte.«

Sie wollte noch etwas sagen, aber er drängte sie in den Flur, wo er den Koffer hob und ihn in ihre Richtung schleuderte.

Helen sah das Gepäckstück kommen. Instinktiv fing sie es ab. Die Wucht jedoch war so groß, dass der Koffer abprallte. Sie trat nach hinten, um das Gleichgewicht zu halten, landete aber auf der obersten Stufe nach unten, kam ins Straucheln, griff nach dem Geländer, verfehlte es knapp und stürzte die Treppe hinunter.

Jeremy schaute ihr erschrocken nach. Als er sah, dass sie sich aufsetzte, schmiss er den Koffer hinterher und schloss geräuschvoll die Tür.

Benommen stand Helen auf. Sie hatte sich schwer den Kopf gestoßen. Wenn sie sich jetzt übergab, hatte sie eine Gehirnerschütterung. Ihre Knochen fühlten sich zwar heil an, aber die Prellungen spürte sie bereits. Spätestens morgen wäre sie übersät mit blauen Flecken.

Als sie den Koffer ergriff, das Haus verließ und ins Taxi stieg, wusste sie immer noch nicht, welches Ziel sie dem Fahrer nennen sollte.

24. Kapitel

Helen zog die Zeitung mit den Fish and Chips zu sich heran, nahm ein Stück vom Fisch in die Hand und tunkte es in die Remoulade. In Gedanken sah sie, wie ihre Schwiegermutter angeekelt das Gesicht verzog, als sie sich den Happen genüsslich in den Mund steckte und nach der Coladose griff. Wie lange hatte sie auf ihre kleinen Snacks verzichtet! Unter den Argusaugen der Schwiegermutter hätte sie sich niemals getraut, sich Fast Food zu holen.

Wütend erinnerte sie sich an die hochgezogenen Augenbrauen Lady Mathildas und daran, wie sich ihr bleistiftdünner Mund dabei verzog. Am schlimmsten war es, wenn sie zusammen mit der Schwiegermutter am Tisch beim Essen saß. Den peniblen Tischmanieren war Helen nicht gewachsen. Mehr als einmal fragte sie sich, ob Lady Mathilda sich einige Verhaltensweisen ausdachte, nur um sie zu schikanieren. Wurde der Mund tatsächlich vor jedem Schluck abgetupft? Konnte das Weinglas nicht auch am Kelch festgehalten werden?

An Jeremy brauchte sich Helen mit solchen Fragen nicht zu wenden. Er hatte dafür kein Ohr, sondern empfahl ihr, seine Mutter *herself* zu fragen.

Abermals kochte Helens Wut bei dem Gedanken an Jeremy hoch, und die Coladose rutschte ihr aus der fettigen Hand. Der Inhalt ergoss sich sogleich über einen Papierstapel, den sie gerade chronologisch geordnet hatte. Kleine braune Bläschen zerplatzten, als die Flüssigkeit sich einen Weg über das Papier suchte und Locher, Tacker und Stifthalter umfloss.

Genervt griff Helen in die Schublade, um die Papiertaschentücher herauszunehmen, als das Telefon erneut klingelte.

»Jetzt nicht!«, sagte sie laut und schaute gestresst auf das rot leuchtende Display. Wieder klingelte es.

Das braune Rinnsal tropfte von der Schreibtischkante auf den Fußboden. Wenn sie es nicht sofort wegwischte, würde sie später mit einem nassen Lappen hier herumrutschen müssen, um die Zuckerspuren zu beseitigen.

Aufdringlich piepste die Telefonanlage abermals. Wenn es nur ihr bescheuerter Kollege Dean war, der sie seit Wochen belagerte, würde sie ihn auffordern, die Leitung frei zu machen für Notfälle, und sofort wieder auflegen.

Die Cola verteilte sich indessen tröpfchenweise auf ihren Oberschenkeln und in der offenen Schreibtischschublade. Sie strich sich eine Strähne hinter das Ohr, womit sie gleichzeitig Remoulade im Haar verteilte, und griff mit der anderen Hand zum Hörer. »Notrufzentrale. Was kann ich für Sie tun?«

»Wie lieblich mir deine Stimme den Tag versüßt. Wie geht es meiner Zuckerschnecke heute?«

Helen atmete tief ein. »Dean, ich habe zu tun. Du kannst mich nicht ständig anrufen und die Leitung blockieren. Das hab ich dir schon tausendmal gesagt.«

Dean war entsetzlich nervig und entsetzlich verliebt in sie.

»Und ich hab dir schon tausendmal gesagt, dass ich es nicht lassen kann. Ich mache so lange weiter, bis du wieder mit mir ausgehst und danach auf einen Kaffee mit zu mir kommst. Ich werde auch ein ganz Braver sein. Am Wochenende ist Kinonacht. Na, wie wäre es? Du machst dich hübsch für mich, wir gehen schick essen, ins Kino und dann …«

»Das reicht, Dean. Ich werde mich nicht hübsch für dich machen, und wir gehen weder schick essen noch ins Kino. Lass mich einfach in Ruhe. Verschwinde aus meinem Leben! Von mir aus geh sterben oder was immer du willst. Aber ruf mich nicht ständig an! Und vor allem: Blockier nicht die Leitung! Es gibt Leute, die sich in akuter Gefahr befinden. Hier ist verdammt noch mal die Rettungsstation, keine Singlebörse zur Vermittlung einsamer Herzen.«

»Schon verstanden. Bist heute mal wieder mit dem linken Fuß zuerst aufgestanden, was? Wo drückt denn der Schuh? Vielleicht kann ich dir helfen?«

Helen stöhnte auf. »Verzichte dankend, kein Bedarf. Lass mich einfach in Ruhe.«

»Helen, Darling, das ist die einzige Option, die nicht besteht.« Dann fuhr er in kaltem Ton fort: »Nicht für dich. Du wirst schon sehen.«

Helen lief ein Schauder über den Rücken. Dean war einer der ersten Männer gewesen, die sie an ihrem neuen Arbeitsplatz kennengelernt hatte. Sie fühlte sich damals schrecklich einsam. Schon während ihrer ersten Arbeitswoche unternahm sie in der Mittagspause deshalb mit ihm einen Spaziergang und fühlte sich sehr wohl dabei.

Dean erwies sich als ausgezeichneter Zuhörer. Und da sie sonst niemanden zum Reden hatte, begann sie sich ihm zu öffnen, offenbarte ihm von Tag zu Tag mehr über sich und schüttete ihm sogar ihr Herz aus.

Beim nächsten Spaziergang knüpfte er dann an das jeweilige Thema vom Vortag an, und sie merkte, dass er sich inzwischen tatsächlich damit auseinandergesetzt hatte.

»Als deine Mutter morgens nicht mehr in dein Zimmer kam, wie war das für die kleine Helen? Was hast du damals am meisten vermisst?«

Sie überlegte nicht lange, sondern antwortete ihm direkt, ohne nachzudenken. »Ich war ja erst drei. Trotzdem erinnere ich mich an ihr lautes Gähnen auf dem Flur, während sie rief: ›*Morgen, Püppi, aufstehen!*‹ Noch heute ertappe ich mich dabei, es mir einzubilden.«

»Und heute? Was vermisst du heute am meisten, Püppi?«, fragte er und schaute sie aufmerksam an.

Helen ließ ihm den Kosenamen durchgehen. Sie genoss es, im Mittelpunkt zu stehen, und horchte in sich. Nach und nach breitete sie so ihr ganzes Leben vor ihm aus.

Dann gingen sie ein paarmal essen, und Helen sah in ihm den guten Freund, nach dem sie sich immer gesehnt hatte.

Eines Abends, nach etlichen Gläsern Wein und dem Digestif, erzählte sie ihm lachend von ihrem ersten Sex mit Hillman, einem schlaksigen Mitschüler mit schwarzen, dünnen Haaren. Ungeschickt war er auf ihr herumgerutscht, und sie hatte immerzu gedacht: *Wir treiben es!* Der Satz schien in überhaupt keinem Zusammenhang zu dem zu stehen, was sie taten, aber sie kriegte ihn nicht aus dem Kopf.

Sie hatten es getan, während ihre Oma unten eine Wiederholung der Sitcom »*Alf – der Außerirdische*« anschaute.

Helen hatte als Kind bei Oma auf dem Schoß gesessen, Kekse geknabbert und sich mit ihr über den Außerirdischen vom Planeten Melmac kaputtgelacht. Jetzt tanzten Hillmans spitze Hüften rhythmisch zur Titelmusik auf ihr herum, während sie überlegte, ob Alf letztendlich nach Melmac zurückgekehrt war oder nicht.

Die Musik klang ihr noch im Ohr, und sie summte sie Dean vor. Dann schüttelten sie sich aus vor Lachen, und es tat ihr so gut, einen verständnisvollen Menschen zu haben, der sie so liebte, wie sie war, und vor dem sie sich nicht zu verstellen brauchte.

Nach diesem Abend ließ Dean aber jegliche Distanz vermissen. Er fragte plötzlich nicht mehr nur interessiert, sondern hakte nach, wenn sie ihm etwas nicht erzählen wollte. Er bohrte, bis sie ihm antwortete. Wenn sie ihm die Antwort verweigerte, gab er zwar vorgeblich Ruhe, begann jedoch wieder, sie zu löchern, sobald sie sich ihm auch nur ein kleines bisschen öffnete.

Allmählich zerrte sein Verhalten an ihren Nerven, aber sie hatte keinen anderen Ansprechpartner außer ihm. Das musste sich dringend ändern.

Helen beschloss einen Volkshochschulkurs zu besuchen, um andere Leute kennenzulernen.

Als sie auf das Gebäude zuging, wartete er aber schon davor und hielt ihr lachend die Tür auf.

»Dean, so geht das nicht. Ich brauche Zeit für mich. Ich muss mal ungestört sein.«

»In einem Kurs mit mehr als zwanzig anderen? Püppi – sorry, Helen –, komm schon. Ich wollte auch immer gern mal Fotos bearbeiten. Es wird uns Spaß machen, am Wochenende gemeinsam zu fotografieren. Wir können uns eine Ausrüstung teilen, weißt du? Bestimmte Objektive legst du dir zu, und ich kaufe ... ähm ... ein Stativ oder eine Fototasche. Oder vielleicht eine Sofortbildkamera! Irgendwo treibe ich sicher noch eine auf.« Erwartungsvoll schaute er sie an.

Eine Polaroid-Sofortbildkamera hatte Helen zur Konfirmation von ihrer Oma bekommen. Als Erstes wollte sie die Sahnetorte fotografieren, auf der eine weiße Stumpenkerze mit ihrem Namen und dem Konfirmationsdatum thronte. Dabei schlang sich der Halsriemen um die Kerze. Die fiel um und landete direkt auf dem fertigen Foto, das sich gerade aus dem Apparat schob. Es fing natürlich sofort Feuer. Geistesgegenwärtig hatte Oma ihren Kaffee über das Foto samt Torte und

Tischtuch geschüttet, und Onkel Paul hatte Tränen gelacht und gesagt, nun wisse er, warum es Kaffeetafel hieße.

Sie wollte die Geschichte Dean gerade erzählen, als ihr einfiel, dass die Idee nicht so gut wäre.

Ihr Grinsen verschwand, und ihr Blick verfinsterte sich, weil sein Gesichtsausdruck ihr schon wieder sagte, dass er sich als Sieger sah.

»Wir werden diesen Kurs nicht gemeinsam machen, Dean.«
»Warum hast du mir dann davon erzählt?«
»Weil ich dachte, du würdest kapieren, dass ich etwas Eigenes brauche.«
»Du hast so viel Eigenes. Dein Bett zum Beispiel«, sagte er und schaute sie herausfordernd an. »Vorschlag: Ich kaufe uns eine Sofortbildkamera, wir schenken uns diesen Lehrgang und gehen stattdessen jede Woche zu mir. Da unterrichte ich dich in Aktfotografie. Darin bin ich echt gut, wirst sehen!«

Helen verdrehte die Augen. »Wir sind Freunde, okay? Kein Liebespaar.«
»Und warum nicht?«
»Weil ich dich mag, aber nicht liebe, kapierst du das nicht? Ich werde niemals mit dir ins Bett gehen, selbst wenn du der letzte Mensch auf Erden wärst.«
»Würdest du mir nur einmal die Chance geben, dann könnte ich dir zeigen, was ich draufhabe. Ich bin sehr einfühlsam.«
»Ganz offensichtlich nicht, sonst würdest du spüren, dass du, gelinde gesagt, auf dem Holzweg bist und ein Klotz an meinem Bein.«
»Aber den Fotokurs könnten wir trotzdem zusammen machen. Dann lass ich dich mit dem Thema Sex in Ruhe, bis du bereit bist.«

Helen öffnete den Mund zu einer Antwort, schloss ihn aber resigniert wieder. Es war sinnlos, er würde nie lockerlassen.

Nach dem gemeinsamen Seminar entpuppte Dean sich erst recht als Nervensäge. Unermüdlich erklärte er ihr, dass sie seine Traumfrau sei – sei es per E-Mail oder am Telefon. Gern schickte er auch Karten oder Briefe mit handgeschriebenen, selbstverfassten Gedichten, in denen sich Herz auf Schmerz und Sonne auf Wonne reimte – oder auch Helen auf Seelen.

Reim dich oder ich fress dich, dachte sie. Mittlerweile las Helen die Briefe und Karten gar nicht mehr, sondern warf sie ungelesen in den Mülleimer. *Dean ist harmlos*, beruhigte sie sich im Stillen. *Er weiß, dass es Grenzen gibt, die er einhalten muss. Oder?*

In sein offenes Lächeln mischte sich aber immer häufiger ein Zug, der ihr nicht gefiel. Auch vernahm sie immer öfter einen Unterton in seiner Stimme, der sie schaudern ließ. Sie wusste, dass er sie heimlich beobachtete, während er im Flur am Kopierer stand und die Tonerpatrone austauschte. Wenn sie ihn dabei überraschte, setzte er sofort ein herzliches Lächeln auf, doch es erschien Helen von Mal zu Mal falscher.

Es ließ sich nicht greifen, aber sie wurde zunehmend vorsichtiger ihm gegenüber. Und das gab ihm immer mehr Macht über sie.

Helen zerknüllte die Fish and Chips Verpackung und griff nach dem Ordner mit den Rettungseinsätzen aus dem August des vergangenen Jahres.

Die Akte wog schwer. Sie war voll mit Berichten. Ihre Aufgabe war es, herauszufinden, wie viele Stunden jeder einzelne Einsatz mit allem Drum und Dran gedauert hatte. Das nötigte ihr eine Engelsgeduld ab. Trotzdem blätterte sie sich durch die Seiten und machte sich parallel Notizen in einer Excel-Tabelle, bis unten rechts auf dem Bildschirm ein kleiner Button aufleuchtete. Sie hatte eine Mail bekommen. Mit einem Klick öffnete sie die Nachricht. Die Mail kam von Dean.

Bald bist du mein mit Haut und Haar, Püppi, stand dort.
Wütend löschte sie die Mail.

Als sie nach Hause kam, lag ein Strauß roter Rosen vor ihrer Tür. Helen bückte sich, hob sie auf und beschloss im selben Moment, sie in den Müll zu werfen.

Ein Schmerz ließ sie zusammenzucken, und der Strauß fiel auf das Pflaster.

Am Mittelfinger und auf ihrer Handfläche zeigten sich kleine Schnitte, aus denen Blut hervorquoll und sich in feinen Tröpfchen sammelte.

»Verflixt!«, zischte Helen und trat mit der Schuhspitze nach dem Strauß. Hatte sie sich an den Dornen verletzt?

An den Stängeln funkelte etwas. Helen beugte sich vor und schaute genauer hin. Es waren Rasierklingen.

Im Strauß steckte aber noch mehr.

Es ist schmerzhaft, verletzt zu werden, nicht wahr? In Liebe, stand auf der Karte.

Helen starrte auf die Handschrift, während sich die Angst mit kalten Fingern um ihren Magen krallte. Das hier ging eindeutig zu weit. Sie musste sich an ihren Vorgesetzten wenden.

Sie holte ein Geschirrtuch aus der Küche und wickelte den Strauß vorsichtig darin ein. Dann griff sie nach dem Telefon.

Nach kurzem Läuten wurde abgehoben. »Michael, hier ist Helen. Ich muss dich sprechen. Es ist dringend.«

»Um diese Uhrzeit noch? Christa hat gerade das Essen auf dem Tisch.«

»Dann in einer Stunde. Kannst du herkommen?«

Sie bemerkte sein Zögern. »Helen, ich hatte einen langen Tag. Hat das nicht Zeit bis morgen?«

Helen wand sich innerlich. Sie mochte sich ihre Angst kaum eingestehen, aber am Telefon konnte sie Michael nicht klarmachen, wie wichtig diese Angelegenheit war.

»Helen«, fuhr Michael fort, »pass auf: Gleich morgen Früh bin ich für dich da, ja? Dann kannst du mir erzählen, was immer dich bewegt.«

Helen zögerte mit der Antwort. Michael war ein sehr netter Mann, aber die Arbeit kam für ihn an erster Stelle, und Helen fragte sich, ob ihn ihre persönlichen Angelegenheiten überhaupt kümmern würden. Michael kannte sie noch nicht lange genug, um sie einschätzen zu können.

Sie war erst seit knapp einem Jahr Teil der Mannschaft. Dean allerdings war ein langjähriger Freund Michaels. Vielleicht war es also ganz gut, wenn sie noch einmal darüber schlief, bevor sie mit Michael über Dean sprach. Und vielleicht wollte ihr Dean ja wirklich nur einen Denkzettel verpassen.

Helen ballte die Hände zu Fäusten, was die Schnittwunden wieder anfingen ließ zu bluten. Nein, das hier war kein Spaß mehr. Sie musste sich wehren. Allein! Wer sollte ihr schon beistehen?

Als sie am nächsten Morgen zur Arbeit kam, ließ Michael sie direkt in sein Büro rufen.

Ein dunkler Schreibtisch füllte den kleinen Raum zur Hälfte aus. Auf der linken Seite stand der Computer mit Vierundzwanzig-Zoll-Monitor und Drucker, auf der rechten Seite befand sich eine Papierablage mit vier Fächern. Dazwischen lagen kreuz und quer Papiere, aus denen Michael gezielt die herauszog, die er brauchte. Im Grunde war er unorganisiert, und Helen wunderte sich insgeheim, dass man ihn zum Geschäftsführer bestellt hatte.

Michael hatte ein schlichtes Gemüt und sprach mit starkem Dialekt. Seine Fähigkeiten lagen eher im praktischen Bereich. Bei Rettungsaktionen war er die erste Wahl, und das sicherte ihm die Achtung seiner Mitbürger.

Helen wunderte sich zwar, wie er an diesen Job mit Führungsposition gekommen war, doch es war eben eine Männerwelt, in der sie sich bewegte. Nicht nur deshalb hoffte sie, dass er verstehen würde, warum sie sich ängstigte, und sie sandte ein Stoßgebet zum Himmel, dass ihr die richtigen Worte einfallen würden, um sich verständlich auszudrücken.

»Also, Helen, was gibt's?«, fragte Michael. Er lehnte sich in seinem Bürostuhl nach hinten, während er die Hände über seinem Bauch faltete. Er ging auf die fünfzig zu. Seine wachen Augen erfassten aber jede ihrer Bewegungen.

Unaufgefordert setzte Helen sich. Wenn sie darauf warten wollte, dass er ihr einen Stuhl anböte, könnte sie ausharren, bis sie schwarz würde.

Nassforsches Vorgehen ist in deinen Augen eine Stärke, habe ich recht, Helen?, tadelte ihre Schwiegermutter in ihrem Hinterkopf, und die hölzerne Lehne des Stuhls bohrte sich in Helens Rücken, sodass sie gezwungen war, aufrecht zu sitzen.

»Nun?«, fragte Michael mit unbewegtem Gesicht. »Was ist so dringend, dass du mich nach Feierabend anrufst?«

Er war sauer, dass sie ihn zu Hause kontaktiert hatte, registrierte Helen. Ein schlechter Einstieg. Sie räusperte sich. »Es geht um Dean«, begann sie.

Michaels Augen schlossen sich einen Moment zu lang, bevor er den Blick wieder auf sie heftete.

Na prima! Blockte er jetzt schon ab, oder täuschte sie sich? »Er ... ähm ... stellt mir nach.«

Michael hob die Augenbrauen, senkte den Kopf und fixierte sie über seine Brillengläser hinweg. »Okay«, sagte er und hob seine Stimme, als wäre das Wort eine Frage.

Helen setzte sich betont aufrecht hin und suchte in Gedanken verzweifelt nach den richtigen Worten. »Er schreibt mir Gedichte und lädt mich ständig zum Essen ein.«

Michael sah sie an, ohne eine Miene zu verziehen, legte aber den Kopf schief.

Ermutigt durch diese kleine Geste fuhr Helen fort: »Zu Beginn, als ich hier anfing, bin ich ein paarmal mit ihm spazieren gegangen. Ich habe ihm viel von mir erzählt – wie ich aufgewachsen bin, von meiner Großmutter, und ...«

Michaels Blick wanderte zum Fenster, wohl um ihr anzudeuten, dass ihre Oma ihn nicht wirklich interessierte.

Helen merkte, dass sie ins falsche Fahrwasser geriet, konnte sich aber nicht bremsen. »Weißt du, Michael ...« Das Du klang in ihren Ohren plötzlich völlig falsch und implizierte ein Vertrauen, von dem sie merkte, dass es zwischen ihnen nicht bestand. Vielleicht täuschte sie sich aber auch. »Seit ich von meinem Mann getrennt lebe, ist es das erste Mal, dass ich auf mich allein gestellt bin. Meine Eltern sind verunglückt, als ich noch ganz klein war, und meine liebe Oma ...«

An dieser Stelle atmete Michael hörbar aus und unterbrach sie. »Helen, es ehrt mich, dass ich als Zweiter nach Dean deine Lebensgeschichte erfahren darf, aber komm bitte auf den Punkt.« Er zeigte auf einen Stapel Papiere. »Für alles andere bietet sich sicherlich noch zu einem geeigneteren Zeitpunkt Gelegenheit. Was möchtest du? Worum geht es hier?«

Jetzt kam Helen ins Schwimmen. »Es geht um Dean«, begann sie erneut.

Michael unterbrach sie abermals. »Also um Dean. Ja, er ist ein langjähriger, hochgeschätzter Mitarbeiter. Wie lange bist du hier?« Das war eindeutig als Warnung gemeint.

»Seit knapp einem Jahr«, bekannte Helen und kam sich auf einmal unglaublich töricht vor. Wie hatte sie erwarten können, dass sie von Michael Unterstützung bekommen würde? Aber so schnell wollte sie nicht aufgeben. »Gestern rief er mich wieder an. Während der Arbeitszeit!«, fügte sie in der Hoff-

nung hinzu, einige ihrer davonschwimmenden Felle zu retten.
»Er lud mich erneut ein, blockierte aber so das Telefon.« Die Stimme drohte ihr zu versagen.

Ungerührt starrte Michael sie mit verkniffenem Mund an.

»Und dann lagen da Rosen vor meiner Wohnungstür.« Sie atmete tief ein und holte zum entscheidenden Schlag aus, indem sie ihre rechte Hand ausstreckte. »Hier, sie waren mit Rasierklingen gespickt.«

Kurz flackerte in Michaels Augen Überraschung auf, er fasste sich aber schnell wieder. »Das muss ein Missverständnis sein. Vielleicht kamen die Rosen gar nicht von Dean.«

»Eindeutig von ihm! Im Strauß steckte eine Karte. Hier.« Sie reichte sie ihm.

Ohne einen Blick daraufzuwerfen, fegte Michael sie zur Seite und legte dann die Handflächen auf die Schreibtischplatte. »Helen, du bist eine junge Frau und in den Augen mancher Männer sicherlich attraktiv.« Er machte eine Pause, um das Gesagte wirken zu lassen.

Helen schluckte und wartete, bis er fortfuhr.

»Dean ist ein alleinstehender Mann, der vielleicht Eigenarten aufweist, die für manche Menschen gewöhnungsbedürftig sind. Ich kenne ihn schon seit meinem Studium. Noch nie, ich betone, noch nie hat er auch nur die kleinsten Anzeichen von solcher Bösartigkeit gezeigt, die du, Helen, ihm unterstellst. Nur mal angenommen, die Blumen kommen von ihm, dann wirst du ihn mit deinem Verhalten dazu gebracht haben.«

Sie wollte etwas erwidern, doch er deutete ihr mit erhobener Hand an, dass er noch nicht fertig war.

»Wir legen hier viel Wert auf Teamarbeit und gute Kameradschaft. Das ist in unserem Job unabdingbar. Vielleicht ist es an dir vorbeigegangen, aber wir behandeln uns gegenseitig mit Respekt und Achtung. Dean hat mir gegenüber durchaus schon mal durchklingen lassen, dass du dich schwertust, in ihm einen Vorgesetzten zu sehen. Von daher bin ich ganz froh, dass du um ein Gespräch gebeten hast. So können wir diese Missverständnisse, denen du offensichtlich unterliegst, aus dem Weg räumen. Und eins noch: Vermutlich werden wir kurzfristig Personal abbauen müssen. So viel zu deiner Information! Aber jetzt solltest du wieder an die Arbeit gehen. Noch hast du was zu tun.«

Helen hob zu einer Erwiderung an. In ihr tobte jedoch so ein Gefühlschaos aus Wut, Enttäuschung und Bestürzung, dass ihr nichts weiter zu tun blieb, als alle Gefühle hinunterzuschlucken, wobei es sie fast würgte. Dann stand sie auf, stellte sich betont aufrecht hin und verließ hocherhobenen Hauptes und grußlos Michaels Büro.

Auf dem Weg zu ihrem Schreibtisch überlegte sie, ob sie sich krankmelden sollte oder lieber gleich kündigen. Beides wäre fatal für sie. Mit einer Krankmeldung würde sie das letzte bisschen Selbstachtung verlieren, das ihr noch zu Gebote stand. Und eine Kündigung konnte sie sich schlichtweg nicht leisten.

Als sie die Tür zu ihrem Büro öffnete, fand sie Dean auf ihrem Platz.

Mit breitem Grinsen sah er sie spitzbübisch an. »Und? Gutes Gespräch mit dem Chef gehabt? Och«, sagte er in gespieltem Mitleid. »Sei nicht traurig, ich bin ja noch da, Püppi. Für dich doch immer.« Dann stand er auf und verließ das Zimmer. In der offenen Tür drehte er sich noch einmal um, formte mit den Fingern eine Pistole und zielte auf sie. »Peng!«, rief er und drückte ab.

Unter ihrem Stifthalter hatte sich eine klebrige Schicht gebildet, die zuckerig glänzte. Helen nahm ihn hoch, wischte mit einem Feuchttuch darunter her und warf zwei ineinandergestapelte Joghurtbecher in den Papierkorb. Eine leere Schokoladenfolie formte sie zu einer festen Kugel und warf sie gegen die Tür. »Selber peng«, murmelte sie.

Noch immer zog sich ihr der Magen zusammen, wenn ihr Blick auf ihre Handflächen fiel. Wenn Dean sich noch einmal bei ihr melden würde, würde sie ihn in der Luft zerreißen. So viel war sicher. Sie versuchte zwar, innerlich auf Abstand zu gehen, aber das gelang ihr jetzt so wenig wie in der letzten Nacht, als sie sich schlaflos von einer Seite auf die andere gerollt hatte.

Als das Telefon auf ihrem Schreibtisch klingelte, war sie sich sicher, dass es Dean war.

»Was?«, fragte sie kurz angebunden. »Was, zum Teufel, willst du?« Sie wartete auf seine süffisante Antwort, hörte aber nur ein Rauschen. »Komm schon, Dean, was sollen die Spielchen? Sag, was du zu sagen hast, und dann: Raus aus der Leitung!«

Durch das Rauschen hindurch hörte sie plötzlich ganz schwach eine Stimme. Sie kniff die Augen zusammen, um sich besser konzentrieren zu können. Ihre freie Hand schwebte mit dem Tuch in der Luft. »Mister, ich kann Sie kaum verstehen. Wiederholen Sie bitte alles noch einmal langsam«, sagte sie laut und betont deutlich.

Als das Rauschen leiser wurde, drang eine Männerstimme dunkel, aber klar an ihr Ohr. »Bitte helfen Sie uns!«

Helen ließ das Tuch fallen und drückte den Aufnahmeknopf. Das war bei eingehenden Gesprächen Vorschrift. Dann griff sie nach einem Stift und einem Notizzettel.

»Sir, ich höre Sie kaum. Sprechen Sie bitte lauter«, sagte sie und drückte den Hörer fester ans Ohr, während sie sich das freie Ohr mit der anderen Hand zuhielt. »Sir?« Es rauschte. Dann knackte es diverse Male und sie hörte ein Stöhnen.

»Hilfe! Holen Sie uns hier raus.«

Verblüfft starrte Helen auf den Hörer. Entsetzen machte sich in ihr breit, als langsam in ihr Bewusstsein drang, dass sie die Stimme kannte.

»Wir brauchen Hilfe.«

Helens Gehirn arbeitete in rasendem Tempo. Jeremy! Wo hatte er sich diesmal hineingeritten? Sicherlich waren ihm irgendwelche Schlägertrupps auf den Fersen. Das wäre so richtig schön und sie würde es ihm von Herzen gönnen, wenn er mal so richtig die Fresse poliert bekäme, wie Jeremy es wohl selbst ausgedrückt hätte.

Was im Moment aber wichtiger war; endlich vernahm sie die zwei Worte, die sie nur ein Mal in ihrem verdammten Leben von ihm hatte hören wollen: Bitte und Hilfe.

Fast hätte sie in Siegerpose eine Faust in die Luft gestoßen. Es gab also doch einen Gott. Und er hatte ihre Gebete erhört.

Wäre jemals eine Fee in ihr Leben getreten und hätte ihr gesagt, sie hätte einen Wunsch frei, so wäre es dieser gewesen: Jeremy in Not und ihr auf Gedeih und Verderb ausgeliefert.

Das Leben konnte so schön sein!

Zu ihrer Überraschung bemerkte sie, dass sie grinste, und sie musste sich zusammenreißen, damit ihr Lachen nicht laut aus ihr hervorbrach.

»Entschuldigung, Sir«, sagte sie in professionellem Tonfall, obwohl sie sich gerade am liebsten in der Genugtuung suhlen würde. »Ich stelle Ihnen jetzt einige Fragen, und Sie werden sie mir nach und nach beantworten.«

Die Chancen standen gut, dass er ihre Stimme nicht erkannte. Vorsichtshalber senkte Helen sie um eine Oktave.

Vor ihrem inneren Auge sah sie ihn an einem langen Seil an einem Bergvorsprung hängen, während das Sicherungsseil Faser für Faser zerriss und ausgefranste Sisalfäden nach allen

Seiten abstanden wie Spinnenbeine. Sie sah ihn zudem mit zerschmetterten Beinen auf einem Felsen im Meer, während die Flut unaufhörlich auflief und das Wasser ihm schon bis zum Hals stand.

Überrascht stellte sie fest, dass es die reine Genugtuung war, die sie spürte, ohne dass sich ein Fünkchen Mitleid regte. Sie biss sich vor Häme auf die Unterlippe. Dann fragte sie Jeremy, wo er sei und was passiert wäre.

Was er ihr erzählte, klang so verrückt, dass sie einen Moment ihre Hochstimmung vergaß und fassungslos zuhörte.

Während sie seine Worte auf Tonband aufnahm, drückte sie die Taste, die ihre Kollegen herbeirief.

»Sir«, sagte sie und zwang ihrer Stimme einen ruhigen Tonfall auf. »Verhalten Sie sich so still wie möglich. Es dauert ungefähr zwanzig Minuten, dann rücken wir an. Ich unterbreche die Verbindung jetzt, damit wir ihren Akku schonen. Wir melden uns nur, falls wir weitere Angaben brauchen. Sie erreichen uns aber weiterhin unter dieser Nummer.«

Als sie das Gespräch mit einem Knopfdruck unterbrach, sah sie, dass Michael im Türrahmen lehnte und das Ende des Gespräches mitverfolgt hatte.

»Was ist das für ein Spinner? Heute noch keinen Schnaps gehabt oder was ist mit ihm los? Raben und Krähen in solchen Mengen gibt es hier doch gar nicht!«

»Michael, ich weiß, dass er die Wahrheit sagt. Ich erkläre es dir später, aber jetzt muss ich mit euch raus.«

Michael sah sie herablassend an. »Wenn es so ist, wie der Kerl behauptet – was ich übrigens nicht glaube –, wird es gefährlich. In der Telefonzentrale bist du besser aufgehoben.«

»Dean kann hierbleiben. Ihr werdet mich da draußen brauchen.« Michael schaute sie überrascht an, bevor sie erklärte: »Ich kenne den Ort wie meine Westentasche.«

Unentschlossen vergrub Michael die Hände in den Hosentaschen und schaute nach draußen, als ob die richtige Antwort von dort kommen könnte.

Dean, der ebenfalls hinzugekommen war, feixte. Es machte ihm sichtlich Spaß zu sehen, wie sie eine weitere Niederlage kassierte.

Helen fing seinen Blick ein, fuhr mehrfach mit der Zungenspitze an der Innenseite ihrer Wange entlang und blickte Dean tief in die Augen. Dieses Zeichen würde er, wie jeder Mann, verstehen und es als ein Versprechen auf oralen Sex deuten. Später könnte sie ihm gegenüber immer noch behaupten, er hätte etwas missverstanden.

Erstaunt schaute Dean sie an, und mit einem unmerklichen Nicken gab sie ihm zu verstehen, dass er sie richtig verstanden hatte.

»Oh, Michael«, beeilte sich Dean zu sagen. »Es ist wirklich besser, wenn ich hierbleibe. Ich fühl mich heute nicht fit.«

Baff blickte Michael ihn an. »So? Was fehlt dir denn?«

»Kopfweh und Schwindel. Ich glaube, ich krieg meine Tage«, sagte Dean und grinste schief.

»So, deine Tage, hä? Dann wollen wir mal eine Ausnahme machen. Mach dir eine Kruke, wenn es im Unterleib zieht. Die anderen in die Einsatzwagen! Helen, du fährst bei mir mit. Schnapp dir deinen Rettungsanzug und komm mit raus.«

Dean setzte sich schnell hinter den Schreibtisch.

»Okay, Dean. Wenn es stimmt, was der Anrufer erzählt hat, werden wir jeden Mann brauchen. Ruf gleich den Rettungshubschrauber an, er soll schon mal vorausfliegen und uns über Funk informieren, ob an der Sache was dran ist oder alles nur das Hirngespinst eines Drogenabhängigen.«

Als Helen hinter dem Kollegen den Raum verlassen wollte, rief Dean ihren Namen, und sie drehte sich um. Er steckte den

Daumen zwischen Zeige- und Mittelfinger und nickte ihr aufmunternd zu.

Helen riss sich zusammen und übertünchte ihren Ekel mühsam mit einem Lächeln. Aus der Nummer würde sie schon irgendwie wieder herauskommen. Dann rannte sie zur Tür hinaus, jagte über den Innenhof zu den Umkleideräumen und jauchzte: »Jeremy, you make my day!«

Ihr neongelber Overall hing an einem Haken. Es klirrte leise, als sie ihn herunterriss. Die Karabiner, ein blaues Nylonseil, eine Leuchtpistole ... Alles war an seinem Platz.

Helen schlüpfte in den Einteiler und griff nach dem Gürtel, in dem ein Messer, eine Flasche mit Trinkwasser, Zwieback und Schokolade steckten.

Alles war da, und es konnte auch gar nicht anders sein, denn darauf legte Michael penibel Wert. Wöchentlich wurden die Anzüge überprüft, auch wenn die Kollegen maulten.

Jetzt musste sie nur noch versuchen, dicht genug an Jeremy heranzukommen. Und die Chancen standen gut. Schließlich war sie die Einzige, die sich in *Trinale* auskannte.

25. Kapitel

Trinale

Jeremy fühlte sich gefangen wie in einem Albtraum, aus dem er einfach nicht aufwachen konnte.

Wie gelähmt stand er am Fuß der Leiter. Sinnloserweise hielt er das Handy immer noch ans Ohr. Sein Blick war starr auf die Dachschräge gerichtet, von der Glaswolle herabrieselte. Einen Moment später erschien auch schon ein Schnabel. Sie hatten sich Zugang zum Turm verschafft – durch das Dach hindurch.

Sein Blick flog zu dem Raben. Immer noch war er unfähig auch nur ein Glied zu rühren. Die Hand am Handy verkrampfte sich wie die andere an der Leiter.

Als der Rabe seinen Kopf mit gesträubtem Gefieder in seine Richtung stieß, entwand sich seiner Kehle nur ein Stöhnen.

Hektisch huschte sein Blick aber auf der Suche nach irgendetwas, das er zu seiner Verteidigung einsetzen konnte, über den Holzboden.

Dicht an seinem Fuß lag ein Kantholz, und langsam, um den Raben nicht zu reizen, bückte er sich danach.

Nolan lag winselnd und sich windend auf dem Rücken. Seine weit aufgerissenen Augen stierten zu Jeremy hoch. Unaufhörlich gab er immer wieder die gleichen unartikulierten Geräusche von sich wie ein religiöser Fanatiker. Dabei wedelte er mit der verletzten Hand vor seinem Gesicht herum, dass die

Finger in alle Richtungen schlenkerten. Zwischendurch hieb er mit der gesunden Hand auf seinen Oberschenkel ein und stammelte etwas, das sich anhörte wie: »Ihr dürft euch nicht verteilen. Sammelt euch, ich hol euch raus!« Er hatte – da war sich Jeremy sicher – den Verstand verloren.

Dann hörte er den Hubschrauber. Die Maschine flog nicht sehr hoch, denn das Dröhnen des Rotors ließ den Holzboden erzittern und der Motorenlärm wurde immer schriller. Jetzt würden sie bald gerettet werden.

Kaum hatte sich Jeremys Hand um das Kantholz geklammert, attackierte der Rabe Nolan das erste Mal. Er stieß herunter auf dessen verletztes Bein und hackte ihm mit wütendem Gekrächze in das Knie. Nolan schrie auf.

Jeremy schlug mit dem Kantholz nach dem Raben, erwischte aber stattdessen Nolan.

Der Rabe flog nur kurz auf, als wäre der Prügel eher lästig, und setzte sich dann auf Nolans Brustkorb.

Abermals holte Jeremy aus und schlug von der Seite nach dessen Beinen.

Wie lange würden sie dieses Spiel noch durchhalten?

Plötzlich ertönte ein ohrenbetäubender Lärm. Es klang wie anhaltender Donner und die Luft erwärmte sich schlagartig.

Die Vögel draußen begannen zu kreischen. Eine Krähe, die sich gerade durch die Öffnung im Dach zwängen wollte, zog ihren Kopf ein und verschwand, als hätte eine unsichtbare Hand sie fortgerissen.

Orangefarbenes Flackern drang daraufhin durch das Loch, und endlich begriff Jeremy: Flammenwerfer!

»Zur Hölle mit der ganzen Brut«, schrie er in Nolans Richtung und bleckte die Zähne. Aber der war inzwischen völlig katatonisch. Mit erschlafften Gesichtsmuskeln folgten seine Augen nur dem Raben, den Jeremy weiterhin in Schach hielt.

Als sich die Bodenluke öffnete und ein Mitglied der Rettungsmannschaft erschien, verfiel auch Jeremy vor Erleichterung in eine Art Schockstarre. *Gerettet, geschafft, gerettet, geschafft ...*, ging es ihm gebetsmühlenartig durch den Kopf.

Diese Unaufmerksamkeit registrierte der Rabe und machte sie sich blitzschnell zunutze.

Bevor Jeremy abwehrend die Hand heben konnte, spreizte der Rabe die Flügel. Mit vorgereckten Krallen flatterte er auf ihn zu und klammerte sich an seinem Hemd fest. Die Wucht des Aufpralls drängte Jeremy einen Schritt nach hinten. Halt suchend griff er nach der Leiter, verfehlte sie, stürzte und schlug auf dem Rücken auf.

Sofort attackierte der Rabe seinen Kopf. Eine seiner Krallen bohrte sich schmerzhaft in sein Ohr, die andere krallte sich in seine Haare. Seine Kopfhaut riss ein, als der mächtige Schnabel sich blitzschnell auf seinen Augapfel stürzte. Wie die Schere eines mutierten Krebses öffnete er sich, bevor sich die Schnabelhälften über und unter dem Auge verhakten und es aus der Höhle rissen, als wäre es eine Kugel aus einem Kaugummiautomaten.

Perplex nahm Jeremy wahr, wie dehnbar die Augenmuskeln waren, ehe sie sich lösten. Die Schmerzen, die diese Aktion verursachte, spürte er kaum, denn sein eigenes Auge starrte ihn plötzlich erschrocken an, bevor es im Schlund des Raben verschwand. Die Muskeln pulsierten noch. Sie krümmten sich wie Köderwürmer am Haken.

Dann stieß der Rabe ein gellendes Krächzen aus und warf den Kopf zurück. Triumphierend breitete er die Flügel aus und reckte sich, sodass er doppelt so groß wirkte.

»Hilfe, bitte!«, schrie Jeremy in die Richtung des Retters, der wie eine Feuerengelerscheinung in der Luke schwebte. »Bitte, Hilfe!« Er sah noch, wie der Engel ein Funkgerät zückte und Anweisungen gab. Dann wurde es dunkel um ihn herum.

Teil II

26. Kapitel

Jeremy

Die Fischerhütte lag gerade so weit vom Wasser entfernt, dass die heftigen Stürme, die im Winter tobten, ihr bislang nicht ernsthaft schaden konnten. Das Holz war von den vielen Regenfällen morsch geworden, sodass die Planken, aus denen sie vor zig Jahren zusammengezimmert wurde, bei jedem Windstoß ächzten. Die Tür hing schief in den Angeln und von den Fenstern, die den Blick in alle Himmelsrichtungen erlaubten, waren zwei zersprungen. Der freie Blick nach allen Seiten hatte letztlich den Ausschlag gegeben, mich hier einzuquartieren. Obwohl die Luft hier dank der kaputten Fenster immer frisch war, konnte sie den Geruch nach vermoderndem Holz und faulenden Kartoffeln nicht vertreiben.

Viel gab es nicht zu sehen, nur braunes Gras, durchsetzt mit Steinen und Felsen. Früher hätten mir die Farben und das Schattenspiel der Sonne mit den Wolken gefallen. Früher, in meinem anderen Leben – in dem Leben davor.

Die Hütte war klein. Sie bestand aus zwei Stuben, die durch eine Lattenwand voneinander getrennt waren. Hinten links stand ein wackliger Tisch mit einem dreibeinigen Stuhl. Von meinem Kopf bis zur Decke war nicht mehr viel Platz. Rechts neben der Tür war ein Waschbecken aus Granit, über dem ein fast blinder Spiegel hing. In diesem Becken wurden die Fische ausgenommen, bevor Jackson, der damals hier wohnte, sie auf dem Markt verkaufte. Wir durften ihm als Kinder nicht zu nahe kommen. Erstens, weil er stank wie ein Katzenklo an einem Gewittertag, und zweitens, weil er so verrückt war wie ein Floh im Misthaufen. Von Neugier getrieben schlichen wir Kinder uns dennoch immer wieder zu seiner Hütte und sahen zu, wie er Fischdärme wusch, sie dann zu langen Schlangen aufdröselte wie ein verknotetes Springseil und sie über die Leine zum Trocknen hängte. Wie Schnecken aus rotem Fruchtgummi glänzten sie dort schleimfeucht in der Sonne. Nolan erzählte mir mal, dass Jackson die getrockneten Därme als Schnürsenkel benutzte. Bis heute rätsle ich, ob das stimmte oder ob Nolan mich, den Jüngeren, wieder mal verarschte.

Über dem Waschbecken war ein Regalboden angebracht, der die gesamte Länge der Wand einnahm. Dunkelgrüne, zerrissene und brüchige Fischernetze lagen darauf. Außerdem fand sich hier uralter Müll wie eine leere Dose Waschpulver mit dem Bild einer wassergewellten Schönheit drauf, die sich ein Loch in den Bauch über die ach so weißen Hemden ihres Mannes freute. Die Dose beherbergte ein Gewirr aus Angelschnüren, Haken und Schwimmern. Daneben standen Katzenfutterdosen und ein durchsichtiger Plastikbehälter mit toten Stubenfliegen, die das Pech hatten, aus den verpuppten Maden zu schlüpfen, um dann doch zu verrecken. Ich hielt die Dose oft in der Hand und betrachtete die Fliegen – gefangen von einem Etwas, das sie gespürt, aber nicht gesehen hatten.

An der rechten Wand stand ein altes Feldbett mit einem großen Loch in der Mitte, über das ich Pappe gelegt hatte, sodass ich es halbwegs bequem hatte. Ich brauchte nicht mehr viel Schlaf und nutzte daher die langen Frühlingsabende für meine Jagd. Morgens stand ich stets mit den ersten Sonnenstrahlen auf. Der Gedanke, ihn heute vielleicht zu finden, trieb mich immer wieder von Neuem an.

Hastig stopfte ich den Rest der Fertigpizza von gestern Abend in mich hinein. Ich hatte sie in einer Pfanne mehr schlecht als recht aufgebacken.

Der Instantkaffee löste sich kaum in dem kalten Wasser, aber mir ging es nur um das Koffein. Zu essen und zu trinken war notwendig, wenn man sich im Krieg befand, auch wenn es lästig war und Zeit kostete. Einige Dosen Fertigfraß standen noch auf dem Regalboden. Das reichte noch für ein paar Tage, und dann war da ja noch das Katzenfutter.

Strom gab es hier nicht mehr, obwohl von der Decke eine einsame Glühbirne baumelte, trüb von Spinnen- und Fliegendreck. Ich nannte sie »Meine blinde Sonne«, sooft ich mit dem Kopf dagegenstieß.

In meinen Bartstoppeln fühlte ich Kaffeekrümel und wischte sie mit dem Ärmel fort.

Mein verbliebenes Auge tränte, als ich aus dem Fenster schaute und versuchte den Himmel auszuspähen. Das war schwierig, weil mein räumliches Sehvermögen gelitten hatte. Gelitten? Scheiße, nein, es war nicht mehr vorhanden. Ständig stieß ich draußen gegen Steine und verfehlte hier drin den Wasserhahn um einen Zentimeter. Sogar das Toilettenpapier hatte ein Eigenleben entwickelt. Es sprang zur Seite, wenn ich danach griff.

Ich entdeckte eine Meise in einem Ginsterbusch. Flauschig aufgeplustert hockte sie auf ihren zierlichen Füßchen, tschilpte, um den Frühling zu begrüßen, und ich spürte einen rasenden Triumph. Gestern waren es zwei Spatzen gewesen, die sich in einer Pfütze am Weg badeten, heute war es die Meise im Busch. Kein Zweifel, nach und nach kehrten die kleinen Singvögel zurück. Ich hatte das Terrain für sie zurückerobert.

Ich stieß einen heiseren Siegesschrei aus und erschrak vor dem Klang, der aus meiner Kehle kam. Dann zuckte ich mit den Achseln. *Was soll's*, dachte ich und zog die Mundwinkel herab. *Hab sowieso keinem was zu sagen – außer diesem Teufel, der meine Seele gefressen hat. Und die hol ich mir zurück!* Es war noch früh am Morgen, als ich aus der Hütte trat. Gläsern schimmerte die bläuliche Luft. Ich blieb stehen und lauschte. Glücklich machte mich aber nicht das Rauschen des Meeres oder das Möwengeschrei, sondern die Abwesenheit des nervenzerfetzenden Gekrächzes.

Frühling lässt sein blaues Band
Wieder flattern durch die Lüfte;
Süße, unbekannte Düfte
Streifen ahnungsvoll das Land.

Ich hatte viel Zeit gehabt, als ich nach der Katastrophe im Halbdunkel gelegen hatte. Um die ständige Angst zu vertreiben, die auf der Bettkante saß wie ein zahnloses Weib, das mit Gichtfingern Albträume aus ihrem Körbchen fischte, versuchte ich mich an Schulgedichte zu erinnern. Ich war erstaunt, wie viele ich noch im Gedächtnis hatte. Dabei war es vor allem ein Gedicht von Friedrich Emil Rittershaus, das mir im Kopf herumspukte. Bezeichnenderweise hieß es: *»Das Auge«*.

Die Welt ist eine große Seele
Und jede Seele eine Welt.
Das Auge ist der lichte Spiegel,
Der beider Bild vereinigt hält.
Und wie sich dir in jedem Auge
Dein eignes Bild entgegenstellt,
So sieht auch jeder seine Seele,
Sein eignes Ich nur in der Welt.

Mittlerweile war meine Welt so geschrumpft, dass nur noch der Rabe und ich darin Platz hatten.

Die Welt ist eine große Seele
Und jede Seele eine Welt.

Um den Raben zu verstehen, musste ich in seine Seele blicken. Ich musste so denken wie er, wenn ich seiner habhaft werden wollte. Über kurz oder lang würde mir das auch gelingen. Aber nur, wenn ich mich von allen Ablenkungen fernhielt, mich auf das Wesentliche konzentrierte und mich ungestört der Jagd widmen konnte, ohne mich um Alltäglichkeiten sorgen zu müssen. Gut möglich, dass andere das für eine fixe Idee hielten. Doch was andere dachten, war mir gleichgültig. Mehr noch – es ging mir am Arsch vorbei.

Schluss mit den Floskeln, den verbrämten Wortspielen. Für all das – auch für meine Träumereien – war in meiner Welt kein Platz mehr. Ebenso wenig wie für Helen. Sie passte in dieses Szenario nur in der Rolle als Haushälterin.

Nein, das traf es nicht ganz, ich ließ sie ja nicht hinein in meinen Verschlag. Sie stellte mir Lebensmittel und alles, was ich sonst so brauchte, in einem Korb vor die Tür. Hatte ich ihn geleert, legte ich einen Zettel hinein. Darauf standen die Dinge, die ich benötigte. Das war in meinen Augen ein sehr gutes Arrangement. Sie hatte das Gefühl, mich zu kontrollieren, was sie seit jeher gern getan hatte, und ich brauchte nicht mit ihr zu kommunizieren, woran mir, wie ich jetzt wusste, noch nie gelegen war. Wie es im Moment lief, war es vollkommen okay. Mehr wollte ich nicht von ihr. Lange konnte ich sie einfach nicht ertragen. Vor allem während meiner Rekonvaleszenz hatte sich dieses Gefühl zunehmend verstärkt. Die Abhängigkeit von ihr war unerträglich. Die Selbstgerechtigkeit, mit der sie mir sogar den Kuchen in mundgerechten Stücken vorlegte, machte mich rasend. Ich wollte es sie nicht merken lassen, denn noch wusste ich nicht, wie es mit mir weitergehen sollte. Meine Wohnung in London war aufgelöst, und ich hatte alle Hände voll zu tun, nicht unter die Fittiche meiner

Mutter zu geraten. So stöhnte ich jedes Mal erleichtert auf, wenn Helen – oder gar meine Mutter – ihren Besuch beendete, nachdem sie mir aufmunternd die Wange getätschelt hatte.

Dies war die eine Seite der Medaille. Die andere war, dass ich Helen immer wieder die Treppe hinabstürzen sah. Sie hätte tot sein können. Mein Schuldgefühl ließ es nicht zu, sie komplett aus meinem Leben zu verbannen. Es war für mich, als hätte ich eine begonnene Geschichte nie zu Ende gebracht.

Als ich Helen mit dem Korb den Weg heraufkommen sah, hatte sie mich bereits entdeckt und winkte. *Verflixt!* Unentschlossen, ob ich auf sie warten oder einfach wieder in die Hütte gehen sollte, sah ich ihr entgegen.

»Hi!«, rief sie von Weitem. »Jeremy, ich habe hier Reste vom Mittagessen und noch ein Stück Kuchen.«

Ich nickte nur leicht. Essen und Trinken waren für mich nur noch notwendige Übel. Ihre gekochten Gerichte schaufelte ich sogar kalt in mich hinein. Es erschien mir völlig überflüssig, sie aufzuwärmen. Bis der Herd aufgeheizt war, war es für mich schon wieder Zeit, auf die Jagd zu gehen.

»Schön, dich mal anzutreffen«, fuhr sie fort und wischte sich über die Stirn. Es war eine Geste, die mir zeigen sollte, wie sehr sie sich um mich bemühte. »Der Weg kam mir heute steiler vor als sonst.« Sie forschte in meinem Gesicht nach einer Regung, nach einem Zug, auf den sie aufspringen konnte.

Irgendetwas wollte sie von mir, das war so sicher wie das Amen in der Kirche.

Und Bingo! Schon schoss es aus ihr heraus: »Jeremy, ich habe mir was überlegt. So kann es ja nicht weitergehen mit dir hier in der Hütte. Und dann diese fixe Idee mit dem Krieg – du gegen die Vögel, ich bitte dich!«

Beim letzten Satz hatte sich mein Blick wohl verschlossen, denn sie ruderte rasch zurück.

»Ich meine, den könntest du doch auch von *Trinale* aus führen. Hier holst du dir noch eine Lungenentzündung.«

Ich sah sie an und beobachtete, wie ihr Mund sich öffnete und schloss. In Gedanken ging ich die Route am Meer entlang, die ich mir für heute vorgenommen hatte und lauschte auf Rabengekrächze. Ich hörte nichts.

Vor mir gestikulierte Helen. Sie deutete in Richtung *Trinale* und dann auf das Meer, wobei sie mir heftig und aufmunternd zunickte. »Ihr – du und Nolan – könntet doch mal einen Tag rausfahren und Makrelen angeln und dann mit den Makrelen als Köder auf Dornhai gehen. Klingt das gut?« Sie schaute mich auffordernd an.

Ich wollte keinen wehrlosen Fisch fangen, sondern den einen Vogel. »Helen, fass dich kurz, ich habe zu tun!«

Sie erwiderte meinen Blick und nickte knapp zum Zeichen, dass sie verstanden hatte. Dann fuhr sie fort: »Wir, Nolan und ich, haben dich sehr gern. Aber hier in der Fischerhütte kannst du auf Dauer nicht bleiben. Komm zurück! Und dein Auge … Lass mal sehen!«

Ich lachte bitter auf. »Du meinst das Loch, wo mein Auge mal war? Ja, es macht Probleme! Aber nicht so, dass ich es nicht selbst in den Griff bekäme.« Tatsächlich wusste ich sehr gut, dass ich meine Probleme mit der Augenhöhle herunterspielte. Die Behandlung – noch dazu vor dem alten, teils mit blinden schwarzen Flecken übersäten Spiegel – war für mich jeden Tag aufs Neue eine Herausforderung.

Sie zögerte, sah aber dann an meinem Gesichtsausdruck, dass ich in dieser Angelegenheit keine Einmischung duldete.

»Aber deine Geschäfte! Leiden die nicht, wenn du dich gar nicht kümmerst?«

»Warum, Helen, Darling, sagst du nicht einfach, dass ich verschwinden soll? Der Mohr hat seine Schuldigkeit getan, der Mohr kann gehen. Du willst mit Nolan allein sein, nur ihr beide, die Hügel und das Meer.« Ich wusste selbst, dass ich Unsinn redete. Helen war in erster Linie meinetwegen hier. Ich glaubte nicht, dass sie ein echtes Interesse an Nolan hatte, aber ich konnte mich nicht bremsen. Ich wollte endlich auf die Jagd gehen. Und vielleicht hätte ich auch einige Tage Ruhe vor ihr, wenn ich sie kränkte. Ich fuhr also fort: »Erst der Gärtner, jetzt Nolan. Sag doch einfach, dass du mich aus dem Weg haben willst, um in Ruhe rumhühnern zu können! Du verzeihst mir nicht, dass ich dich rausgeworfen habe? Pech, denn ich gehe erst, wenn ich mit dem Raben abgerechnet habe. Schon vergessen? Also: Verpiss dich!«

Helen schwieg. Ich hatte sie bis ins Mark getroffen. Waidmannsheil!

Dann ging ich in die Hütte, schloss mit Nachdruck die Tür und wandte mich den wichtigen Angelegenheiten zu.

Als Helen nur noch als kleiner Punkt erkennbar war, ging ich wieder hinaus und zog die windschiefe Tür hinter mir zu. Mit der Flinte im Anschlag sicherte ich meine Umgebung nach allen Seiten – immer darauf gefasst, eines dieser schwarzen Mistviecher zu sehen und sofort abzuknallen.

Die Vögel, welche die Katastrophe überlebt hatten, hatten sich in Richtung Küste verzogen. So jedenfalls hatte es wenige Tage nach dem Desaster in den Zeitungen gestanden.

Eigentlich war es zu schade, ihn zu erschießen. Die Kugel würde sein Herz durchdringen, und das wäre es dann gewesen. Es würde zu schnell gehen. Zu rasch und zu schmerzlos! Der Situation angemessener wäre es, ihn zu fangen. Ich würde damit anfangen, ihm bei lebendigem Leibe den Hals zu rupfen, sodass er kahl zwischen Kopf und Rumpf hervorschimmerte. Dann würde ich dort eine mit Heftzwecken gespickte Kette herumlegen und langsam zuziehen. Oder, vielleicht sollte ich mit dem Kopf anfangen, mit den Federn auf dem Schädel, sodass der Vogel eine Tonsur hätte und wie ein mittelalterlicher Mönch aussähe. Diese winzig kleinen Federn würden sich zwar schwer packen lassen, aber mit einer Pinzette müsste es gehen. Und dann würde ich ihm jede Feder, auch die ganz winzigen um die Augen herum, einzeln ausreißen. Es würde mich schier jubeln lassen vor Glück, wenn ich in den dämonischen Augen Angst entdecken würde. Schon jetzt spürte ich Schmetterlinge im Bauch vor lauter Vorfreude. Aber noch hatte ich ihn nicht.

Mein Feldstecher baumelte am Hals und pendelte ständig durch mein Blickfeld. Ich steckte ihn in die Jackentasche. Durch mein Problem, Entfernungen einzuschätzen, war der steinige Boden an sich schon eine Herausforderung. In der letzten Nacht hatte es zudem geregnet. Dadurch war der Untergrund sehr glitschig.

Der grasbewachsene Pfad, der sich in Richtung der Hügel wand, trennte das Grundstück, das noch zu *Trinale* gehörte, vom Meer. Grauer Fels bildete schroffe Formationen, die durch Pflanzenbewuchs abgemildert wurden. Von Weitem gesehen schimmerten die Hügel in verschiedenen Grüntönen. Nur vereinzelt war ein einsamer Busch zu sehen, der den Witterungen trotzte. Das taubenetzte Moos funkelte hellgrün und hatte sich voll Wasser gesogen, prall wie Nadelkissen.

Ich stapfte weiter – gespannt, ob ich den Vogel entdecken würde. Im Rhythmus meiner Schritte spielte ich weiterhin dieses Gedankenspiel: *Was – mach – ich – mit – ihm, wenn – ich – ihn – in – die – Finger – kriege?*

Genau! Toilettenreiniger! Ein hämisches Grinsen huschte über mein Gesicht. Den würde ich dem Raben in die Augen schütten. Dieser zog Wasser sehr schnell an und wirkte mindestens so ätzend wie der Hass in meinem Inneren. In Nullkommanichts ginge das Sehvermögen des Vogels flöten, und er würde kaum noch hell und dunkel differenzieren können.

Ja, der Rabe sollte nur noch von Finsternis umgeben sein, so, wie ich sie neun Wochen lang in der Klinik ertragen musste – allein mit den Bildern vom durchgedrehten Nolan und geplagt von Träumen, in denen zur Weißglut entfachte Raben mich angriffen, meine Wehrlosigkeit ausnutzend.

Oder – nein, ich korrigierte mich! Er sollte von Nichts umgeben sein, von reinem Nichts. Er sollte nur noch sehen, was meine Hand *sah*, wenn sie in einer Schublade steckte.

Obwohl ich das Spiel mittlerweile seit Wochen betrieb, fielen mir immer neue Schikanen ein. Insgeheim war ich schon sehr gespannt, was ich tatsächlich tun würde, wenn es so weit wäre.

Noch vor einem knappen halben Jahr hätte ich meine Hand dafür ins Feuer gelegt und behauptet, dass ich niemals einem Tier oder einem Menschen etwas zuleide tun könnte. Aber ich war bis dahin auch nie in einer Situation gewesen, in der es nötig war, jemanden zu attackieren – weder als Angreifer noch aus Notwehr.

Sicher, da war Helens kleiner Unfall, als sie die Treppe herunterfiel, aber der zählte nicht. Genauso wenig zählte der Rauswurf aus dem illegalen Spielkasino. Das waren Erlebnisse aus meinem vorigen Leben.

Heute gab es nur noch zwei Dinge, die zählten: Ich und der Vogel! Nein, falsch, ich *oder* der Vogel. »Es kann nur einen geben!« Fast hätte ich gelächelt, weil die Kulisse perfekt zu dem Satz passte.

In meinem alten Leben war ich ein ausgesprochener Tierfreund gewesen. Anders als Nolan, der Tiere gern aus der Ferne betrachtete, liebte ich es, sie zu streicheln und mit ihnen zu kuscheln. Nichts riecht besser als ein Welpe. Und nichts ist treuer als ein Pferd. Als ich acht war, wurde auf *Trinale* ein Fohlen geboren. Zufällig verbrachte ich gerade meine Ferien dort und durfte bei der Geburt dabei sein. Mit meinem Onkel stand ich schon seit Stunden vor der Box und beobachtete die Stute. Nolan war längst wieder im Haus. Ihm war das zu langweilig gewesen.

Als das Fohlen aus der Stute glitt, atmete es nicht. Ohne lange zu überlegen, redete ich beruhigend auf die Stute ein, öffnete behutsam die Boxentür und setzte mich neben das braune Bündel ins Stroh. Unablässig redete ich leise weiter. Die Stute blieb zwar ruhig, stupste das Fohlen aber unentwegt an, um es zum Aufstehen zu animieren.

Ich griff eine Handvoll Stroh und rieb das Fohlen mit gleichmäßigen, aber nachdrücklichen Zügen ab, um seinen Kreislauf anzuregen. Trotzdem setzte die Atmung nicht ein. Da nahm ich seinen nassen Kopf, wischte ihm den Schleim von den Nüstern und blies ihm sachte meinen Atem ein. Und dann geschah das Wunder. Warme Luft strich über meine Wange. Vor lauter Glück kamen mir die Tränen. Es atmete und atmete, und bei jedem Atemzug atmete ich genauso ein wie das Fohlen und lobte es. Ich sagte: »Fein, ja fein machst du das. Du musst Luft holen! Sieh mal, so! Ja, richtig!«

Plötzlich hörte ich Nolan, der wieder neben seinen Vater an die Box getreten war. »Du musst Luft holen!«, äffte er mich nach. »Wie idiotisch ist das denn! Wenn es das nicht weiß, ist das ja wohl das doofste Pferd der Welt. Igitt, du hast es geküsst! Bleib mir bloß vom Hals mit deiner Schleimfresse!«

»Nolan, was ist das für ein Vokabular«, wies sein Vater ihn energisch zurecht. »Jeremy hat das hervorragend gemacht.« Ruhiger fuhr er fort: »Ich wünschte, du wärst es gewesen, der das Fohlen gerettet hätte.« Dann war mein Onkel zu mir in die Box gegangen und hatte Nolan nicht mehr beachtet. Aber ich hatte den Anflug von Hass in Nolans Augen gesehen und er machte mir Angst.

27. Kapitel

Der Boden unter meinen Füßen war tückisch. Der glatte Lehm hatte sich hier mit kleinen Steinchen oder Grassoden verkleidet, die mir vorgaukelten, er sei trittsicher. Ich war argwöhnisch geworden, jedem und allem gegenüber. Der Himmel hatte ein Ozonloch, das mir die Nase verbrannte, das Wasser war salzig und reizte meine Haut und die ehemals ach so poetisch empfundene Landschaft Cornwalls hatte sich für mich ins Gegenteil gekehrt. Alles Schöne war besudelt von meinen traumatischen Erlebnissen und auf meine Vernichtung aus: das Meer, der Himmel und sogar der Boden, auf dem ich ging. Aber ich ließ mich nicht unterkriegen. Fühlte ich mich im alten Leben als Bogart, war es jetzt Käpt'n Ahab, der alle meine Sympathien hatte.

Ich schaute über meine Schulter zurück. Von *Trinale* sah ich nur den Westturm, und das beruhigte mich. Es gab Tage, so wie heute, da ertrug ich den Anblick kaum und hatte Lust, alles in Schutt und Asche zu legen, um das Erlebte aus meinen Gedanken zu tilgen. Diese unerträglichen Albträume mussten ein Ende haben. Ich wollte endlich wieder ein freier Mensch sein. Aber es gab kein Entkommen, kein Entrinnen aus diesen Erinnerungen, die mich nicht schlafen ließen, mir den Atem nahmen und das Erwachen zur Qual machten. Solange ich an dem schwarzen Teufel keine Rache geübt hatte, würde meine innere Ruhe wie ein räudiger Hund mit eingezogenem Schwanz vor mir fliehen. Meine Angst trieb sie vor mir her und ich konnte ihrer nicht habhaft werden.

Das Meer war heute überraschend ruhig, obwohl am Himmel graue Wolken hingen. Nur hier und da bahnten sich Sonnenstrahlen einen Weg hindurch und ließen das Wasser in einem strahlenden Türkis aufleuchten.

Ich machte mich an den mühsamen Abstieg. An manchen Stellen hatte ich Steigeisen eingeschlagen, um auf meinem Weg in die Bucht Halt zu finden. Trotzdem war der Weg hinunter gefährlich. Es versetzte mir einen Adrenalinstoß, wenn ich mir vorstellte, fünfzig Meter in die Tiefe zu fallen.

Mein Ziel war eine kleine Bucht, die von Jacksons Hütte sonst nur über einen Umweg über die Hügel zu erreichen war. Hier schaukelte ein kleines Motorboot im Wasser, das dort schon seit meiner Kindheit zu finden war. Damals gehörte es Jackson. Den neuen Besitzer kannte ich nicht. Es bot Platz für zwei Personen. Der Innenraum war mit Holzimitat verkleidet und harmonierte mit dem braunen Schriftzug, der außen an der Bordwand prangte. *»Ford Pick-up«* stand dort in großen Lettern. Diesen Namen hatte good old Jackson verzapft, der es nie zu einem Autoführerschein gebracht hatte. So konnte er jedem erzählen, Besitzer eines *Fords* zu sein, ohne von der Wahrheit abzuweichen. Vor zwei Wochen hatte ich das Boot ausprobiert und war damit ein Stück die Küste heraufgetuckert. Es funktionierte einwandfrei.

Den Weg am Meer entlang versperrten Felsen. Der Sand, der wie mit dem Salzstreuer verteilt auf den Steinen lag, knirschte leise, als ich in meinen Plastikclogs darüberlief. Sie erwiesen sich in dieser Umgebung als sehr komfortabel. An Hanglagen waren sie ausreichend rutschfest und Wasser konnte man mit ihnen mühelos durchqueren, da es durch die ausgestanzten Löcher wieder abfloss. Socken trug ich, seit ich die Hütte bezogen hatte, nicht mehr. Sie waren mir immer schon lästig gewesen.

Ich watete bis zu den Knien ins Wasser. Eine Welle rollte auf mich zu und schlug gegen meine Oberschenkel. Ich nutzte ihren Schwung, griff nach dem Seil und zog das elfenbeinfarbene Boot zu mir heran. Dann suchte ich nach festem Stand und stieg an Bord. Wie bei einem Rasenmäher musste man zuerst den Benzinhahn öffnen, den Choke drehen und dann kräftig am Handseil ziehen.

Heute sprang der Zweitaktmotor schon beim ersten Zug knatternd an. Ich löste das Tau, mit dem das Boot an einem Felsen verankert war, und drehte am Gasgriff. Mit einem lauten Dröhnen setzte sich das Wasserfahrzeug in Bewegung, sein Bug stieg auf und das Heck zog eine breite Schneise hinter sich her. In einem weiten Bogen steuerte ich es auf die offene See.

Das Boot hatte keine Kabine. Am Bug war nur ein Spritzschutz angebracht und auf der Reling befanden sich Halter für Angelrouten. Unter dem Sitz im hinteren Teil hatte ich eine Dose mit alten Ködern gefunden, die nicht mehr zu identifizieren waren. Ich war schon im Begriff gewesen, sie angewidert über Bord zu werfen, hatte aber in der Bewegung innegehalten. Vielleicht konnte ich das Zeug einsetzen, um den Raben anzulocken. Das war doch genau der Gestank, den er liebte, oder?

Vom Meer aus bot sich mir ein ganz neuer Blick auf die Küste. Ich stellte den Motor ab und reckte mein Gesicht der Sonne entgegen, um ganz bewusst Energie zu tanken. Ich zitterte innerlich und wusste: Heute würde ich ihn finden!

Die Strömungen unter der Wasseroberfläche waren hier tückisch, weshalb ich wachsam blieb. Das Boot schaukelte stetig und mein Blick heftete sich auf die Ruder, die an der Längsseite des Bootes verstaut waren.

Ich nahm sie und tauchte sie ins Wasser, um zu spüren, wie mich das Meer davontragen wollte. Dann kämpfte ich gegen die Strömung an, bis mir der Schweiß das T-Shirt durchnässte. Die Anstrengung entspannte meine Nerven und lud mich energetisch auf.

Helens Bild schob sich vor mein inneres Auge. Dass sie sich nach der Belagerung auf *Trinale* niedergelassen hatte, um Nolan zu pflegen, hatte sich nach unserer Rettung so ergeben, und es war die logische Schlussfolgerung, da sie sich kannten. Daran, dass sie ein Paar waren, glaubte ich in keiner Weise. Das hatte ich nur gesagt, um sie zu verletzen.

Kaum entspannte ich mich ein wenig, begannen die Schuldgefühle an mir zu nagen. Heute bereute ich zutiefst, dass ich sie rausgeworfen hatte. Warum nur hatte ich das infame Spiel meiner Mutter nicht schon eher durchschaut? Und – hatte ich es wirklich nicht durchschaut? War es nicht eher so, dass ich es nicht durchschauen wollte?

Ich ließ die Ruder auf dem Wasser ruhen und sah den v-förmigen Wellen nach, die sie ins Wasser schnitten.

Nachdem ich Helen in die Wüste geschickt hatte, erwies sich Mutter als sehr fürsorglich. Als hätte es meine Ehe mit Helen niemals gegeben, ging sie dazu über, mein Leben zu organisieren. Als Erstes ordnete sie meine Wäsche neu, wobei sie alle Kleidungsstücke, die Helen gehörten, in Säcke stopfte und auf den Dachboden verbannte. »Es ist gut, dass sie weg ist, Jeremy. Sie passt hier nicht her, das musst du doch zugeben!«, hatte sie gesagt. Ich zuckte nur mit den Schultern, obwohl es mich ärgerte, wenn Mutter so abfällig über Helen sprach. Außerdem beschäftigte mich ein anderer Gedanke. Da war etwas, das ich übersehen hatte. Es schwirrte in meinem

Kopf herum, ließ sich aber nicht greifen. Es hatte mit den Fotos zu tun.

Ich erinnerte mich, dass ich zur Garderobe ging und nach meiner Jacke fischte, die ich während des Bootsausflugs getragen hatte. Der graue Tweed war an den Ellbogen schon fadenscheinig, und sobald Mutter ihn in die Finger bekäme, würde er gleichfalls in einen Sack wandern. Die Taschen waren ausgebeult und das Futter der Innentasche zerrissen.

Genau dort, wo ich sie nach Helens Rauswurf wieder hingetan hatte, fand ich die Fotos. Langsam ging ich zum gekippten Fenster, um sie genauer betrachten zu können.

Währenddessen plauderte Mutter munter weiter: »Jetzt können wir wieder zusammen Kaffee oder Tee trinken, so wie früher. Weißt du noch, wie du immer die Kekse in den Tee getunkt hast? Wenn sie abbrachen, hast du den Rest auch in die Tasse fallen lassen und sie dann ausgelöffelt. Wie niedlich du warst! Das alte Album könnte ich mal hervorholen, das mit den Bildern, die dich im Matrosenanzug zeigen. Ich weiß, du magst es nicht, aber mir gefällt es. Es ist gut, dass du mit deiner Verflossenen keine Kinder hattest. Das wäre ein schönes Theater! Ich habe übrigens Karten für die Zauberflöte besorgt. Du hast doch Lust? Ludmille wird uns begleiten ...«

Wie ein Wasserfall rauschte ihre Rede an mir vorbei. Weder antwortete noch reagierte ich auf ihre Worte. Meine Mutter würde das Schweigen dennoch als Zustimmung deuten. Später würde sie dann behaupten, ich hätte zugesagt mit ins Theater zu kommen oder Ludmille zu treffen – eine kleine, dickliche Wurst mit kolossalem Hintergrund bezüglich ihrer Ausbildung in der Schweiz und ihrer Ahnengalerie. Für meine Mutter waren dies entscheidende Punkte.

Ich blätterte die Fotos durch, die Helen und den Gärtner zeigten. Der Anblick tat weh, und doch hatte ich das Gefühl, dass irgendetwas nicht stimmte. Suchend glitt mein Blick über die beiden Liebenden. Aber das war es nicht. Es war die Umgebung, an der mich etwas störte. Sie lagen auf dem Waldboden, der mit Fichtennadeln nur so übersät war. Schwer zu glauben, dass man sich inmitten der stachligen Nadeln der Liebe hingeben konnte, aber auch das war nicht der ausschlaggebende Punkt.

Plötzlich durchfuhr es mich wie ein Blitz. Helen litt an einer Fichtenallergie. Selbst ein Weihnachtsbaum ließ ihre Augen tränen. Wenn sie nur einen Zweig berührte oder dem Baum zu nahe kam, bekam sie Atemnot. Niemals könnte sie splitternackt auf den Nadeln unter diesen Bäumen liegen. Wahrscheinlich wäre sie an einem allergischen Schock gestorben.

Ich drehte das Foto herum und besah mir die Rückseite genauer. Unten links erkannte ich ein kleines Logo und einen Firmennamen.

»... und die Blumen hättest du sehen sollen. Die ließen schon die Köpfe hängen, aber glaubst du, Helen hätte sie ersetzt? Sie brachte nur die Vase in die Küche und stopfte sich dort weiter mit Kuchen voll. Was konnte die essen! Auf Dauer hätten wir sie weder beköstigen noch bekleiden können.« Lady Mathilda lachte heiser. »So sagte mein Vater immer. Deshalb esse ich wie ein Spatz, und mein Körper dankt es mir mit guter Laune und Energie.« Sie wedelte mit einem Oberhemd durch die Luft. »Der Trainer, den ich seit zwei Wochen ...«

Ich versuchte ihr Gerede auszublenden, zog mein iPhone hervor und recherchierte im Internet. Das Netz war hier sehr schwach und so bauten sich die Seiten leider nur ermüdend langsam auf.

Als die Startseite offen war, gab ich den Namen der Firma unter Suchbegriffe ein. Ich entschied mich für den am häufigsten angeklickten Link.

Wieder tröpfelten die Pixel auf das Display, als würden sie durch eine Sanduhr laufen.

Nachdem sich die Homepage aufgebaut hatte, studierte ich sie, und meine Gedanken begannen zu rasen. Ich hörte meine Mutter im Schlafzimmer rumoren und biss mir auf den Daumennagel, um mich besser konzentrieren zu können.

Würde sie wirklich so weit gehen, um mich für sich zu behalten?

»Jeremy!« Sie strahlte und hängte einen frischen Pyjama auf den stummen Diener im Schlafzimmer. »Sieh mal, wie viel Platz du jetzt wieder hast. Da kann ich dir noch ein paar neue Hemden mitbringen. Am Wochenende geben wir ein Dinner, damit es sich schnell herumspricht, dass du getrennt bist. Ich hab es nicht gern, wenn die Leute reden. Sollen sie sich ein eigenes Bild machen. Was denkst du?« Endlich blickte sie in meine Richtung. »Es ist dir doch recht? Oder ist es dir noch zu früh?«

Ich ging nicht auf ihre Frage ein, sondern warf die Fotos vor ihr auf das Bett. »Woher kommen die Bilder?«

Lady Mathilda legte beide Hände an die Wangen, die puterrot anliefen. »Ich weiß nicht, was du meinst«, sagte sie und drehte sich von mir weg, um die Gardinen zu ordnen.

»Du weißt genau, wovon ich rede. Also stell dich nicht dumm. Die Fotos sind nicht echt, und das weißt du. Also?« Herausfordernd blickte ich sie an.

Meine Mutter holte tief Luft. »Ich weiß nicht, wie du auf die absurde Idee kommst, die Fotos seien gefälscht. Ich verstehe, dass es dich noch schmerzt, der Wahrheit ins Auge zu blicken, aber das ändert nichts an den Tatsachen.«

»Ach, hör doch auf mit diesen Spielchen! Dir war offensichtlich jedes Mittel recht, um Helen aus dem Haus zu bringen. Es ist nichts dran an der Geschichte von ihr und dem

Gärtner. Irgendeine Agentur aus dem Internet hat diese Bilder per Fotomontage erstellt.«

»Und wenn es so wäre, was ändert es noch? Helen kann und will sich hier auch bestimmt nicht mehr blicken lassen, so wie du sie behandelt hast. Ich finde, es ist alles bestens geregelt, wie es jetzt ist. Und du solltest dich nicht so stur stellen. Es war doch nie mehr als ein Techtelmechtel zwischen euch.«

Ich schaute wütend auf sie herab. »Sie ist meine Frau. Noch sind wir nicht geschieden. Glaub nicht, dass du gewonnen hast. Pack jetzt meine Sachen in den Koffer, ich fahre noch heute nach London. Und lass dir nicht einfallen, mich zu kontaktieren.«

Schon auf dem Weg in meine Stadtwohnung klingelte dauernd das Handy. Ich drückte die Gespräche weg. In der folgenden Zeit rief sie mich immer wieder an. Also sperrte ich ihre Nummer. Als sie mich auf dem Festnetz erwischte, gab ich vor, mein Handy verloren zu haben, worauf mit der Post am nächsten Tag ein brandneues iPhone kam.

Lady Mathilda – es fiel mir immer schwerer, in ihr meine Mutter zu sehen und keinen Tyrannen, der mir die Luft zum Atmen nahm – versuchte mit allen Mitteln, den Bruch zu kitten, und überwies sogar weiterhin Geld. Es half ihr nur nichts.

Manchmal dachte ich auch an Helen. Ich hätte ihr mitteilen müssen, was ich über die Fotos herausgefunden hatte. Aber die Gedanken an sie schmerzten und führten mir meine Feigheit vor Augen. Ich liebte sie noch, war jedoch nicht der Mann, der einer Frau gegenüber kleine Brötchen buk. Bogart hätte das auch nie getan. Und eine andere Sache wog sogar noch schwerer: Ich konnte mich nicht dazu entschließen, meine wiedergewonnene Freiheit aufzugeben. Außerdem, so sagte ich mir, wusste ich nicht, wo Helen war. Sie meldete sich ja nicht. Falls sie aber von sich hören lassen sollte, würde ich ihr natürlich alles erzählen. Dis dahin würde ich die Feste feiern, wie sie fielen, und die lästigen Gedanken mit Alkohol und Glücksspiel betäuben.

28. Kapitel

Helen

Helen öffnete den Kühlschrank und nahm den Fleischsalat heraus. Ganz dick bestrich sie damit eine Scheibe Brot, zerschnitt es in kleine Teile und dekorierte den Teller mit einem Stück Tomate.

Vorsichtig klopfte sie an die Tür zur Bibliothek. »Nolan, bist du wach?«, fragte sie leise, als sie die Tür einen Spaltbreit geöffnet hatte.

»Ja, ja«, hörte sie ihn schläfrig murmeln.

Sie drehte das gedimmte Licht etwas heller und zog die Gardinen weiter auf, was Nolan mit einem genervten Knurren kommentierte.

Er saß unter einer dunkelgrün karierten Wolldecke in einem weinroten Ohrensessel. Die Beine auf einen Hocker gelegt starrte er vor sich hin.

Aus dem Transistorgerät, das neben ihm stand, drang eine Stimme, die erklärte, dass die Ebola-Epidemie keine Grenzen kenne.

Helen hatte das Radio bei den Reinigungsarbeiten gefunden und hoffte, die Berieselung würde Nolan aus seiner Lethargie reißen und ihn wieder dazu bringen, am Leben teilzunehmen.

Helen genoss es, Nolan zu pflegen. Deshalb hatte sie Michael um eine Auszeit gebeten, die er ihr – wenn auch widerwillig und nach vielen Fragen – gewährte.

»Ich bin ja nicht aus der Welt. Aber im Moment gehen alte Freundschaften vor. Im Notfall erreicht ihr mich auf *Trinale*.«
Ihr gefiel, wie rechtschaffen diese Worte klangen, und beglückwünschte sich im Stillen, weil sie es schaffte, sich selbst mit Lorbeeren zu bekränzen und gleichzeitig mit Bescheidenheit zu glänzen. »Hier!« Sie reichte Michael einen Zettel. »Die Festnetznummer.«

Helen rollte die Dragees, die der Arzt für den Fall, dass Nolan von traumatischen Erinnerungen eingeholt wurde, verschrieben hatte, in ihrer Handfläche. Sie verabreichte sie ihm regelmäßig. Die Medikamente gab es zum Glück auch im Internet, denn Helen kam die verordnete Menge oft zu gering vor. Wenn sie die Dosis erhöhte, wusste sie, dass Nolan gut schlief. Er sollte sich ruhig noch ein wenig Entspannung gönnen. In der Zwischenzeit würde Helen das Zepter auf *Trinale* in die Hand nehmen.

Nach der aufsehenerregenden Rettungsaktion war es selbstverständlich, dass sie blieb und alles Notwendige regelte. Helen kam dies sehr gelegen, da sie froh war, eine Weile von Dean weg zu sein. Er ärgerte sich sicher fürchterlich, dass dieser Rettungseinsatz, der so spektakulär war, dass die Medien tagelang berichteten und die Retter wie Helden der Nation feierten, ohne ihn stattgefunden hatte. Natürlich hatte auch er hinter den Kulissen einen Beitrag für die Rettung geleistet, aber wen interessierte das schon? Die Leute wollten die Personen sehen, die tatsächlich vor Ort gewesen waren. Helen hatte sogar diverse Fernsehauftritte gehabt. Allerdings war sie froh, dass dieser Rummel vorbei war.

Hier auf *Trinale* fühlte sie sich wohl, sicher und geborgen. Außerdem unterzeichnete Nolan alles, was sie ihm vorlegte, obwohl sie bereits Übung darin hatte, seine Unterschrift zu fälschen.

Auch bei Jeremys Scheck hatte das hervorragend funktioniert. Sie hatte ohne viel Federlesens mit Nolans Namen unterschrieben und ihn den Leuten ausgehändigt, die ihm auf den Fersen waren.

Das Leben kann so schön sein!, dachte sie und schmunzelte über diese Plattitüde.

Noch immer erstaunte es sie, wie unterschiedlich das gleiche Unglück auf verschiedene Menschen wirken konnte.

29. Kapitel

Ein knappes halbes Jahr lag die spektakuläre Rettungsaktion nun zurück.
»Solche Unmengen an Vögeln, wie sie hier vorgefunden wurden, hat es in dieser Art noch nirgends auf der Welt gegeben. Es ist wie in dem alten Hitchcock-Thriller, nur dass sich hier der Tag regelrecht verdunkelte.« Die Kamera schwenkte in Richtung Einfahrt. »Tote Vögel, so weit das Auge reicht. Etliche Wissenschaftler haben damit begonnen, dieses Phänomen zu untersuchen und zu erklären, scheitern bislang aber schon im Ansatz. Sobald wir Neuigkeiten haben, schalten wir uns direkt wieder zu!«
Auf allen Fernseh- und Rundfunksendern wurden die aktuellen Beiträge unterbrochen. Bei Twitter und Facebook waren mehr als zwei Tage lang kaum andere Themen zu finden gewesen. Je näher die Journalisten dem Ort des Geschehens kamen, umso mehr häuften sich auch Berichte von angefressenen Bewohnern und zerfetzten Haustieren. Einiges war wahr, anderes schlichtweg erlogen. Wichtigtuer meldeten sich in Interviews und auf diversen Blogs zu Wort. Sie behaupteten, im Haus gewesen zu sein, obwohl *Trinale* versiegelt und lediglich für die Spurensicherung zugänglich gewesen war. Die Räume, deren Nutzung für die Bewohner unerlässlich war, hatte man aber sofort untersucht und wieder freigegeben.

Etliche echte und selbst ernannte Experten tauchten auf, um herauszufinden, was die Vögel veranlasst haben konnte, solch ein strategisch durchdachtes Manöver durchzuführen.

Freeman, ein Student der Veterinärmedizin, hatte sich mit weißen Handschuhen und Plastiksäcken ausgestattet und die verbrannten Kadaver eingesammelt, die auf dem Anwesen verstreut lagen. Er wollte sie ausstopfen und bei eBay zum Kauf anbieten, um so sein Reststudium zu finanzieren.

Sein Freund Mike war ebenfalls mitgekommen. Auch er sammelte die toten Vögel ein, die wie Lakritz mit flüssiger, roter Füllung im Hof verteilt waren, um aus den übrig gebliebenen Federn Traumfänger zu basteln und einzelne Teile für satanische Rituale anzupreisen. Die Zeremonien dachte er sich aus, und er war verblüfft, wie viele Dankesschreiben er erhielt, weil seine Zaubersprüche die wirksamsten seien. Ihm war das nur recht. Auf diese Weise hatte er schon viel alten Krempel verkauft, der ansonsten reif für den Sperrmüll gewesen wäre.

Vier Tage lang kamen immer wieder Fahrzeuge mit Heerscharen von Menschen, die, in übergroße weiße Overalls gehüllt, die Kadaver einsammelten. Der Albtraum schien kein Ende zu nehmen.

Nach dem Einsatz der Feuerwehr war die Bibliothek einer der ersten Räume gewesen, die renoviert wurden. Soweit es möglich war, hatte Helen ihr vorheriges Aussehen wiederherstellen lassen. Geblieben waren die schweren geblümten Vorhänge und die grüne Tischlampe. Aber einige Dinge waren unwiederbringlich verloren. Statt des Wanddekors aus Stoff klebten jetzt Papiertapeten an den Wänden. Der Farbton war zwar ähnlich, die Wirkung aber eine ganz andere. Es fehlte dem Raum an Klasse und an dem unvergleichlichen Charme, den er vorher gehabt hatte. Es war aber eine große Hilfe, dass die Versicherungen den Fall anerkannt hatten. Helen hatte sich mit ihnen lange genug auseinandergesetzt.

Helen reichte Nolan die Brote. Dieser warf nur einen kurzen Blick darauf und meinte: »Ich hab keinen Appetit. Iss du!« Darauf hatte Helen im Stillen gehofft. Sie setzte sich auf die Couch und zog die Beine an. »Ich werde gleich in die Stadt fahren«, sagte sie. »Meine Kleidung wird wieder ganz schön eng. Hast du aus Carolyn mittlerweile herausgebracht, weshalb sie ohne einen Ton auf und davon ist. Und warum sie jetzt wieder hier ist?«

»Es ist nicht meine Angelegenheit, das in Erfahrung zu bringen. Sie war eine Weile weg, jetzt ist sie wieder da.« Unruhig fuhren seine Hände über die Sessellehne.

Helen seufzte. Sein Therapeut hatte ihr ans Herz gelegt, so häufig wie möglich mit ihm über die Belagerung und die Rettung zu sprechen, um Angstblockaden zu lösen – allerdings ohne ihn aufzuregen. Wie das funktionieren sollte, war Helen schleierhaft. Also gab sie ihm die Beruhigungstabletten, ließ jedoch keine Gelegenheit aus, ihn irgendwie an den Grund seiner Ängste zu erinnern. Sie holte sogar Zelmas Bilder aus dem Jagdzimmer und hängte sie hier auf. Nolan reagierte zwar heftig darauf, aber sie hielt sich entschieden an die Ratschläge des Arztes.

»Häng diese verdammten Vögel ab!«

»Du sollst damit konfrontiert werden, hat der Arzt gesagt. Und es ist besser, du durchlebst deine Ängste unter meiner Aufsicht. Stell dir vor, du bist im Auto unterwegs, siehst irgendwo eine Krähe sitzen und bekommst deshalb eine Panikattacke! Glaubst du, dass das der richtige Weg wäre, mit deinem Trauma umzugehen?«

»Papperlapapp. Wenn ich hier drin bleibe, kann mir das gar nicht passieren! Und ich gehe bestimmt keinen Schritt mehr vor die Tür! Wozu auch? Es geht mir hier bestens.« Nolan verschloss fest die Lippen, drehte demonstrativ den Kopf von ihr weg und starrte auf den geblümten Samtvorhang, der seinen Blick nach draußen verhinderte.

30. Kapitel

Jeremy

Meine Haut brannte, als wäre sie mit Nadeln gespickt. Die Gischt schlug mir ins Gesicht und ein scharfer Wind ließ die Salzkristalle auf meiner Haut prickeln.

Wolken stoben über den Himmel, Windböen trafen mit voller Wucht auf das Boot und zerfetzten das sprühende Wasser, das sich am Bug teilte. Vereinzelte Sonnenstrahlen drangen dennoch zwischen den Wolken hervor und ließen die Tropfen in den Farben des Regenbogens schillern. Das Meer brodelte ungeduldig und erwartete die Schauer, die regenschwangere, dunkelgraue Wolken verhießen. Die Wellen kräuselten sich wie dauergewelltes Haar.

Die Schraube des kleinen Motorbootes lief leer, sobald es auf einem Wellenkamm verharrte, als müsse es sich entscheiden, an welcher Seite es hinabgleiten wollte, und mich überkam die unbändige Lust, einen Schrei auszustoßen – lauter als der Wind, das Meer und der Motor.

Unentwegt schaute ich durch den Feldstecher auf die vor mir aufragenden Klippen. Es gab hier unendlich viele Untiefen, und es war ein Wunder, dass ich noch nicht aufgelaufen oder mein Boot von einem Felsen aufgeschlitzt worden war.

Die Windböen fuhren mir wie Finger durchs Haar, das völlig durchnässt war. Ich wischte mir mit dem Handrücken über mein verbliebenes Auge, um besser sehen zu können. Die leere Höhle brannte, weil ich auf das Glasauge verzichtete, das drückte und mir Kopfschmerzen bereitete. Wenn ich mit dem Boot unterwegs war, stopfte ich die Höhle mit Mull aus. Leider saugte sich das Gewebe bei diesem Wetter schnell voll, und das Salzwasser verursachte dieses schmerzhafte Brennen. Ein Vorteil allerdings war, dass ich mit dem einen Auge Punkte durch den Feldstecher besser fixieren konnte.

So weit nach Westen war ich noch nie gefahren. Jeder Einheimische würde mir einen Vogel zeigen, wenn ich ihm davon erzählte. Und doch lohnte es sich, denn dort, hinter einem Felsen, glaubte ich einen schwarzen Fleck erspäht zu haben.

Das Boot glitt eine Welle hinab und vor mir türmten sich neue Wassermassen auf, die mir den Blick versperrten. Als sich das Boot ein weiteres Mal hob, konnte ich den Fleck durch den Feldstecher noch immer nicht genau erkennen. Es konnte eine Baumkrone sein oder eine Stelle, die beständig nass und deshalb von Algen überwuchert war. Kurze Zeit später aber sah ich ihn genau dort sitzen. Es war zwar mehr eine Ahnung, kein wirkliches Erkennen, mein Instinkt hatte sich in den letzten Wochen jedoch geschärft. Es war der Rabe, der schwarze Teufel mit dem grauen Flügel. Ich spürte die Nähe des Vogels regelrecht. Ich fühlte seine Schwingungen und seine Boshaftigkeit wogte in Wellen über mich hinweg.

Ich sollte ihm einen Namen geben, einen Namen, der meinen Hass ausdrückte, den man regelrecht ausspucken konnte und der mir Macht über ihn verlieh. Denn – und diese Erkenntnis war mir auf einem meiner endlosen Pirschzüge gekommen –, wenn man etwas einen Namen gab, machte man es sich untertan. So stand es bestimmt sogar in der Bibel. Und wenn nicht, sollte man es schleunigst hineinschreiben.

Mein Atem stockte. Ich warf das Fernglas auf den Boden, und ohne jede Überlegung, ohne mich auch nur einmal zu fragen, ob ich es überhaupt schaffen könnte, lenkte ich das Boot in Richtung der Klippen.

Scharfkantige Steine ragten spitz aus dem Wasser. Jeden Moment konnte das Boot zerschellen. Aber ich wusste die Gefahren zu umschiffen und an der Strömung des Wassers zu erkennen, wo es tief und sicher und wo es flach und unterströmt war. Trotzdem trudelte das Boot einige Male um sich selbst.

»Hab ich dich, du schwarze Seele! Hab ich dich gefunden! Jetzt hole ich dich!« Dann feuerte ich das Boot mit meinen Schreien an. »Mach schon, *Pick-up*, du packst es! Auf zum Ufer, zu den Klippen! Yeah!« Meine Stimme klang aufgekratzt, und ich sog aufgeregt die Luft in die Lunge, während ich die geballte Faust in die Luft stieß und das Boot weiter in Richtung Klippen steuerte.

Der Rabe hatte sich mittlerweile in die Luft erhoben und kreiste über mir, als ob er mich und das Boot beobachten würde. Sein Gekrächze vermischte sich mit meinem Gebrüll, und der Wind jagte mit Geheul um die Klippen.

Ich hielt das Steuer fest umklammert. Als das Boot aufschlug, wurde es mir aus der Hand gerissen, und unversehens war ich dem gewaltigen Tosen des Meeres ausgeliefert. Es schleuderte mich nach rechts. Der Bug wurde eingedrückt. Dann barst das Boot, und ich schlug mit dem Kopf an einen Felsen. Auf der Suche nach Halt griff ich panisch um mich, aber die Steine waren zu glitschig. Mit den Beinen strampelnd versuchte ich krampfhaft, den Kopf oben zu behalten. Würde ich erst einmal unter Wasser geraten, würde ich die Orientierung verlieren, die Strömung würde mich hinaustragen und das wäre es dann gewesen.

Zum Glück fand meine Hand plötzlich an einem rostigen Stück Metall, an dem das Meer schon lange nagte, Halt. Es ragte zwischen zwei Felsen empor, und der Rost färbte die es umgebenden Seepocken braun. Ihre Schalen schnitten mir in die Finger und ich rang japsend nach Atem.

Mein Haar aus der Stirn werfend orientierte ich mich rasch. Da vorn war eine Bucht. Aber von hier aus, den Kopf knapp über der Wasseroberfläche, war schwer zu sagen, wie weit das Ufer entfernt war, und das Wasser brannte immer heftiger in meiner Augenhöhle.

Der Rabe krächzte indessen höhnisch und zog weiter seine Kreise über mir.

»Du verfluchter Vogel!«, schrie ich. »Verdammter Bastard!« Eine Welle schoss mir ins Gesicht, Wasser drang mir in den Mund und ich verschluckte mich. Das Salzwasser ließ mich würgen, aber jetzt wusste ich zumindest, in welche Richtung ich musste.

Immer wieder wurde ich von den Wellen ein Stück nach hinten gerissen, sobald ich mich ein paar Zentimeter vorgearbeitet hatte. Ich streifte mir die Clogs von den Füßen, damit sie mich nicht behinderten, da meine Kräfte langsam nachließen. Jeder Muskel brannte vor Anstrengung. Mit dem Bauch und den Oberschenkeln schrammte ich über einen Felsen, und das Salzwasser brannte höllisch in den Wunden. Meine Beine fühlten sich zudem schon taub an.

Wieder strampelte ich, und endlich spürte ich Boden unter den Füßen. Es war ein großer Stein. Ich legte meine ganze Kraft in die Armbewegungen, damit mich die Wellen nicht immer wieder nach hinten rissen, und nutzte den Schwung. Der Stein war wacklig, aber fest genug. Ich tastete mit dem Fuß nach dem nächsten Halt, wobei ich mein Gewicht vorsichtig verlagerte. Ganz langsam arbeitete ich mich so vorwärts, bis ich spürte, dass ich diesen Kampf gewinnen würde, obwohl die Wellen stets drohten mich umzuwerfen.

Endlich erreichte ich das Ufer. Erschöpft fiel ich in den Sand und versuchte durchzuatmen. Salzwasser stieg in meiner Kehle auf. Ich setzte mich auf, würgte einige Male und erbrach mich. Mein Magen rebellierte, mein Gesicht brannte, ich spürte jeden Knochen und Muskel meines Körpers. Völlig entkräftet fiel ich schließlich auf den Rücken und blieb still liegen.

Ein Krächzen in meiner Nähe ließ mir das Adrenalin in sämtliche Glieder schießen. Diese Situation kam mir so bekannt vor, und ich hatte gehofft, nie wieder etwas in dieser Art zu erleben.

Der Rabe saß ganz dicht bei mir. Mühsam unterdrückte ich die Panik, die meinen Hals knebelte wie eine Python und sich enger und enger um mich wand. Zumindest hatte ich diesmal Ausweichmöglichkeiten. Hier war ich keine so leichte Beute wie bei seinem Angriff auf dem Turm, machte ich mir klar. Ich konzentrierte mich kurz und legte alle Kraft darein, auf die Beine zu kommen. Schwankend stand ich auf. Außer ein paar Kratzern und einer Beule am Hinterkopf war ich glücklicherweise okay. Aufrecht stehend fühlte ich mich sofort wohler und wieder mehr als Herr der Lage.

Wenn ich den Vogel jetzt zu fassen bekäme, würde ich ihm einfach den Kopf abreißen. Ja, ich würde ihn töten, ihn auf die Felsen schmettern und zusehen, wie das Meer ihn hinaustrug. Ich verschwendete keinen Gedanken mehr an all die erdachten Torturen. Jetzt, so kurz vor dem Ziel, überfiel mich eine bleierne Müdigkeit, und ich wünschte mir nur noch, dass es vorbei wäre. Aber der Rabe hatte sich bereits in Sicherheit gebracht und beobachtete mich argwöhnisch. Nervös trippelte er auf einem Felsvorsprung hin und her.

Ich fragte mich, was den Vogel so unruhig machte, und sah mich in der Bucht um. Unter meinen Füßen war der Boden felsig, nur an einigen Stellen hatte der Wind kleine Sanddepots angelegt. Hinter mir wuchs die Felswand gute dreißig Meter in die Höhe und das Meer schnitt mir alle anderen Wege ab. Ich war bei Ebbe herausgefahren und es war gut möglich, dass der Abschnitt, auf dem ich mich jetzt befand, bei Flut völlig mit Wasser bedeckt war und zur Falle wurde. Nervös suchte ich den Steilhang hinter mir ab, so wie es Bergsteiger taten.

Und dort, nahezu verdeckt von einem großen Felsen sah ich das, was sich mir vom Meer aus als dunkler Fleck präsentiert hatte. Es war der Eingang zu einer Höhle.

31. Kapitel

Nolan

Die Muster verschoben sich zu einem Gesicht. Die Augen waren Nelken, aber die Blütenblätter änderten stetig ihre Form. Die Nase war ein Lochmuster, und es war komisch, wie sie sich verzog, sobald sich der Mund – zahn- und zungenlos – bewegte.

Nolan sah interessiert zu und horchte.

Wenn sie doch endlich weg wäre! Ihr Herumgelungere geht uns gehörig auf den Sack, nicht wahr, Nolan? Wie lange will sie sich denn noch auf deine Kosten durchs Leben fressen?

Gebannt folgte Nolan den Worten und starrte auf die Fratze aus Stoff.

Wenn sie dich doch endlich in Ruhe lassen würden, diese Weiber. Ständig wuseln sie um dich herum, wissen alles besser und wollen dich verbiegen. Der beliebteste Freizeitsport aller Frauen: Männer verbiegen! Und sie reden mit dir wie mit einem kleinen Kind. Hier änderte sich die Stimmlage und fiel in ein übertriebenes Falsett: *Iss noch etwas Salat, Nolan, du siehst blass aus. Zieh das andere Hemd an, Nolan, das steht dir besser. Schalt mal den Fernseher um, die Sendung ist so langweilig.*

Nolan konnte nur zustimmend nicken.

Aber wenn du den ganzen Tag genau das gemacht hast, was sie wollen, und abends nach ihnen greifst, dann plötzlich weht ein anderer Wind. Nicht jetzt, Schatz, mir ist nicht gut. Ich bin so müde, es war ein langer Tag, heißt es dann. Und nun geht die ganze Chose wieder von vorn los. Fiepen dir noch nicht die Ohren? Nolan, hast du die roten Tabletten genommen? Nolan, soll ich das Radio einschalten? Nolan hier und Nolan da. Und zwischendurch verschleudert sie dein Geld in der Stadt oder im Internet. Verhalten flüsterte die Stimme weiter: *Hast du schon mal daran gedacht, dass sie dir mehr Tabletten gibt, als es gut für dich ist?*

Nolan spitzte die Ohren. Alles, was die Fensterdekoration – Es ist ein Vorhang, Nolan! – von sich gab, traf genau den Kern. Es waren immer Frauen, die letztendlich über sein Leben bestimmen wollten. Zuerst war es seine Mutter gewesen, die sich in alles einmischte, später Zelma mit ihrem ewigen Gejammere und jetzt entpuppte sich Helen ebenfalls als schleimiger Brei, der sich über ihn ergoss und ihm die Luft zum Atmen nahm.

Nolan rührte sich nicht, aber seine Hände spannten sich um die Sessellehne. Er wartete nervös, ob der Vorhang weitersprechen würde oder ob er seinerseits auf eine Reaktion von Nolan wartete.

Der Wind, der durch das gekippte Fenster in die Bibliothek drang, bauschte den Stoff, und die Augen der Fratze verengten sich zu lauernden Schlitzen. Die Lippen zogen sich zusammen wie bei einer zahnlosen Greisin. Und dann stieß die Fratze hervor bis kurz vor Nolans Gesicht. Bernsteingelbe Augen voller Hass fixierten ihn.

Sie geht an deine Kohle, weißt du das? Mit schlangengleichen Bewegungen tänzelte die Grimasse vor Nolans Gesicht und er folgte ihr mit den Augen. *Jeden Tag, den Gott werden lässt, schlendert sie zur Bank, rennt dann in alle Modeboutiquen und wirft dein Geld zum Fenster hinaus. Sie stopft sich mit Kuchen voll, macht auf feine Dame und zwischendurch geht sie wieder zur Bank, um Geld auf ihr eigenes Konto zu überweisen. Hast du noch einen Überblick über deine Finanzen? Oh, stimmt, du hast ja nicht mal mehr einen Laptop! Wie gotterbärmlich.* Der Schlangenvorhang spie die Worte regelrecht aus.

Nolans Körper überzog eine Gänsehaut, als sich die Fratze kürbisgroß aufblähte. Rot geäderte Augen sprangen hervor.

Schaff sie dir vom Hals! Überleg dir etwas, um sie loszuwerden, und räche dich endlich. Sie hat es mehr als verdient. Sie ist nichts weiter als eine Nutte! Das hat sie doch zigmal bewiesen. Letzten Endes sind sie das doch alle, nicht wahr, Nolan? Weißt du noch, wie du immer auf Zelma aufpassen musstest?

Nolan erinnerte sich nur zu deutlich und lachte leise.

Warum gehen wir denn nicht mal aus, Nolan? Es ist so einsam hier! Lass uns tanzen gehen oder auf einen Drink ins Fauntleroy.

Nolan wusste nur zu gut, dass es Zelma dabei darum ging, ihre Wirkung auf Männer zu testen. Er genügte ihr nicht, schon lange nicht mehr. Das zeigte sie ihm bei jeder Gelegenheit und setzte ihn damit gehörig unter Druck. Genau deshalb hatte er auch Erektionsstörungen und nahm heimlich *Viagra* – diese kleinen blauen Pillen, die ihm zu einer gestärkten Männlichkeit verhelfen sollten. Jedes Mal fühlte er sich gedemütigt, wenn sie über seine Zunge rollten. Nolan erinnerte sich an eine Party, die er auf Zelmas Drängen mit ihr besuchte. Dort fragte ihn Fergus, ein ehemaliger Mitschüler mit einem aktuellen Schwips: »Na, welche Farbe haben *Viagras* von innen?« Nolan fühlte sich ertappt und überlegte blitzschnell, ob Zelma dem einstigen Freund von ihren Eheproblemen erzählt hätte, schloss das aber kurzerhand aus. So illoyal war Zelma nicht.

Also schüttelte Nolan mit einem erwartungsvollen Grinsen den Kopf. Fergus freute sich sichtlich über seine Reaktion, deutete mit dem Zeigefinger auf Nolans Brustkorb und antwortete: »Brauchst wohl auch schon eine ganze, was?«

Nolan hatte gelacht und seinerseits mit dem Finger auf Fergus gedeutet, als sei das der beste Witz, den er seit Langem gehört hätte. Innerlich hatte er gekocht. Heute Nacht würde er schon aus reiner Wut eine Erektion bekommen, dachte er bei sich. Aber wieder klappte es nicht.

Der Vorhang schillerte grünlich, während Nolan diese Worte vernahm: *Frauen täuschen gern Orgasmen vor. Das wussten schon die alten Griechen, aber niemand hat je etwas erfunden, womit Männer sich vor diesen Lügen schützen können. Und auch der kleine, gutgläubige Nolan hat ihr wirklich abgenommen, dass er der Größte sei. War es nicht so? Angeschissen hat Zelma dich – verarscht. Und jetzt macht Helen dort weiter, wo sie aufgehört hat. Du hast das Abo für die Dauerarschkarte, Nolan! Willkommen in Arschlandhausen! Mach dem endlich ein Ende – ein für alle Mal.*

Dann war der Vorhang still und schien darauf zu lauern, was Nolan tun würde. Als dieser meinte, dass der Dekoschal ihm nichts mehr zu sagen hatte, fing er wieder an zu reden. Seine Stimme klang aber eine Oktave tiefer. *Nolan, wir sind doch alte Freunde. Wir haben so viel gemeinsam erlebt! Ich habe dich beschützt vor den hackenden Schnäbeln. Denkst du nicht, dass du mir vertrauen kannst?*

Nolan straffte sich und schaute rasch zur Seite, um zu sehen, ob Helen die Worte des Vorhangs gehört hatte, aber sie stopfte nur weiterhin die Leberwurststulle in sich hinein, die sie eigentlich für ihn vorbereitet hatte. Entweder war sie plötzlich blind und taub oder der Dekoschal sprach tatsächlich nur zu ihm.

»Helen, hol mir Wasser! Ich hab Durst«, sagte Nolan, um zu testen, ob Helen noch ansprechbar war.

»Moment, gleich«, murmelte sie, schob den Rest des Brotes in ihren Mund, stand mit vollgestopften Backen auf und verließ mit einem sauren Gürkchen in der Hand das Zimmer.

Hastig blickte Nolan zu dem Vorhang, der schon wieder weitersprach: *Mach sie platt, Nolan! Mach sie platt!*

Nolans Wangen färbten sich rosarot vor Aufregung. Wie konnte er sich das vermaledeite Weibsstück vom Hals schaffen? Er hatte nicht viel Zeit, denn wahrscheinlich war sie schon seit einer ganzen Weile damit beschäftigt, ihn sukzessive zu vergiften. Er musste ihr also zuvorkommen!

Endlich hatte er ihr Spiel durchschaut, und, jawohl, er nahm die Herausforderung an. Er wusste nur noch nicht, wie. Ihm würde aber schon etwas einfallen. Wenn nicht, würde ihm der Vorhang bestimmt was einflüstern. Ihm konnte er vertrauen.

Den Gedanken, dass es ungewöhnlich war, so von einer Gardine zu denken, wischte er rasch beiseite. Er hatte andere Sorgen.

Wenn Helen erst weg war, würde Jeremy nämlich zurückkehren. Der könnte sich dann um ihn kümmern.

Jeremy war zwar immer regelrecht besessen von dem, was ihn gerade antrieb, aber harmlos. Früher war er ein Säufer und Spieler gewesen, jetzt galt seine ganze Leidenschaft der Jagd nach dem Raben. Alles, was Jeremy tat, machte er mit Leidenschaft. Und das machte ihn berechenbar. Wäre das Problem Helen erledigt, konnte Nolan auf *Trinale* mit Jeremy leben. Jeremy könnte sich seiner Passion, der Rabenjagd, hingeben und Nolan seiner eigenen: Ruhe.

Die schwere Tür öffnete sich und Helen kam herein. In der einen Hand hielt sie eine Karaffe mit Wasser, in der anderen ein Glas.

»Hier, du musst noch deine Medikamente nehmen, Nolan«, ordnete sie an und legte zwei rote Kapseln in seine Hand.

Es waren die, auf die er schon wartete. Brachte sie sie ihm zu spät, begann sein Körper zu zittern. Sämtliche Nerven vibrierten und er zerkratzte seine plötzlich juckenden Handflächen, bis sie bluteten.

Diesmal schluckte er nur eine. Die andere schob er in die Wangentasche, um sie in einem geeigneten Moment auszuspucken.

Als Helen zum Sofa ging und die Kissen aufschüttelte, ließ er das Dragee schnell in der Handfläche verschwinden.

»Jetzt legst du dich erst einmal hin, Nolan«, sagte Helen ganz in dem Tonfall, in dem der Vorhang sie nachgeäfft hatte. »Ich gehe in den Ort und schaue, ob meine Internetbestellungen angekommen sind.«

Natürlich ging sie davon aus, dass Nolan – wie immer nach der Einnahme der Tabletten – einschlafen würde. Heute würde er ihr diesen Gefallen aber nicht tun.

Als sie die Bibliothek verließ, stellte er sich vor, wie sie sich ihren Poncho überwarf und dann in seinen *Morgan* stieg. Die Selbstverständlichkeit, mit der sie das in seiner Vorstellung tat, ließ bittere Galle in ihm aufsteigen.

»Warte nur, du falsche Schlange. Die längste Zeit hast du dich hier breitgemacht.« Mit dem Handrücken wischte er den Speichelfaden weg, der ihm aus einem Mundwinkel über das Kinn lief. Dann zog er den Morgenmantel zu, hob seine Beine vom Hocker, stellte die Füße auf den Boden und erhob sich vorsichtig. Schwankend streckte er die Hand nach seinen Krücken aus, die hinter dem Vorhang lehnten. War dieser tatsächlich auf seiner Seite? Er ertastete das kalte Plastik der Krückengriffe, zog sie langsam hervor und atmete erleichtert auf, als der Blümchenvorhang unbeweglich hängen blieb.

»Danke für die klaren Worte«, sagte Nolan noch in Richtung des bunten Stoffes und es kam ihm gar nicht mehr seltsam vor. Der Vorhang war sein Freund geworden, auf ihn konnte er sich verlassen, auf die Menschen nicht.

Nolan hoffte den Weg bis zum Gartenhäuschen zu schaffen. Dort war das, was er nun am dringendsten brauchte. Er wusste nämlich, wie er sich Helen vom Hals schaffen könnte. Was bei dem Rabenweibchen geklappt hatte, würde bei der verfressenen Schlampe sicherlich auch funktionieren.

Er lächelte zum ersten Mal an diesem Tag.

32. Kapitel

Helen

Helen ließ sich in den weißen Ledersitz des *Morgans* sinken, lehnte den Kopf nach hinten und atmete tief durch. Die letzte Nacht war wieder fürchterlich gewesen. Als sie um drei Uhr morgens immer noch kein Auge zugemacht hatte, stahl sie sich leise, um Nolan nicht zu wecken, nach unten. Sie öffnete den Kühlschrank und nahm die Schüssel mit dem Frikassee vom Mittag heraus. Mit einem Esslöffel setzte sie sich an den Tisch und löffelte die kalte, starre Masse in sich hinein in der Hoffnung, das würde den Druck von Schuld und Scham, der sich in ihrer Magengegend ausbreitete, lindern, sobald ihr Körper damit beschäftigt wäre, die Pampe zu verdauen.

So ihre Theorie. Die Praxis sah anders aus. Ihr wurde übel. Und als der Schlaf endlich kam, brachte er immer wieder furchterregende Träume, die durch das Gefühlschaos, das permanent in ihr tobte, hervorgerufen wurde.

Eigentlich gehöre ich hier nicht her, sagte sie sich. *Aber Jeremy ist ohne mich verloren und Nolan hilflos wie ein Taubenküken. Schließlich verdanken sie mir ihr Leben. Deshalb ist es in Ordnung, hier zu wohnen und von Nolans Geld zu leben.*

Energisch wischte sie die Erinnerungen an die letzte Nacht und ihre Träume beiseite.

Der *Morgan* schnurrte die Uferböschung entlang wie ein Kätzchen. Klar durchbrachen die Silhouetten der Felsen den blauen Himmel. Mit gedrosseltem Tempo suchte Helen die Umgebung nach Jeremy ab. Sie überschattete die Augen dabei mit der Hand, um die Sonne auszublenden.

Sicherlich war er wieder unterwegs und suchte nach dem Raben. Helen schüttelte innerlich den Kopf. Jeremy war so ein Idiot! Sie wusste zwar nicht, was die Tiere veranlasst hatte, *Trinale* zu belagern, aber trotz ihrer blühenden Fantasie konnte sie sich nicht vorstellen, dass ein Rabe – der Rabenkönig, oder was? – anderen Vögeln Befehle erteilen konnte.

Dass Jeremy in ihm seinen größten Feind sah, konnte sie ja, nach allem, was passiert war, verstehen. Dass er sich aber zutraute, ausgerechnet diesen Raben unter Tausenden von Rabenvögeln zu finden, hielt sie schlicht für absurd. Andererseits, überlegte sie zum hunderttausendsten Mal, hielt diese Suche Jeremy vom Trinken ab. Soweit sie wusste, hatte er seit der Rettungsaktion keinen Tropfen mehr angerührt. Tatsächlich war es sogar möglich, sich mit ihm zu unterhalten, ohne dass sie sofort begannen zu streiten. Das Thema beschränkte sich allerdings stets auf den Raben.

Als Helen an ihr letztes Treffen dachte, zuckte sie innerlich zusammen. Auf ihr Klopfen hin hatte er zwar sofort geöffnet, sein Gesicht war aber unrasiert gewesen und die Haare reichten ihm schon über die Schulterblätter. Seine Hände waren rau und wund. Sie sollte ihm eine Handcreme mitbringen.

»Na, wie geht's?«, fragte sie, die Tatsache ignorierend, dass er sie draußen stehen ließ.

»Linseneintopf, luftgetrocknete Mettwurst und Flüssigseife«, erwiderte er, als sei das Antwort genug.

»Ist notiert«, entgegnete Helen und versuchte einen Blick ins Innere der Hütte zu erhaschen.

»Ich hab zu tun. Bring mir die Sachen morgen Früh.« Jeremy trat einen Schritt zurück und wollte die Tür schon wieder schließen, doch so schnell ließ sich Helen diesmal nicht abwimmeln.

»Jeremy, lass mich rein, damit wir miteinander reden können wie zwei Erwachsene.«

»Du willst doch nur, dass ich mit dir nach *Trinale* gehe. Aber das kannst du vergessen.«

»Du kannst doch nicht hierbleiben. Sieh nur, in was für einer Bruchbude du haust! Außerdem siehst du echt erbärmlich aus!«

»Helen, tu mir einen Gefallen und lass mich in Ruhe. Bring mir einfach die Sachen und ansonsten ...« Nur mit Mühe verkniff er sich den Zusatz: ... *halt die Klappe.* Schließlich war es durchaus praktisch, Lebensmittel von ihr gebracht zu bekommen. So konnte er sich um die wirklich wichtigen Dinge kümmern, vor allem um die Jagd.

Mit zwei großen Schritten wand Helen sich unerwartet an ihm vorbei. Es war das erste Mal, dass sie die Hütte betrat.

Rasch schaute sie sich um und erschrak. Das Feldbett war mit Pappe bedeckt, darauf lag eine braune Decke, von der der Flor schon abgerieben war. Auf dem Brett unter dem Spiegel dümpelte in einer Schüssel dreckiges Wasser vor sich hin, in dem ein Fischkopf schwamm.

»Du kochst dir eine Bouillabaisse?«, fragte sie und ihre Stimme troff vor Ironie.

»Das geht dich nichts an!«, zischte Jeremy. Er blieb in der offenen Tür stehen, um deutlich zu machen, dass sie unerwünscht war.

Mit spitzen Fingern hob Helen Boxershorts hoch. »Schau mal, die steht vor Dreck. Und hier ...« Sie bückte sich nach einem Kamm, in dem sich verfilzte Haare und Hautschuppen verfangen hatten. »Kein Wunder, dass du dich nicht mehr kämmst. Das schmierige Ding würde ich auch nicht an mich heranlassen.« Sie warf einen Blick auf ihn in der Hoffnung, er würde sich schämen, aber entweder lag ihm dieses Gefühl fern oder er wusste es zu verbergen.

»Brauchst du etwas aus der Apotheke für …?« Sie brach ab und machte eine undeutliche Geste in Richtung seiner geröteten und entzündeten Augenhöhle. Er musste Schmerzen haben, aber sie konnte ihn nicht danach fragen.

»Nein, ich brauche nichts. Nur Ruhe zum Jagen. Er ist nämlich hier in der Nähe.«

»Hast du ihn gesehen?«

»Gestern war mir so.«

»Komm schon, Jeremy, hör auf. … War mir so! Wenn du dir nur selbst zuhören würdest. Du brauchst einen Arzt und psychologischen Beistand.«

»Du weißt doch nicht, wovon du redest. Nolan hast du ja schon zum Irrenarzt gelabert, aber bei mir wird dir das nicht gelingen. Und jetzt raus hier!« Er machte einen Schritt auf sie zu und griff nach ihrem Oberarm, um sie aus der Hütte zu ziehen. »Bring mir morgen die Sachen. Wenn ich nicht da bin, stell sie einfach vor die Tür.«

Helen war immer noch zutiefst erschüttert, wenn sie daran dachte, wie Jeremy hauste. Sie würde sich so gern um ihn wie um Nolan kümmern. Aber Jeremy war zerbrochen. Der alte, lebenslustige Jeremy existierte seit dem Vorfall mit dem Raben nicht mehr, und sie konnte es drehen und wenden, es war allein ihre Schuld. Sie wusste nicht, was schwerer wog: ihre Schuldgefühle oder ihre Liebe zu ihm.

Helen musste sich also etwas einfallen lassen, damit er zurück nach *Trinale* oder sogar zu ihr kam.

Mittlerweile war ihr klar geworden, warum ihre Beziehung gescheitert war. Jeremys Mutter war sicherlich der Auslöser für die Trennung gewesen, aber bei einem starken Paar hätte seine Mutter gar nichts in der Richtung bewirken können und hätte höchstens eine Nebenrolle gespielt.

Wie fremd ihr Jeremys Londoner Leben wirklich gewesen war, wurde ihr schlagartig bewusst, als vor zwei Wochen ein fremdes Auto die Auffahrt herauffuhr.

Helen versorgte gerade einen Strauß Schnittblumen im ersten Stock mit frischem Wasser, als eine schwarze Limousine am Rondell parkte. Zwei dunkel gekleidete Männer stiegen aus und schauten sich um. Als ihre Blicke nach oben wanderten, trat Helen einen Schritt vom Fenster weg, um nicht gesehen zu werden. Ihr Instinkt sagte ihr sofort, dass etwas nicht stimmte.

Der Mann, der auf dem Beifahrersitz gesessen hatte, trug ein weißes Jackett, an dessen Revers er seine Fingernägel polierte. Zwei goldene Siegelringe blitzten in der Sonne. Der Fahrer nahm seine Sonnenbrille ab und kaute nachdenklich auf dem Bügel herum. Beide wirkten unentschlossen.

Schließlich wies der Fahrer mit dem Kinn in Richtung Eingang. Der andere nickte kaum merklich, und mit eisigen Mienen setzten sie sich in Bewegung.

Nur wenige Sekunden später klopfte es. Mit einem mulmigen Gefühl hastete Helen die Treppe hinunter. Von den beiden Besuchern ging eine Bedrohung aus, die sie fast mit Händen greifen konnte. Was wollten diese Männer? Weder sahen sie wie Journalisten aus, noch wollten sie den Strom ablesen, so viel stand fest.

Helen überlegte, ob sie Nolan fragen sollte, was zu tun sei, aber der war nach den roten Kapseln bereits im Lala-Land.

Das vorsichtige Klopfen steigerte sich zum Hämmern.

Mit einem tiefen Atemzug betätigte Helen die Klinke, öffnete die Tür aber nur einen Spaltbreit. »Ja, bitte?«

»Ist Jeremy Berwich hier?«

»Wer sind Sie, und was wollen Sie von ihm?«
»Oh, entschuldigen Sie. Wir haben uns nicht vorgestellt. Das ist Mister Argon, und mein Name ist Wood. Dürfen wir hereinkommen? Wir haben etwas zu besprechen.« Ohne Vorwarnung versetzte er Helen einen Stoß, sodass sie zurücktaumelte und den Männern so ungewollt den Weg in die Eingangshalle frei machte. Mit einem Tritt schloss Wood die Tür.
»Also, wo ist Jeremy?«
»Er ist nicht hier.«
Wood fixierte sie. »Sind Sie sicher, dass er nicht hier ist?« Er ging nach rechts in Richtung Bibliothek, in der Nolan seinen Mittagsschlaf hielt.
»Halt, nicht!«, entfuhr es Helen. »Er ist wirklich nicht hier. Worum geht es denn? Vielleicht kann ich Ihnen weiterhelfen.«
»Kommt darauf an«, sagte Wood. »Vielleicht. Jeremy hat Schulden. Hohe Schulden.«
»Ach, es geht um Geld.«
»Ja, Schätzelein, es geht um Geld. Bist ein kluges Kind. Wenn wir das haben, verschwinden wir auch schon wieder. Versprochen!«
Helen überlegte kurz. Geld war zwar massig da, das konnten sie haben, aber eine Frage hatte sie trotzdem: »Wofür bekommen Sie Geld von Jeremy?«
Argon entblößte eine große Zahnlücke im Oberkiefer. Helen konnte nicht umhin zu überlegen, ob er da den Bügel seiner Sonnenbrille einklemmte, wenn er auf ihm herumkaute. Jetzt grinste er und legte den Kopf schief. »Wir haben für ihn einen umgelegt, und dafür muss er blechen.«
Helen wurde schwindlig. Mord?
»Quatsch keinen Scheiß!«, fuhr Wood ihn an und schlug Argon mit der Faust leicht auf den Kopf. »Du machst der Kleinen ja Angst.«

»Der Kleinen?«, feixte Argon. »Eher Obelix als Asterix würde ich meinen.«

»Hey, wo ist dein gutes Benehmen?« Wood wandte sich an Helen und beugte sich vertraulich in ihre Richtung. »Entschuldigen Sie, er ist ein Kindskopf.« Er richtete sich wieder auf und sagte: »Es geht um ein paar läppische Spielschulden. Nicht der Rede wert! Aber unsereins muss ja auch leben.«

Helen fixierte Argon mit einem bitterbösen Blick, beschloss dann aber, ihn einfach zu ignorieren und sich ausschließlich auf Wood zu konzentrieren. »Von welcher Summe sprechen wir hier?«

»Achtzig Riesen.«

»Achtzigtausend Pfund?« Helen schluckte und verlor für einen Augenblick ihre Contenance. »Wie verspielt man achtzigtausend Pfund?«

»Oh, das geht schnell. Fragen Sie Jeylo.«

»Nennen Sie ihn nicht so«, entfuhr es Helen. »Für Sie ist er Mister Berwich.«

Argon lachte laut auf und rief: »Mister Lasseskrachen trifft es wohl eher.«

Helen ballte die Hände zu Fäusten. Noch ein Wort von diesem Armleuchter und sie wäre nicht mehr zu halten. Kurz überlegte sie, sie einfach hinauszuwerfen, aber sie hatte gegen die beiden keine Chance.

Sollte sie die Polizei rufen? Was aber, wenn Jeremy neben der Spielerei seine Finger vielleicht in Drogengeschäften hatte und heimlich Methamphetamin, oder weiß der Kuckuck, was, in seiner Londoner Wohnung gekocht hatte?

Fieberhaft überlegte sie zudem, wie sie es anstellen sollte, den Scheck auszustellen, ohne diese Männer aus den Augen zu lassen. Auf keinen Fall durfte sie riskieren, dass sie auf Nolan trafen, denn der würde Jeremys Schulden sicherlich nicht übernehmen. Und wer wusste schon, wozu diese Gangster dann fähig wären? Sie hatte keine Wahl, sie musste sie mitnehmen. »Wenn Sie mir bitte folgen würden«, sagte sie, drehte sich um und ging in Richtung Westflügel, in dem das Büro lag.

Wood boxte Argon in die Rippen und blinzelte ihm zu. Allein hätten sie die Lady ohnehin nicht gehen lassen. Nichts konnten sie weniger brauchen als ein Treffen mit der Polizei.

Der Flur wies noch etliche Brandschäden auf. Es roch nach rauchigem Schimmel, Feuchtigkeit und nasser Asche.

»Hab im Fernsehen übrigens gesehen, was hier los war. Großes Kino, echt!« Wood pfiff durch die Zähne. »Sind die Vögel noch irgendwo?«, fragte er und schaute suchend nach oben, als erwarte er dort Raben zu sehen.

»Irgendwo sicher. Jedenfalls die, die nicht abgefackelt wurden. Hier sind aber keine mehr.« Helen verstummte, obwohl Wood sie weiterhin aufmerksam ansah in der Hoffnung, exklusiv weitere Ausschmückungen der Gruselszenen zu hören.

»Waren Sie hier, als die Vögel …«

»Nein«, fiel Helen ihm ins Wort. »Kommen Sie hier herein.«

Im Büro stellte sie den Scheck aus. Nolans Unterschrift ging ihr perfekt von der Hand und auch die Summe bereitete ihr keine Schwierigkeiten. Geld war nicht das Problem.

Wood streckte die Hand nach dem Scheck aus. Mit einem kurzen Blick auf die Unterschrift bemerkte er: »Sie sind also Nolan, wie? Das kann ich zwar nicht ganz glauben, da ich den Typ im Fernsehen gesehen habe, wenn der Scheck aber gedeckt ist, ist mir das egal, und wir sehen uns nicht wieder. Ansonsten kommen wir zurück und schauen uns den echten Nolan mal genauer an. In den Berichten sah er ja ganz schön ramponiert aus. Wie geht es ihm denn?«

Jetzt hatte Helen endgültig die Nase voll. »Verschwinden Sie und lassen Sie sich hier nie wieder sehen!«

»Sachte, sachte, Schätzelein!« Beschwichtigend hob Wood die Hände. »Richte Jeylo – Mister Berwich – einen Gruß von uns aus. Vielleicht kommen wir mal wieder, um über alte Zeiten zu plaudern.«

Argon grinste zustimmend, und tatsächlich klemmte der Brillenbügel in seiner Zahnlücke.

Als sie die Eichentür hinter ihnen zugeschlagen hatte, atmete Helen erleichtert auf.

Das war das Mindeste, was sie für Jeremy hatte tun können.

Es war ja nicht ihr Geld. Und Nolan würde wahrscheinlich nicht einmal merken, dass ihm achtzigtausend Pfund fehlten. Außerdem sorgte sie so gut für ihn, dass es nur recht und billig war, wenn sie sich eine kleine Bezahlung nahm.

Jeremy hatte sie das Auftauchen der Männer verschwiegen. Was hätte es auch gebracht? Er hätte sie bloß mit undurchdringlicher Miene angeschaut und gefragt, warum sie die Geldeintreiber nicht direkt zu ihm geschickt hätte.

Ganz offenbar wollte er ihre Hilfe nicht, wobei Helen der Grund dafür nicht klar war. Sie wollte aber auf keinen Fall, dass die Männer Jeremy bedrängten – er wäre ihnen doch gar nicht gewachsen. Wer wusste schon, wozu dieses Gesindel imstande war.

Kurze Zeit nach diesem Vorfall hatte Lady Berwich mal wieder angerufen. Daran erinnerte Helen sich gut, weil es ihr einen Heidenspaß machte, Jeremys Mutter am Telefon auflaufen zu lassen. Helen näselte dann voller Genuss in den Hörer, sobald die Nummer auf dem Display erschien: »Hier Helen Berwich auf dem Herrenhaus *Trinale*.« Es machte Lady Mathilda rasend, weil Helen wieder in ihrem Leben aufgekreuzt war und nicht nur ihren Jeremy um sich hatte, sondern auch im Familienstammsitz ihres Mannes das Regime führte. Genau so präsentierte sie Lady Mathilda Berwich die Situation nämlich. Helen unterließ absichtlich alles, was diese Frau in irgendeiner Weise aufgeklärt hätte, und verspürte dabei anfangs eine diebische Freude.

Es dauerte aber nicht lange, bis Lady Berwich wieder begann, aus allen Rohren zu feuern. Helen sei ein Parasit, ein Plagegeist erster Güte, der zuerst Jeremy um den Finger gewickelt hatte und sich nun nicht mal scheute, sich an dem armen Witwer Nolan schadlos zu halten.

Helen stockte der Atem bei diesen Unverschämtheiten und sie ließ sich dazu hinreißen, ihren letzten Trumpf auszuspielen. Mit erhobener Stimme verwies sie auf die gefälschten Fotos und drohte eine Verleumdungsklage einzureichen.

Seitdem hatte die schockierte Lady Mathilda nichts mehr von sich hören lassen.

33. Kapitel

Jeremy

Ich überschattete mein Auge mit der Hand. Einzelne Sonnenstrahlen bahnten sich einen Weg durch die Wolkendecke. Ich bemerkte, dass der Rabe abwechselnd die Höhle und mich argwöhnisch beäugte.

Als ich mich dem Eingang näherte, breitete er die Schwingen aus, um mich zu attackieren. Zurückschlagend zog ich mir zum Schutz mein T-Shirt über den Kopf. Der Vogel griff aber weiterhin an und stieß warnende Rufe aus. Ich ließ mich von ihm nicht ins Bockshorn jagen, sondern duckte mich durch die runde Öffnung und betrat die Höhle.

Mein Auge gewöhnte sich nur schwer an das Dämmerlicht im Inneren. Sofort fühlte ich mich in den Turm zurückversetzt. Ich lauschte, hörte aber keine Geräusche außer denen der Brandung, die auf die Felsen krachte. Sie waren jetzt wesentlich leiser als noch vorhin in der Bucht.

Zögernd ging ich tiefer in die Höhle. Der Sand, der hier hereingespült worden war, federte meine Schritte ab, die trichterförmige Vertiefungen hinterließen. Von diesen gab es hier noch mehr – kleinere. Sie mochten von Tieren stammen, doch wie sollten die hierhergekommen sein?

Ein seltsames, leises Geräusch ließ mich zusammenzucken. Es klang wie ein Glucksen und kam aus dem hinteren Teil der Höhle.

Hier, wo ich stand, war es noch dämmrig, aber weiter hinten konnte ich gar nichts mehr erkennen.

Hoffentlich ist es keine Rattenkolonie, die hier in der Höhle haust wie im Film »Ben«, schoss es mir durch den Kopf. »Zügel mal deine Fantasie«, zischte ich mir selbst zu. Um mir Mut zu machen, pfiff ich leise. So hatte ich es schon als kleiner Junge gemacht, um mich in meiner Furchtlosigkeit zu bestärken. Ich pfiff die Dreiklangmelodie aus dem Film »*Kill Bill*«, richtete mich ganz bewusst auf und stellte mir vor, ich wäre die sadistische Krankenschwester auf dem Weg zu ihrem gehassten Patienten, um ihm eine dolchgroße Spritze in den Arm zu rammen. Adrenalin rauschte durch meine Adern, und es ging mir sofort besser. Aber ich wurde das Gefühl nicht los, beobachtet zu werden. Der Rabe war ganz in der Nähe. Das spürte ich. Ich blickte zum Eingang. Nichts war erkennbar – außer den Felsen, dem Sand und dem leuchtenden Eingang von der Form einer Schneekugel. Aus meiner Perspektive entsprach die Welt dieser Schneekugel. Ich befand mich außerhalb, allein in dieser Dunkelheit.

Als ich das komische Glucksen erneut vernahm, drehte ich mich wieder um. Wie tief mochte sich die Höhle wohl in den Fels hineinwinden? Langsam setzte ich einen Fuß vor den anderen. Zunehmend umschloss mich die Dunkelheit wie ein schwarzer Samtmantel. Ich hustete. Das Geräusch prallte als Echo von den Wänden zurück. Der nasse Sand quoll zwischen meinen Zehen hindurch. Ich setzte die Füße behutsam auf, um mich nicht an scharfen Muschelkanten zu schneiden.

Kalter Wind drang in die Höhle und ließ mich frösteln. Mein nasses T-Shirt klebte mir unangenehm am Körper und meine Haut juckte. Ich blieb stehen, weil ich das Rascheln von Flügeln vernahm. Noch während ich lauschte, schoss etwas auf mich zu und wischte an meinem Oberarm vorbei. Der

Rabe! Schon wieder attackierte er mich, krächzte bösartig, verschwand dann aber im Dunkeln der Höhle. Was trieb er hier? Verbündete er sich vielleicht mit Ratten? Heckte er mit ihnen einen Plan aus, um *Trinale* erneut zu überfallen? In meinem Kopf sah ich graue Nager aus der Vertäfelung im Kaminzimmer purzeln und auf Nolan und mich zurennen. Nolans irres Geschrei gellte in meinen Ohren, sodass ich sie mir zuhielt. Ich durfte jetzt nicht durchdrehen.

Nach ein paar Schritten wurde es immer dunkler um mich herum. Die feuchte Felswand glitt kalt und abweisend unter meinen Fingerspitzen dahin. Vorsichtig tasteten meine Füße den unebenen Boden ab, bevor ich mich weiterwagte. Trotz aller Vorsicht stieß ich plötzlich gegen einen Stein und erschrak. In Gedanken noch immer bei den Ratten zuckte ich zurück, verlor das Gleichgewicht und stürzte. Meine Finger bohrten sich Halt suchend in Sand und Muschelschutt, wobei kleine Kalksplitter unter meine Nägel drangen. Mühsam rappelte ich mich wieder hoch und wollte aufstehen, als mich ein messerscharfer Schmerz durchbohrte und mein Hüftgelenk knackte. Ich biss die Zähne zusammen, um nicht zu schreien. Dann spürte ich, wie sich ein Taubheitsgefühl in meinem Oberschenkel ausbreitete. Offenbar hatte ich mir einen Nerv eingeklemmt.

Tief atmete ich ein, stützte mich an der felsigen Wand ab und wartete, bis der Schmerz verklang, bevor ich mich traute, mein Gewicht auf das schmerzende Bein zu verlagern. Entgegen meiner Erwartung konnte ich auftreten.

Die Dunkelheit hatte nun auch das letzte Quäntchen Licht verschluckt.

Weshalb drehte ich nicht einfach um und ging zurück in die Sicherheit des Tageslichtes? Ich sollte wirklich zusehen, dass ich zu meiner Hütte kam, damit ich mich ausruhen konnte.

Morgen könnte ich dann, entsprechend ausgerüstet, wieder herkommen und meine Jagd auf den Raben ein für alle Mal zum Abschluss bringen. Da fiel mir ein, dass ich mein Boot verloren hatte. Ein Schauder überlief mich, als mir klar wurde, dass ich ziemlich in der Patsche saß und dass der Rabe doch nur darauf wartete, mich wieder attackieren zu können. Und dann waren da noch – vielleicht – die Ratten.

Erneut hörte ich das merkwürdige Geräusch. Alle üblen Gedanken abschüttelnd tastete ich mich, eine Hand vorgestreckt, weiter.

Plötzlich bohrte sich etwas Spitzes zwischen meine Rippen, und ich blieb wie angewurzelt stehen.

Reflexartig hob ich beide Hände, als wäre ich in einem Cowboyfilm einem Bösewicht in die Arme gelaufen. Ich wagte kaum zu atmen, geschweige denn mich zu bewegen. Mein verbliebenes Auge tränte vor Anstrengung, etwas erkennen zu wollen – erfolglos.

Das glucksende Geräusch war lauter geworden. Ich musste der Ursache ganz nah sein. Die Härchen auf meinen Armen stellten sich auf, als ich darin etwas Vertrautes erkannte.

Vorsichtig nahm ich eine Hand wieder herunter und ertastete etwas Stachliges. Meine Finger erspürten ein unförmiges Geflecht, doch mein Gehirn lieferte mir noch kein Bild dazu. Ich bog etwas, das sich anfühlte wie Draht, aber es brach mit einem hölzernen Krachen durch. Es waren kleine Zweige, aufgeschichtet zu einem Haufen – etwas mehr als hüfthoch. Langsam ließ ich die Hand an der Seite entlangwandern, bis meine Hand wieder ins Nichts griff.

Als ich merkte, dass ich die andere noch immer in die Luft hielt, kam ich mir vor wie ein Idiot. Ich nahm sie schnell herunter und tastete dann die Oberfläche des Gebildes mit beiden Händen ab.

Der süßliche Geruch, der mir nun in die Nase stieg, kam mir bekannt vor. Unversehens überflutete mich eine warme Welle voller Zärtlichkeit. Verblüfft verharrte ich einen kurzen Moment. Mein Gehirn war aber nicht in der Lage, einen Zusammenhang zwischen den Sinnesempfindungen und meinem Gefühl herzustellen.

Dann stießen meine Hände auf etwas überraschend Weiches, das sich kaum greifen ließ. Immer wenn ich dachte, ich hätte etwas davon gepackt, fühlten sich meine Hände leer an. Ich beschnupperte es, roch jedoch nichts. Als ich damit vorsichtig an meiner Nasenspitze entlangrieb, spürte ich kleine Härchen, die mich kitzelten und zum Niesen reizten.

Jetzt wusste ich, was es war: Federn. Daunen, um genau zu sein. Langsam setzte sich in meinem Kopf ein Bild zusammen. Es war ein Nistplatz. Ich stand vor einem gigantisch großen Nest! Davon also hatte mich der Rabe fernhalten wollen, das hatte er bewacht.

Ungeduldig suchten meine Hände die Mitte des Nestes. Mit Sicherheit lagen dort Rabeneier.

Tatsächlich stieß ich dort auf etwas. Die Berührung ließ mich aber erschrocken zurückzucken. Und als dieses Etwas begann unartikulierte und verwaschene Geräusche zu machen, durchzuckte mich die Erkenntnis wie ein Blitz. Die Geräusche! Der Geruch! Natürlich! Jetzt wusste ich, was es war.

Ich beugte mich herab, wollte es vorsichtig mit den Händen umschließen, als die Szenerie jäh gelblich beleuchtet wurde. Überrascht drehte ich mich um.

In dem Moment begann das Baby zu schreien.

 ## 34. Kapitel

»Carolyn?«, rief ich und versuchte meiner Überraschung Herr zu werden, als ich das Hausmädchen von *Trinale* erkannte.
Carolyn verzog verächtlich das Gesicht. »Sieh mal einer an, hast du uns also gefunden. Geh weg von dem Baby!«
Sie drängte sich zwischen mich und das Nest.
»Verdammtes Pech für dich«, zischte sie. »Von dem Kind sollte nämlich nie jemand erfahren.«
Tausende von Fragen stürmten plötzlich auf mich ein. Ich hatte Mühe, einen klaren Gedanken zu fassen. Die Gestalt vor mir war Carolyn Harper, das Hausmädchen von Nolan und Zelma. Sie war schlanker, als ich sie in Erinnerung hatte, aber auch hier trug sie die weiße Schürze mit den Spitzenrändern.
»Ich verstehe nicht …«, fing ich an, aber sie unterbrach mich abrupt.
»Geh da weg, hab ich gesagt.«
Ich tat, was sie sagte, und trat einen Schritt zurück.
»So ist es gut.«
Erst jetzt bemerkte ich den Speer, den sie auf mich richtete. Zweifellos würde sie ihn gebrauchen, wenn ich mich ihr widersetzte.
Carolyn trat an das Nest und hob die Petroleumlampe. In Tücher gehüllt lag in der Mitte des Nestes ein rotwangiger, schreiender Säugling und kaute immer wieder auf seiner

Faust. Sein Alter war für mich schwer zu schätzen, aber er war sicherlich nicht älter als ein halbes Jahr.

»Scht«, murmelte Carolyn beruhigend in seine Richtung. »Es ist ja alles gut. Du kriegst gleich was zu essen. Aber erst muss ich diesen bösen Onkel hier von dir wegbringen. Er hätte dich nicht finden dürfen.« Mit blitzenden Augen wandte sie sich wieder an mich. »Da staunst du Bauklötze, was? Los, vorwärts jetzt!« Sie zeigte mit dem Speer auf mich.

Kurz überlegte ich ihn ihr zu entwinden. Die Entschlossenheit in ihren Augen riet mir aber davon ab.

Die Petroleumlampe warf ein flackerndes Licht auf die felsigen Wände, und ihr Kleid raschelte, während sie mich am Nest vorbeilotste und tiefer in die Höhle scheuchte. »Los, los, nicht trödeln.«

Das sagte sich so leicht, denn der Weg, wenn man das hier so nennen wollte, wurde plötzlich abschüssig und die blank liegenden Felsen feucht und glatt. Das Licht der Petroleumlampe erhellte den Weg nicht ausreichend, weshalb ich mich auf meine Schritte konzentrieren musste, bis uns der Weg von einem Wassergraben abgeschnitten wurde.

»Reinwaten! Das Wasser reicht dir im Moment höchstens bis zur Hüfte. Los, mach schon.«

Zögernd trat ich ins Wasser. Der kleine Fluss war zwar nicht einmal drei Meter breit, der Untergrund aber uneben und tückisch.

»So ist es gut«, sagte sie, als redete sie mit einem Kind. »Und jetzt, rauf da auf den Felsen, los!« Sie deutete mit dem Speer auf eine Erhebung im Wasser.

»Carolyn, warum machst du das?« Die Situation war so verworren, dass es mir schwerfiel, logisch zu denken. In meinem Kopf schwirrten die Gedanken durcheinander wie Schmetterlinge. »Ich tu dir und deinem Kind doch nichts.« Mühsam versuchte ich mich darauf zu konzentrieren, warum sie mich hier gefangen halten wollte, und mir fiel ein, dass es doch psychologische Tricks gab, die man in Situationen wie dieser anwenden konnte. Als Erstes musste ich sie dazu bringen, Mitgefühl für mich zu empfinden, eine Form der Empathie, die sie davon abhielt, das zu tun, was sie vorhatte – was auch immer das sein würde. Sie musste mich als eine Person wahrnehmen, die von anderen geliebt und vermisst wurde. Allerdings war Carolyn diesbezüglich besser im Bilde, als mir lieb war. Mit Sicherheit wusste sie, dass weder das eine noch das andere der Fall war. Sie wusste bestimmt auch, dass ich mich schon seit einer Weile in der Fischerhütte verschanzte, mich um niemanden mehr scherte und nur noch den Raben …

Das war die Lösung! Der Rabe war die Verbindung. Aber zu was? Zu dem Baby? Abermals verzettelte ich mich, und die Gedanken entglitten mir. So funktionierte das nicht.

Vielleicht sollte ich sie immer wieder mit ihrem Vornamen ansprechen und so an ihr Gewissen appellieren. Auch das erschien mir im Moment aber eher aussichtslos.

Trotzdem, es musste eine Möglichkeit geben, ihr Vertrauen zu erlangen, sonst säße ich ganz schön in der Bredouille.

Ich versuchte mich dem Problem anders zu nähern. Die großen Fragen lauteten doch: Warum versteckte sie sich hier mit dem Baby? Weshalb sollte keiner von seiner Existenz wissen? Ein uneheliches Kind war heutzutage keine Schande mehr. Welchen Grund konnte sie also haben, sich hier zu verschanzen? War der Kindsvater ein verheirateter Mann aus dem Ort, dessen Ansehen durch ein außereheliches Kind zerstört werden würde?

Ich rutschte fast auf einer Muschel aus und fing den Sturz gerade noch ab. Stöhnend versuchte ich den Gedankenfaden wieder aufzunehmen und leckte mir über meine rissigen Lippen, aber meine Zunge war ausgedörrt. Ich räusperte mich kurz, bevor ich sagte: »Carolyn, du kannst mit mir und dem Kind nach *Trinale* kommen. Nolan wird dir sicherlich helfen können.«

»Pah!« Sie lachte laut auf. »Du hast ja keine Ahnung. Ausgerechnet Nolan! Und jetzt halt den Mund, sonst muss ich dich knebeln.«

Ein anderer Gedanke durchzuckte mich plötzlich. Konnte es sein, dass Nolan der Vater war? Nein! Carolyn war nicht Nolans Typ. Eigentlich war sie sogar das Gegenteil seines Geschmacks bei Frauen. Ihre dralle Figur und der dunkelbraune Pagenschnitt, der ihr rundes Gesicht einrahmte, passten so gar nicht zu Nolans bevorzugtem Frauenbild. Außerdem war Carolyn schon zu alt, um jetzt noch Mutter zu sein.

Mir schmerzte der Kopf bei dem Versuch, den roten Faden zu erkennen, der die Zusammenhänge verknüpfte. Hatte ich etwas übersehen? Ratlos stand ich im hüfthohen Wasser und starrte auf den Felsen.

»Rechts von dir, da ist ein kleiner Tritt. Rauf da jetzt!« Carolyns Stimme war resolut und duldete keinen Widerspruch. Außerdem konnte sie mich mit dem Speer jederzeit attackieren. Meine Leiche würde hier niemand je finden.

Carolyn hielt die Lampe so, dass ich die Kerbe im Felsen erkennen konnte. Ich setzte einen Fuß hinein und zog mich mit den Händen hoch. Als ich oben war, setzte ich mich hin und sah sie an. »So, und jetzt?«

»Jetzt bleibe ich hier, bis das Wasser gestiegen und so reißend ist, dass du nicht mehr wegkannst. Dann gehe ich und kümmere mich um das Kind.«

Der Felsen war nass und kalt. Ich zitterte. Wieder fuhr ich mir mit der Zunge über die trockenen Lippen. »Carolyn, was soll das Ganze? Weshalb setzt du mich hier fest?«

Der Stein traf mich unvermittelt mit voller Wucht am Kopf. »Klappe halten!«, fuhr sie mich an, und ich fühlte warmes Blut, das mir ins verbliebene Auge lief.

Sie löschte die Lampe, und sofort umgab mich stockfinstere Nacht.

»Carolyn, ich brauch Wasser!«, rief ich, als mir klar wurde, dass sie mich tatsächlich hier allein lassen wollte. »Du kannst mich nicht einfach so sitzen lassen.«

Mit meinen Füßen tastete ich den Felsen ab, um vielleicht einen kleinen Vorsprung zu finden. Ich musste ihr folgen.

Wieder traf mich ein Stein, diesmal an der Schulter. »Denk nicht mal dran, verstanden?«, herrschte sie mich an. Danach war es wieder still.

Ich fragte mich, wieso sie mich sehen konnte und ich sie nicht? Waren ihre Augen so viel besser an die Dunkelheit in der Höhle gewöhnt?

Ich kämpfte die aufkeimende Panik nieder, als ich hörte, wie sich ihre Schritte entfernten. So nach und nach dämmerte mir nämlich, in was für einer vertrackten Situation ich mich befand. Niemand wusste, dass ich hier war, niemand würde mich vermissen und folglich würde niemand nach mir suchen. Ich sog die Luft tief durch die Nase ein, darum bemüht, meine rasche Atmung unter Kontrolle zu bekommen.

Vielleicht würde Helen nach mir suchen lassen, wenn sie mich nicht mehr in der Hütte antraf, aber bis dahin konnten Tage vergehen. Wahrscheinlich würde die Suche nach mir auch nur halbherzig durchgeführt werden in der Annahme, dass ich mit dem Boot verunglückt und ertrunken war.

Angespannt lauschte ich in die Dunkelheit. Immer noch hob und senkte sich mein Brustkorb in rascher Folge. Mit vor Anstrengung brennendem Auge versuchte ich, irgendetwas zu erkennen, aber ich sah nicht mal meine Hand, die ich mir testweise vor das Gesicht hielt. Kein einziger schwacher Lichtschein drang hier ein.

»Manche Tiere oder Algen geben Licht ab wie Glühwürmchen«, sagte ich zu mir selbst, um die Furcht, die mich nun mit Krakenarmen zu umklammern begann, in Schach zu halten. »Biolumineszenz nennt man das.« Meine Stimme zitterte und ihr Klang ließ die Konturen der Verlassenheit noch schärfer hervortreten.

Ich starrte weiterhin in die Dunkelheit in dem kläglichen Versuch, irgendetwas zu sehen, an dem ich mich orientieren konnte, aber es gelang mir nicht.

Ich begann den Stein abzutasten, auf dem ich saß. Dann plötzlich hörte ich etwas. Gleichmäßige Atemzüge speisten die Stille. Es klang, als striche ein sanfter Wind über schwarzen Samt. Carolyn! Sie war also noch da.

»Carolyn, ich brauch Wasser und etwas zu essen. Lass mir wenigstens Licht hier.« Ich erhielt keine Antwort. War sie doch nicht mehr da? Ich biss mir auf die Unterlippe. Hörte ich sie tatsächlich atmen oder war es das Rauschen meines Blutes, das mir in den Ohren pulsierte? Ich horchte, aber jetzt war alles still.

Zweimal hatte ich sie jetzt gebeten und sie hatte es nicht einmal für nötig befunden, mir zu antworten. Wut flammte in mir auf und ich schrie: »Carolyn, verdammt noch mal! Was hab ich dir getan? Gib mir wenigstens etwas Wasser! Ich hab Durst.« Meine Stimme überschlug sich. Sie antwortete nicht.

Panik kroch an meinen Füßen empor, als mir klar wurde, dass der Felsen von schleimigen Algen überzogen war. Sogar Seepocken hatten es geschafft, sich auf dem Stein anzusiedeln. Das hieß, dass er immer mal wieder für bestimmte Zeit unter Wasser war. Ich war also in einer Grotte, die bei Flut zum Teil unter Wasser lag.

Ich erinnerte mich an den Sand in dem höher gelegenen Teil der Höhle. Wenn das Wasser so hoch ansteigen würde, würde es mir hier über dem Kopf zusammenschlagen. Der Weg hierher war zum größten Teil abschüssig gewesen. Wie viele Höhenmeter das waren, konnte ich aber nicht einschätzen. Ich hatte keinen blassen Schimmer, wusste nur, dass das Nest knochentrocken gewesen war.

Plötzlich strich eine sachte Berührung an meiner Wange entlang. Erschrocken zuckte ich zusammen, schrie auf und hob reflexartig die Hände, als ein Krächzer an meine Ohren drang. Panisch fuhr ich mit den Armen durch die Luft und starrte weiter mit weit aufgerissenem Auge in die Dunkelheit. Hilflos drehte ich den Kopf von rechts nach links. Er war hier in meiner Nähe. Und offensichtlich konnte er mich sehen. Ich blähte die Nasenflügel auf und schnupperte. Vielleicht konnte ich ihn riechen?

Meine Kehle zog sich zusammen. Dieser Albtraum musste doch irgendwann ein Ende haben! Dann fiel mir ein, dass der Vogel jederzeit nach mir hacken konnte. Schnell zog ich die Arme an meinen Körper, rollte mich zusammen und machte mich so klein wie möglich. Dann ließ ich mich auf die Seite fallen und bedeckte meinen Kopf mit den Händen.

Krampfhaft versuchte ich mich von hier wegzudenken und fand tatsächlich den Rückzugsort in meinem Inneren, den ich damals in der Kiste mit den Pantoffeln entdeckt hatte.

Als ich wieder zu mir fand, wurde mir klar, dass ich jegliches Zeitgefühl verloren hatte. Es war aber auch nicht wichtig, wie lange ich hier schon festsaß. Wichtig war nur, dass ich Ruhe bewahrte und versuchte, einen Fluchtweg zu finden.

Ich tastete erneut über den Stein. Rechts von mir begrenzte ein Felsen meinen Sitzplatz. Ich befühlte diesen und langte auch nach oben, erreichte das Ende aber nicht. Als ich im Begriff war mich aufzurichten, um festzustellen, ob ich dort hochklettern konnte, bemerkte ich, dass ich hinter mir beinahe ins Leere gegriffen hätte. Die glatte Kante des Steins schnitt mir schmerzhaft in den Handballen, und ich klammerte mich mit der anderen Hand an der vorderen Kante fest, um nicht vom Felsen zu stürzen. Dabei stieß ich an einen Stein von der Größe einer geballten Faust. Ich griff danach, streckte den Arm nach vorn aus und ließ ihn fallen. Fast augenblicklich hörte ich, wie der Gesteinsbrocken auf Wasser traf. Sollte ich meinen ganzen Mut zusammenkratzen und springen? Nein! Das wäre halsbrecherisch und konnte tödlich enden. Dennoch speicherte ich den Sprung ins Ungewisse als letzte Möglichkeit im Kopf ab.

Ich tastete nach einem weiteren Stein und wurde bald fündig. Auf der Suche nach einer ungefährlicheren Fluchtmöglichkeit warf ich diesen nach hinten. Klackend berührte er eine Felswand, und nach einer Weile erklang ein weiteres Pong wie beim Pingpong – kurz und scharf wie ein Schuss –, als er unten auftraf. So viel also zu der Idee, zu springen.

Nach weiteren gefühlten Stunden begannen Steiß und Rücken zu schmerzen und meine Glieder waren vor Müdigkeit bleischwer. Gern hätte ich mich lang ausgestreckt, aber der Felsen bot gerade mal genug Platz, um darauf zu sitzen oder völlig zusammengekauert zu liegen. Ich ängstigte mich daher einzuschlafen, mich im Schlaf zu drehen und in die Tiefe zu stürzen. Allein der Gedanke daran ließ Adrenalin durch meinen Körper rauschen, und ich setzte mich aufrecht hin wie ein Fischreiher, der bewegungslos und starr am Ufer auf Beute lauert. Nur steckte ich nicht in der Rolle des Jägers.

Peinigender Durst machte zudem jeden Ansatz, logisch denken zu wollen, zunichte. Kurz entschlossen presste ich meinen

Mund an die Felswand. Vielleicht erwischte ich ja etwas Feuchtigkeit? Mit der Zunge leckte ich am Stein. Rau schabte sie darüber und es klang, als lecke eine Katze über einen Pflasterstein, um die Reste einer heruntergefallenen Eiskugel aufzuschlecken. Es half aber nicht gegen meinen Durst.

Resigniert lehnte ich meinen Kopf an das nackte Gestein. Ich zitterte vor Schwäche und Kälte wie Espenlaub. Alle meine Sinne blockierten. Diese völlige Abwesenheit jeglicher Orientierungshilfe benebelte mich zunehmend. Mir schwindelte. Erst als ich meine Knie anzog und sie umklammerte, ließ das Gefühl etwas nach, nur beschlich mich auch sofort wieder die Angst, über die Felskante zu kippen.

So fühlte sich also Dunkelhaft an. Deshalb wurde sie so wirksam als Folterinstrument eingesetzt. Ich schloss die Lider und berührte sie mit den Fingerspitzen, um festzustellen, ob sie tatsächlich geschlossen waren oder ob ich nur glaubte, sie geschlossen zu haben.

Plötzlich sah ich Farben. Größer werdende Kreise leuchteten auf in Dunkelblau und Türkis. Die Farben wechselten, aber die Intensität des Leuchtens blieb.

Erneut schwindelte mir. Blitzschnell öffnete ich die Lider und klatschte mir mit der Hand ins Gesicht, um wieder zu vollem Bewusstsein zu kommen.

Ich lauschte auf Atemgeräusche, hörte aber nur meine eigenen. War ich denn wirklich völlig allein hier?

Nein! Irgendwo musste Carolyn schließlich sein. Und irgendetwas beobachtete mich, das spürte ich deutlich.

Was konnte ich bloß tun? Wenn ich nicht bald etwas zu trinken oder auch zu essen bekam, würde ich gar nicht mehr denken können.

Wieder fuhr ich mit den Händen den Felsen entlang auf der Suche nach einem Rinnsal Wasser. Ich zog mein T-Shirt aus und wischte damit über die Steine. Vielleicht konnte ich so genügend Flüssigkeit sammeln, um meinen Durst zu stillen. Als ich das Gefühl hatte, das T-Shirt sei vom Wasser schon schwerer geworden, saugte ich daran. Angeekelt spie ich aus. Es war feucht, aber die Flüssigkeit hatte sich mit dem Meersalz aus meinem ungewollten Bad vermischt. Davon würde ich nur noch mehr Durst bekommen. Ich zog es wieder über, da ich mich nackt noch hilfloser fühlte.

»Carolyn?«, flüsterte ich. Es kam keine Antwort.

Ich streckte meine verkrampften Beine aus und hängte sie über die Felskante. Als sie ins Wasser tauchten, zog ich sie erschrocken wieder hoch.

Bis dorthin reichte das Wasser schon? Wie hoch würde es noch steigen? Würde es die Höhle komplett fluten?

Ich wollte aufspringen, besann mich aber in allerletzter Sekunde. Mit überlegten Bewegungen erhob ich mich zuerst auf die Knie. Vorsichtig stellte ich einen Fuß auf, kam langsam hoch und zog den anderen nach. Wie ein Skispringer stand ich geduckt da und richtete mich auf, bis mein Kopf an eine Felskante prallte. Nur mit Mühe hielt ich mich auf den Beinen.

Würde Carolyn mich wirklich hier drin ersaufen lassen?

Ja, sie würde. Daran gab es nicht den leisesten Zweifel.

So hatte ich mir mein Ende nicht vorgestellt. Ich war mir immer sicher gewesen, einen Abgang mit Pauken und Trompeten hinzulegen – vielleicht bei der Explosion einer Autobombe, was die Titelstory sämtlicher Gazetten Englands wäre, oder aus dem Hinterhalt erschossen von einem feigen Rivalen, aber doch nicht gefangen und vergessen in einer Höhle. Das klang so gar nicht nach einer großen Show und fühlte sich auch nicht so an. Es hatte den Anstrich von Nutzlosigkeit, als sei es der Welt – der Schneekugel da draußen – völlig gleichgültig, ob man lebte oder nicht.

Aber Carolyn konnte mich doch hier nicht einfach meinem Schicksal überlassen.

Mir wurde plötzlich klar, dass ich so gut wie nichts von ihr wusste. Sie war zusammen mit Zelma auf *Trinale* eingezogen. Sie war einfach immer da gewesen und hatte den Haushalt gemacht. Sie gehörte schlicht zum Inventar und wurde seit jeher übersehen. Wäre sie attraktiver gewesen, hätte ich sie vielleicht bemerkt, mich mehr mit ihr unterhalten und könnte sie folglich jetzt besser einschätzen. Ich hatte es leider nie getan.

»Carolyn!«, schrie ich. »Hol mich hier raus!«

Alles blieb ruhig.

Wie war ich nur in diese Situation geraten? Was hatte mich dazu verleitet, dem Raben bis hierher zu folgen? Er war ein Vogel, Herrgott noch mal. Ohne ihn würde ich jetzt in *Trinale* sitzen, mit Nolan über einer Partie Schach brüten oder mit Helen einen Spaziergang machen.

Der Gedanke an Helen jagte eine Art heißen Stromstoß durch meinen Körper. Was hatte ich nur getan?

Wie in einem Film baute sich die Situation vor meinem inneren Auge auf. Ich sah sie an der Treppe stehen. Die Augen waren vor Überraschung geweitet und schreckensstarr auf mich gerichtet. Und ich ... Ich stand einfach da in meinem selbstgerechten Zorn. Nicht einmal zugehört hatte ich ihr. Keinen Rechtfertigungsversuch hatte ich gelten lassen in diesem Moment. Warum? Weil mir das alles damals viel zu willkommen und daher jedes Mittel recht gewesen war, um Helen vom Hals zu kriegen, damit ich endlich wieder mein eigener Herr sein konnte, befreit war von ihren Vorwürfen, Forderungen und gut gemeinten Ratschlägen. Keinen einzigen Gedanken hatte ich an ihre Gefühle verschwendet.

Nein, stopp, so stimmte das nicht! Ich bemerkte durchaus, wie überrascht sie gewesen war, als ich ihr die Fotos vor die

Füße warf. In ihren Augen lag Fassungslosigkeit. Eigentlich ahnte ich schon in diesem Moment, dass an der Geschichte meiner Mutter etwas oberfaul war. Aber es war so einfach gewesen! Es war eine günstige Gelegenheit – auf dem Präsentierteller vor mir ausgebreitet –, die ich nur ergreifen musste.

Meine Güte, wie egozentrisch! Vor lauter Selbstliebe hätte ich sie fast umgebracht.

Was würde ich darum geben, dass sie mir verzieh. Es geschah mir ganz recht, dass ich hier festsaß, hilf- und schutzlos als Zyklop in einer Grotte, der jetzt auch das andere Auge riskieren musste. Ich wurde langsam verrückt, eindeutig.

Während ich mich wieder setzte, musste ich feststellen, dass mein Sitzplatz schon leicht mit Wasser überspült war.

Meine Hose kniff in den Kniekehlen und klammerte sich nass an meine Waden. Meine klammen Finger faltete ich vor dem Bauch wie ein frommer Mönch und begann zu beten. Ich flehte um Rettung, um einen Ausweg, ein Wunder.

Wieder rief ich nach Carolyn, aber ich glaubte nicht mehr, dass sie noch kommen würde. Mein resignierter Ruf verhallte kläglich und verfing sich in den Tiefen der Grotte. Ich zitterte mittlerweile am ganzen Körper und meine Zähne schlugen aufeinander. Außerdem überwältigte mich die Müdigkeit und ich musste mich mit der Hand abstützen. Das Wasser reichte mir schon über das Handgelenk. Dann entleerte sich meine Blase. Die dadurch transportierte Wärme wurde jedoch sofort vom Wasser weggespült. Ich schloss die Augen und stellte mir eine Kerze vor, die Wärme in meinem Körper verbreitete. Autosuggestion hatte ich zwar immer als Unsinn abgetan, vielleicht war diese Einbildungskraft heute aber doch mal zu etwas nutze. Ich faltete meine Hände wieder, hielt sie mir vor den Mund und blies hinein. Sicherlich kondensierte mein warmer Atem in der kalten Luft.

Meine Beine verkrampften in der ungewohnten Haltung. Trotzdem war ich wohl für einen Augenblick eingenickt, denn plötzlich hörte ich, wie jemand meinen Namen rief.
»Jeremy?«
Die Stimme riss mich aus meiner Erstarrung und ließ mich wie elektrisiert hochfahren. Angestrengt starrte ich in die Dunkelheit, bis mein Auge tränte.
»Jeremy?«
»Ja!«, antwortete ich. Meine Stimme klang wie das Krächzen eines Rabenvogels.
Der Schein einer Petroleumlampe brach sich an den Felswänden. Das Licht blendete mich im ersten Moment, und ich hob schützend die Hand vor mein verbliebenes Auge.

Ich räusperte mich und wollte noch mal rufen, stattdessen löste sich erst ein sich überschlagender Schrei aus meiner Kehle, bevor ich mich rufen hörte: »Hier bin ich, Carolyn. Ich bin immer noch hier! Hier hinten. Du hast nicht gedacht, dass ich noch lebe, was? Geh nicht wieder weg, hol mich hier raus.« Perplex stellte ich fest, dass ich begann, um mein Leben zu betteln. »Ich lebe noch, Carolyn. Nicht weggehen!« Die Angst vor erneuter Dunkelheit trieb mich schier in den Wahnsinn, als sich der Schein der Lampe verdunkelte. »Halt, rette mich! Lass mich nicht wieder allein. Ich mach alles, was du sagst, aber lass mich nicht wieder allein.« Schluchzend sank ich in mich zusammen und fühlte mich in diesem Augenblick wie ein nasser Haufen bestehend aus Mensch und Kleidung, reduziert auf ein kleines Häuflein Leben, welches ich nicht mehr kontrollieren konnte.

»Jeremy ... Oh mein Gott!« Die Empörung in der Stimme brach sich an den Wänden und hallte in der Höhle wider. Sie zitterte vor unterdrückter Wut. »Was hast du getan? Komm, er braucht Hilfe!«

Verblüfft sah ich wieder auf und schirmte das Auge ab.

Der Schein einer zweiten Lampe durchflutete das Gewölbe mit blakender Flamme. Albtraumhafte Schatten tanzten über die Wände und den Boden und griffen mit kalten Fingern nach meinem Verstand, denn die Schatten verdichteten sich zur Silhouette eines Raben.

Erschrocken zog ich den Kopf zwischen die Schulterblätter, als ich feststellte, dass es sich dabei tatsächlich um den Vogel handelte. Er flatterte erst in meine Richtung, streifte mich mit seiner schwarzen Schwinge, flog zurück und ließ sich auf der Schulter der Person nieder, die vor Carolyn stand.

»Du erkennst mich nicht?«, fragte die Frau.

Ich zögerte. Die Stimme kam mir bekannt vor.

»Aber jetzt, oder?« Sie hob langsam die Lampe an, und dann endlich erkannte ich sie.

35. Kapitel

»Gott sei Dank, endlich hab ich dich gefunden. Ein Wunder, dass du noch lebst!« Die Gestalt wandte sich wütend an Carolyn. »Bist du von allen guten Geistern verlassen? Jeremy hätte sterben können.«

Ich blinzelte, um schärfer sehen zu können. Das dämmerige Licht zeigte mir aber nur wirre Bilder, die ich nicht zuordnen konnte. Ich erkannte eine schlanke, hochgewachsene Frau mit schwarzem, langem Haar, das von einer hellgrauen Strähne durchzogen war. Sie trug ein bodenlanges Gewand mit Trompetenärmeln, das im Schein ihrer Lampe in verschiedenen Grüntönen über Türkis bis zu Kobaltblau changierte und ihre zarte Gestalt umhüllte. Um die Hüfte wand sich ein schwarzer Gürtel aus zusammengeflochtenen Federn, der mit Muscheln und Steinen verziert war. Die Frau, die dort stand, hatte verblüffende Ähnlichkeit mit Zelma, Nolans toter Frau. War ich dem Tode etwa schon näher, als ich gedacht hatte. »Zelma?« Der Durst erschwerte mir das Sprechen.

Sie hob die Lampe höher an ihr Gesicht und sagte: »Ja, Jeremy. Ich bin's«.

Ich starrte auf das Trugbild und wartete, dass es sich auflöste. Stattdessen kam es näher. Erschrocken presste ich mich an den Felsen und hob abwehrend die Hände. Jetzt würde ich sterben. Zelma war gekommen, um mich abzuholen, mich zu begleiten auf dem Weg ins Totenreich. Sobald sie mich berührte, würde sie mich auffordern, mit ihr ins Licht zu gehen.

Dann fiel mein Blick auf Carolyn. Mit hämischem Grinsen beobachtete sie mich.

»Na, steht dir das Wasser bald bis zum Hals?«, gackerte sie vergnügt.

Die Gestalt, die Ähnlichkeit mit Zelma hatte, fuhr herum.

»Carolyn, was fällt dir ein!«

Augenblicklich verstummte das Hausmädchen, ihr höhnisches Lächeln aber blieb.

In dem Bemühen, Realität und Traum auseinanderzudividieren, schlug ich leicht mit der Hand auf das Wasser, das mittlerweile meine Knöchel bedeckte. Es war kalt, nass und flüssig. Ich benetzte meine Zunge. Es schmeckte salzig. Und die Felsen? Leicht schlug ich meinen Kopf daran. Auch sie waren offensichtlich real. Die Berührung des Raben hatte sich ebenfalls echt angefühlt, aber der saß jetzt auf Zelmas Erscheinung. Wahrscheinlich steckte ich mitten in einem Albtraum, halluzinierte vor Fieber, Hunger und Kälte. Vielleicht waren meine Wahrnehmungen samt und sonders meinem Wahnsinn geschuldet.

»Zelma, du bist tot, weißt du das?«, fragte ich tonlos. Ich wusste, wie töricht das klang, aber schließlich war ich verrückt geworden. Was hatte ich zu verlieren?

Sie nickte, ließ mir Zeit.

Jetzt nickte ich ebenfalls, bereit, ihr zu folgen ins Reich des Todes, des Irrsinns oder wohin auch immer. Nur fort von hier!

Plötzlich sackte ich in mich zusammen. Ich gab auf. Meine Kräfte verließen mich unvermittelt, und ich spürte, wie ich nach vorn kippte.

»Jeylo, pass auf! Bleib wach, wir holen dich raus!«, schrie Zelma.

... dich raus ... raus ... raus, hallten ihre Worte von den Wänden der Grotte wider.
»Nicht fallen!«
... fallen ... fallen ... fallen ..., echoten die Wände.
Als mein Gesicht das Wasser berührte, kam ich schlagartig wieder zu mir.
»Jeremy, du musst bei Bewusstsein bleiben. Halte noch eine kleine Weile durch!« Zelma streckte den freien Arm aus und deutete mit dem Zeigefinger auf Carolyn. »Steh nicht herum wie ein Ölgötze, sondern hilf mir! Manchmal frage ich mich wirklich, ob du dir im Laufe der Jahre das Gehirn weichgekocht hast! Los, los!« Ihre Worte drangen laut durch die steinerne Grotte.

Carolyn starrte Zelma aufsässig an und rührte sich nicht.

Überraschung breitete sich auf Zelmas Gesicht aus und sie wiederholte ihre Anweisung.

Carolyn verharrte wie angewurzelt. Mit dem Kopf deutete sie kurz in meine Richtung und sagte: »Warum ist er hierhergekommen? Wir haben ihn nicht eingeladen. Er ist verantwortlich dafür, dass viele, viele Vögel sterben mussten. Er ist ein Massenmörder! Er soll aus unserer Welt verschwinden!« Sie riss ihre Augen so auf, dass man ringsherum das Weiße erkennen konnte. »Nur Unheil hat er über uns und unser Volk gebracht. Ihm helfen?« Sie spuckte aus. »Niemals!« Carolyns Stimme troff vor Hass. Ihr Blick wollte mich töten.

Von welchem Volk sprach sie? Ich versuchte meine Gedanken zu ordnen, doch sie schlugen Purzelbäume, obwohl mein Gehirn sich anstrengte, die Puzzleteile, die herumflogen wie Herbstlaub, zu erhaschen und in einen logischen Zusammenhang zu bringen.

So starrte ich zwischen den beiden Frauen hin und her, innerlich flehend, dass sie mich hier herausholen würden.

»Du musst mir helfen«, sagte Zelma und warf einen warnenden Blick auf Carolyn, bevor sie so beschwörend, als rede sie mit einer Kranken, weitersprach. »Es ist vorbei. Eine Weile ging es gut, aber wir wussten, dass wir uns hier nicht ewig verstecken können.«

»Warum nicht?«, entgegnete Carolyn aufgebracht. »Wir brauchen uns nur umzudrehen und zu gehen, den Rest erledigt das Meer. Dann können wir weiter hier leben – nur wir, die Raben und das Baby. Es war doch unser Traum, uns hier eine heile Welt aufzubauen. Es war sogar deine Idee.«

»Ja, und für eine Weile funktionierte es auch. Aber wir können das nicht aufrechterhalten. Wie Jeremy werden uns über kurz oder lang auch andere entdecken.«

»Nein, niemals! Hab ich dich nur einmal enttäuscht und bin erwischt worden? ... Nein! Wir können hierbleiben, und ich kümmere mich weiterhin um dich und das Kind. So haben wir es uns geschworen.«

»Ich erinnere mich gut an die Vollmondnacht am Strand, an unseren Schwur, aber wir wissen beide, dass das Kind älter wird. Und schon am Strand, so ernst mir der Eid war, wussten wir, dass wir in der Höhle nur für begrenzte Zeit würden leben können.«

»Nun mal nicht so prosaisch, Zelma. Darüber haben wir doch schon tausendmal gesprochen«, sagte Carolyn ungeduldig. »Wozu brauchst du andere Menschen? Die Raben und ich sind deine Familie. Was du jetzt vorhast, ist Verrat. Vergiss nicht, wir haben dich gerettet.«

»Und jetzt retten wir Jeremy. Das Wasser steigt, wir müssen hier schleunigst weg.«

Die Lichtscheine der Lampen brachen sich auf dem Wasser, das mir bereits bis zur Hüfte reichte. Der Pegel stieg rasch an, und die Frauen machten einen Schritt nach oben.

»Komm schon!«, herrschte Zelma, der offensichtlich der Geduldsfaden riss, Carolyn an. »In fünf Minuten ist es zu spät.«

»Ohne mich! Und ohne Cora!«, kreischte Carolyn, drehte sich um und machte sich über Steine balancierend auf den Rückweg.

Zelma würdigte sie keines Blickes mehr. Es war sinnlos, Carolyn überreden zu wollen. Stattdessen blickte sie sich hektisch um und sagte: »Jeremy, wir haben nur diese eine Chance. Wenn es nicht klappt, wirst du ertrinken. Konzentriere dich also bitte. Setz dich aufrecht hin, halt dich fest, schau nur auf mich und vor allem, fall nicht ins Wasser. Die Strömung ist zu stark.« Suchend schaute sie sich nach einem geeigneten Platz um, wo sie ihre Petroleumlampe positionieren konnte. Dann stellte sie sie ab, zog ihr Schultertuch herunter und begann es mit den Zähnen zu bearbeiten. Die Fasern aus Leinen ließen sich leicht in lange Bahnen reißen. Die Streifen knotete sie aneinander, wobei sie sich auf das eine Ende stellte und ruckartig mit beiden Händen zog, um die Knoten zu fixieren.

Mittlerweile reichte mir das Wasser bis an den Brustkorb und zwang mich dazu, mich gebückt hinzustellen. Nur mühsam konnte ich das Gleichgewicht halten. Das Wasser rauschte gurgelnd an mir vorbei, und die Strömung riss an meinem T-Shirt.

Endlich ringelte sich eine lange Stoffschlange vor Zelmas Füßen, die sie in Schlingen über ihren Unterarm warf.

»Achtung, ich schmeiße dir jetzt ein Ende zu, und dann ziehe ich dich zu mir rüber.«

Zweifelnd sah ich zu, wie sie sich vorbereitete, und ich rechnete schon damit, dass der erste Wurf misslingen würde – wie es in Filmen meist der Fall war. Dann warf Zelma die Stoffschlange direkt auf mich zu. Sie landete im Wasser. Da sie noch trocken war, ging sie nicht unter, sondern trieb mit der Strömung wie ein Grashalm von mir weg.

Zelma holte das Stoffseil schnell wieder ein und tauchte es ins Wasser, damit es an Gewicht gewann und sich besser werfen ließ.

Erneut schleuderte sie mir den Stoffhaufen entgegen. Er entwirrte sich in der Luft, und ich brauchte tatsächlich nur die Hand danach auszustrecken.

Leider war das provisorische Seil zu kurz, um es mir um den Bauch zu legen. Also schlang ich einen weiteren Knoten, damit meine Hände besseren Halt finden konnten und ich im Wasser nicht abrutschen würde.

Es war höchste Zeit, dass ich hier herauskam. Meine Erschöpfung hatte sich zwar für einen Moment zurückgezogen, aber ich wusste, dass sie nur auf einen unbedachten Moment lauerte, um sich wieder anzuschleichen.

Da Zelma höher stand als ich, würde sie viel Kraft aufbringen müssen, um mich hinüberzuziehen. Ich traute ihr diese Kraft nicht zu, ihre Hilfe war aber meine einzige Chance.

Konzentriert hielt ich das Seil fest und hoffte, dass die Knoten sich nicht lösen würden oder der Stoff zerriss.

Hier gab es keine Treppe, über die man einsteigen konnte, kein sachtes Eintauchen. Hier gab es nur die Möglichkeit, sich fallen zu lassen, den Kontakt zum Boden aufzugeben.

Ich musste zugeben, ich hatte die Strömung komplett unterschätzt. An der Oberfläche trieb das Wasser noch verhältnismäßig ruhig dahin, aber an meinen Füßen rissen die Wassermassen. Schon bald brauchte ich eine Hand, um mich überhaupt über Wasser halten zu können.

Zelma schrie mir etwas zu, aber ich konnte sie nicht verstehen. Mein Kopf wurde immer wieder unter Wasser gezogen. Ich schluckte in meiner Anstrengung jede Menge Salzwasser und musste plötzlich noch gegen einen enormen Hustenreiz und Übelkeit ankämpfen. In dem Moment verlor ich den Überblick und die Orientierung völlig. Hielt Zelma mich überhaupt noch?

Ich riss den Kopf hoch und sah Zelma mit aller Kraft an dem zusammengeknüpften Seil ziehen, bevor sie schrie: »Stell dich hin! Du kannst hier stehen!«

Verdutzt folgte ich ihrem Rat, und tatsächlich spürte ich Boden unter meinen Füßen. Mich seitlich gegen die Strömung stemmend stapfte ich in Zelmas Richtung, und die streckte sofort die Hand nach mir aus, um mir aus dem Wasser zu helfen. Bei ihr angekommen ließ ich mich einfach auf den felsigen Grund fallen und blieb liegen. Hustend würgte ich. In dem Salzwasser, das ich geschluckt hatte, hätte man eine ganze Tonne Heringe einlegen können. Alles hätte ich dafür gegeben, mich jetzt ausruhen zu dürfen.

Zelma ließ mir jedoch keine Zeit, um zu Atem zu kommen. »Los, das Wasser steigt noch weiter. Bald wird die ganze Grotte geflutet sein«, rief sie und zog mich auf die Beine.

»Hast du Wasser für mich?«, fragte ich, doch Zelma griff nach der Petroleumlampe und erwiderte nur ungeduldig: »Sobald wir draußen sind, kannst du trinken, aber zuerst müssen wir hier weg. Gib mir deine Hand, ich führe dich.« Sie deutete kurz auf meine leere Augenhöhle, wirkte aber kein bisschen überrascht.

Aus der Selbstverständlichkeit, mit der sie meiner Einäugigkeit begegnete, schloss ich, dass sie mehr wusste, als ich vermutete.

Hinter dem Höhleneingang saß Carolyn. Gedankenverloren strich sie über den Kopf des Babys, das neben ihr in einem ausgepolsterten Weidenkorb lag. Wahrscheinlich sah sie vor ihrem inneren Auge Zelma und vor allem mich gerade in der Grotte ersaufen.

Als sie uns bemerkte, sprang sie überrascht auf, griff nach dem Korb und wandte sich blitzschnell um. Sie wollte flüchten, doch das hatte ich vorhergesehen. Geistesgegenwärtig warf ich mich in ihre Richtung. Mit einer Kniescheibe knallte ich schmerzhaft auf einen Stein, der aus dem Sand ragte. Ich erwischte sie trotzdem noch am Fußgelenk, worauf sie stolperte und fiel. Den Korb hielt sie im Fallen reflexartig nach oben, sodass dem Baby nichts passierte, sie jedoch unsanft im feuchten Sand landete.

Als sie den Korb abstellte und sich herumrollte, stürzte ich mich auf sie und hielt sie an den Handgelenken fest.

Sie verfluchte mich, spie Gift und Galle und versuchte sich aus meinem Griff zu winden. Wie bei einem abstrusen Tanz drehte ich sie ein, sodass sie sich nicht mehr bewegen konnte.

»Lass mich los, du widerlicher Mörder!«, brüllte sie, drehte ihren Kopf zu mir und spie mir ins Gesicht. Ihre rot unterlaufenen Augen sprühten vor Zorn. Hysterisch fluchte sie und wehrte sich, sodass ich sie fester packen musste.

»Los, Zelma, fessle sie«, schrie ich.

Zelma aber lief zu dem Baby, nahm es an sich und legte es zurück in das überdimensionale Rabennest. Tränen rannen ihr über das Gesicht, als sie zurückkam, sich zu Carolyn herunterbeugte und sagte: »Nimm doch bitte Vernunft an!«

»Fessle sie endlich!«, herrschte ich sie an, und Zelma fesselte Carolyn mit dem nassen Stoffseil, während sie unentwegt »Entschuldigung!« vor sich hin murmelte.

Als sie gebändigt war, zog ich Carolyn, die sich immer noch wehrte, an die felsige Wand, sodass sie sich anlehnen konnte.

Wir mussten wirklich ein groteskes Bild abliefern. Carolyn, die wutentbrannte Furie mit dem sprichwörtlichen Schaum vor dem Mund, Zelma, die in Tränen aufgelöst dastand, ich, atemlos darum bemüht, auf die Füße zu kommen, und das Baby, das in dem riesigen Vogelnest lag.

Zelma deutete mit einer Hand auf einen Haufen kleinerer Steine. »Dort findest du Wasser«, sagte sie und wischte sich mit dem Handrücken über das Gesicht. »Ich glaube, wir können alle einen Schluck gebrauchen.«

Als ich mich in Richtung Steinhaufen bewegte, spuckte Carolyn mich erneut an, wandte demonstrativ den Kopf ab, beobachtete uns aber weiterhin aus dem Augenwinkel.

Hinter dem Steinhaufen fand ich eine Plastikflasche mit lauwarmem Wasser. Unverzüglich drehte ich am Schraubverschluss, der aber durch meine nassen, sandigen Finger rutschte, sodass ich ihn mit meinem T-Shirt umwickeln musste, bevor er sich öffnen ließ.

Ich hielt Zelma die Flasche hin. »Hier, trink! Du hast es dir verdient. Du hast mir das Leben gerettet.«

Sie lächelte dünn, lehnte dankend ab und sagte: »Das war echt knapp. Noch ein bisschen und das Wasser hätte dich mit fortgerissen.«

»Genau richtig«, fuhr Carolyn dazwischen. »Und niemand hätte etwas gemerkt. Niemand hätte ihm auch nur eine Träne nachgeweint. Ein Säufer weniger auf der Welt, wen hätte das interessiert? Aber du, du musstest ihn ja retten und damit alles zerstören.«

Zelma blickte nachdenklich in den Sand, während ich die Flasche erneut ansetzte und das Wasser meine trockene Kehle hinabfließen ließ.

Als sie aufsah, zeigte sich in ihrer Mimik eine Härte, die ich noch nie an ihr nie gesehen hatte. »Du weißt so gut wie ich, dass es so nicht weitergehen konnte. Wie lange hätten wir uns noch verstecken können?«

»Für immer!«, insistierte Carolyn empört. »Ich hätte auch weiterhin für dich gesorgt.«

»Über kurz oder lang wären wir entdeckt worden.«

Carolyn zuckte ungeduldig mit den Schultern. »Unsinn. Du hättest mir nur vertrauen müssen. Aber du wolltest ja nicht auf mich hören. So, wie ich es mit Jeremy vorhatte, wäre ich mit jedem verfahren, der uns zu nahe gekommen wäre. Und niemals wäre von unseren Feinden auch nur das kleinste Härchen wiederaufgetaucht. Wie vom Erdboden verschluckt wären sie gewesen. Weg! Krabbenfutter.«

»Hör auf!«, schrie Zelma. »Sei still und sieh endlich ein, dass ich recht habe.«

»Niemals!« Carolyns Stimme überschlug sich.

Sie durchbohrte Zelma regelrecht mit ihrem Blick, bis diese sich mir zuwandte und fragte: »Warum bist du hierhergekommen?«

»Du weißt genau, warum. Sonst hättest du mich nach meiner leeren Augenhöhle gefragt oder wärst zumindest erschrocken gewesen. Ich gehe davon aus, dass du weißt, was auf *Trinale* vorgefallen ist. Stimmt doch, oder?«

»Natürlich weiß sie das«, schaltete Carolyn sich bissig ein. »Bis ins kleinste Detail hab ich sie auf dem Laufenden gehalten. Deshalb weiß sie auch, dass du Nolan gerettet hast. Das hättest du aber lieber bleiben lassen sollen, Jungchen.«

Verwirrt schaute ich erst Carolyn an und dann Zelma. »Wie meint sie das? Was ist mit Nolan?«

»Uh!«, stöhnte Carolyn. »Jetzt redest du schon über mich in der dritten Person, als wäre ich verrückt und nicht er.«

Von Zelma schaute ich zu Carolyn. Ich hatte keine Ahnung, wovon sie sprach. »Zelma, was geht hier vor?«

Zelma ließ sich nach hinten in den Sand sinken und stützte sich auf den Ellbogen ab. Langsam ließ sie feinen Sand durch die Finger rieseln. »Das fragst du mich? Hast du Nolan schon einmal danach gefragt? Nein? Oder, lass mich raten, doch, sicherlich hast du ihn gefragt. Die Frage, die sich stellt, ist: Was hat er dir geantwortet? Meine Antwort ist: Er hat einen Krieg angezettelt. Einen Krieg gegen meine Vögel!«

Ich schüttelte den Kopf und hob abwehrend die Hände. »Oh nein, die Vögel haben uns bedroht. Und das hier …« Ich wies auf meine Augenhöhle. »Das haben mir deine Vögel angetan. Deine Vögel!«, betonte ich. »Sie sind kampflustig, aggressiv und gefährlich!«

»Nein, Jeremy, nicht die Vögel sind aggressiv. Nolan ist es!« Sie sah mir tief in mein verbliebenes Auge, atmete durch und seufzte. »Du bist Nolan genauso auf den Leim gegangen wie alle anderen auch. Und du hattest, ebenfalls wie alle anderen, keine Ahnung. Du wusstest nichts von seiner maßlosen Eifersucht oder davon, dass er mich ganz für sich haben wollte. Du ahntest nichts von seinen Intrigen und davon, dass er jedem nur weismachte, ich wäre depressiv und dass er sich um mich ängstigte. Nichts davon ist wahr!«, sagte sie und schnippte mit den Fingern.

»Du lügst! Nolan hat dich auf Händen getragen. Er hat gelitten wie ein Hund, als du …« *… dich umgebracht hast*, wollte ich sagen, doch die Worte kamen mir jetzt widersinnig vor.

»Ach, ihr hattet doch alle keine Ahnung! Carolyn war in dieser Zeit meine einzige Vertraute und sie ist es bis heute. Wusstest du, dass er Stimmen hört, die ihm einflüstern, was er tun muss? Seiner Mimik nach meint man, er ist ein großer Denker, aber tatsächlich lauscht er auf die Dämonen in seinem Innern. Er wollte mich besitzen mit Haut und Haaren und über mich verfügen. Du bist erstaunt? Ja, das ist dein feiner Nolan! Von allem und allen hat er mich abgeschirmt. Und endlich, als ich dachte, ich hätte Freunde, auf die er nicht eifersüchtig sein könnte – die Vögel nämlich –, da fing er wieder an! Ständig hetzte er gegen sie, obwohl er wusste, wie wichtig sie mir waren.«

»Die Raben, Zelma? Er wollte seine Singvögel schützen und ...«

»Papperlapapp«, fiel sie mir ins Wort. »Er wollte sie nicht schützen, sondern sie ganz für sich allein haben. Weißt du, wie er das tat? Er fing sie, tötete sie und stopfte sie aus, um Schwalben zum Beispiel beim Nestbau nachzustellen oder Rotkehlchen beim Füttern ihrer Jungen. Dafür brauchte er seine ach so geliebten Singvögel. Er riss ihnen die kleinen Herzchen heraus, steckte Drähte in ihre Flügel und in die Hälse, damit er sie so verbiegen konnte, wie es ihm gefiel.« Plötzlich wurde Zelma nachdenklich und ihr Blick wirkte, als ob sie in die Vergangenheit sehen würde. »Ich hatte schon als kleines Mädchen Raben. Meine Mutter duldete zwar keine Haustiere, mein Vater ließ es aber zu, denn ich konnte sie draußen halten – unbemerkt von meiner Mutter. Heimlich zog ich junge Vögel auf und zähmte sie. Hier auf *Trinale* war der mit dem grauen Flügel einer meiner ersten Raben. Immer war er in meiner Nähe. Später stellte er mir seine Partnerin vor, mit der er zusammenblieb. Sie leben ja monogam, wie du sicherlich weißt. Sie waren so zärtlich zueinander. Es war eine Wonne, zuzusehen, wie sie aufeinander aufpassten und sich umeinander kümmerten. Aber Nolan in seiner Egomanie versuchte mit allen Mitteln sie zu vertreiben. Seine Liebe zu den kleinen Singvögeln diente ihm dabei nur als Vorwand. Als seine Bemühungen nicht fruchteten, die Raben mir treu blieben und mich nicht im Stich ließen, fing er an, sie zu vergiften!« In Erinnerung an die Qual, von der ich wusste, dass sie sie mit angesehen hatte, krümmte sie sich und blickte mich dann voller Pein an. »Die Raben leiden wie wir Menschen. Sie sind zu ähnlichen Empfindungen fähig wie wir. Das kann dir jeder versichern, der sich mit ihnen beschäftigt. Auch Trauer gehört dazu! Und er …« Sie deutete mit dem ausgestreckten Zeigefinger auf den Raben mit dem grauen Flügel, der sich im Anflug befand, um vor ihren Füßen zu landen. »Er musste zuschauen, wie sein Weibchen verendete. Er musste zusehen, wie sie ohne Gleichgewichtssinn über den Hof wankte, wie Nolan sogar noch nach ihr trat und grinste, als sie torkelnd versuchte aufzustehen. Er ist ein Monster. Kaltherzig. Alles, was er dich sehen lässt, ist eine Maske, die einen vom Schicksal gebeutelten Mann zeigt. Aber glaub mir, er ist sehr weit weg davon.« Während sie redete, erhob sie sich und ging zum Nest. Jetzt hob sie das Kind hoch und vergrub ihr Gesicht in seiner Halsbeuge.

In diesem Moment schwappte die Erkenntnis über mich wie ein Eimer kaltes Wasser und ich schnappte überrascht nach Luft.

Zelma registrierte das und nickte. »Ja, Cora ist meine Tochter. Ich wollte nicht, dass sie bei einem Vater aufwächst, der mich demütigt und verleumdet und aus Eifersucht alles zerstört, was ich liebe. Er hätte auch vor unserem Baby nicht haltgemacht. Er ist wahnsinnig!«

Mühsam versuchte ich, die Informationen zu verdauen. »Nolan weiß nichts von dem Kind?«

»Nein, und er darf niemals davon erfahren. Er würde alles tun, um es in seine Hände zu bekommen.«

»Deshalb bist du mit Carolyn untergetaucht. Wie habt ihr es nur geschafft, hier mit dem Kind zu leben?«

»Ein paar Monate vor Coras Geburt inszenierte ich meinen Selbstmord. Die Schwangerschaft hatte ich natürlich geheim gehalten. Außer Carolyn wusste niemand davon. Letzten Endes war es simpel, Selbstmord vorzutäuschen, da jeder damit rechnete, dass ich es irgendwann tun würde. Gib es zu, Jeremy, auch du warst nicht überrascht, als du davon erfahren hattest. Nolan wurde ja nicht müde, von meinen manisch-depressiven Schüben zu berichten. Wenn wir Gäste hatten, nannte er mir falsche Essenszeiten, damit ich zu spät kam. Sobald er glaubte, dass Carolyn nicht hinsah, mischte er Tranquilizer in meine Getränke, sodass ich immer etwas neben mir stand. Ich selbst glaubte schon daran, kränklich zu sein, bis Carolyn endlich den Mut fasste, mir von ihren Beobachtungen zu erzählen. Anfangs glaubte sie, es seien die vom Arzt verordneten Medikamente, aber als sie dem Arzt beim Hinausbegleiten mal den Mittelnamen nannte, sagte dieser, sie müsse sich verlesen haben. Das sei ein starkes Sedativum. Seitdem bestärkte mich Carolyn in der Vermutung, nicht krank zu sein. Und sie hörte nie auf, an mich zu glauben.«

»Jeremy!«, schaltete diese sich plötzlich ein. »Du hättest Zelma als Kind erleben sollen. Sie war ein Ausbund an Energie! Und dieser sollte so anfällig und schwächlich geworden sein? Pah, nicht eine Sekunde hab ich daran geglaubt. Aber es dauerte eine ganze Weile, bis ich sie von Nolans schlechten Motiven überzeugen konnte.«

»Und dafür werde ich für immer und ewig in deiner Schuld stehen«, sagte Zelma und gab zu: »Tatsächlich dachte ich am Anfang, Carolyn wäre es, die eifersüchtig war und mich nur für sich haben wollte. Als Nolan aber immer mehr Menschen gegen mich ausspielte, begriff ich, dass sie recht hatte. In den ersten Tagen in der Höhle stand ich sogar einen kalten Entzug durch, so stark war ich schon abhängig von den vielen Medikamenten. Das war das letzte Andenken, das Nolan mir mitgegeben hat. Ich glaube, er hätte mich irgendwann einfach vergiftet und es wie einen Suizid aussehen lassen. Die Stimmen in seinem Kopf befahlen ihm nämlich die tollsten Dinge.

Kannst du dich an Roderick, seinen Schweißhund, erinnern, der plötzlich weg war? Bei der Jagd verunfallt, hieß es offiziell. Aber ich habe ihn gesehen. Nolan hat ihn gehäutet, nachdem er ihm die Kehle durchgeschnitten hatte. Die Stimmen hatten es ihm befohlen. Als er sich abends auszog, sah ich, dass er ein Ohr des Hundes mit einer Sicherheitsnadel an seinen Oberarm geheftet hatte. Das musst du dir mal vorstellen! Jetzt könne ich nicht mehr weg, sagte er dann und deutete auf das Ohr, als sei es etwas, das ihn ermächtigte, über mich zu befehlen, und als sei dieser Zusammenhang ganz offensichtlich. Er trug das Ohr sogar noch, als es schon ganz vertrocknet war und aussah wie ein welkes Blatt.« Sie begann mit dem Baby hin und her zu gehen und legte die freie Hand auf die Augen, als sei sie müde. »Er ist schizophren. ... Wahnsinnig und durchgedreht. ... Verrückt. Und noch mehr als das, er ist gefährlich!«

Plötzlich durchzuckte es mich wie ein Blitz. »Helen! Sie ist allein mit Nolan!«

»Helen?« Zelma kam, wie von der Tarantel gestochen, auf mich zu. »Dann ist sie in größter Gefahr. Der kleinste Anlass kann Nolan brandgefährlich werden lassen. Wir müssen sofort nach *Trinale* und sie dort herausholen.«

Zweifelnd schaute ich auf Carolyn und dann auf das Baby, während Zelma sich vor Carolyn hinkniete. »Du musst uns nach *Trinale* bringen! Ich kenne den Weg nicht, den du bei Flut immer nimmst. Aber wenn wir auf Ebbe warten müssen, kann es zu spät sein. Tu es für mich, bitte. Und Helen war doch immer gut zu uns. War sie nicht wie eine Freundin?«

Carolyn rang mit sich. Ich erkannte es an ihren flackernden Augen und ihren mahlenden Kiefern.

Gebannt warteten Zelma und ich auf ihre Antwort. Schließlich hob Carolyn resigniert die Schultern. »Wie auch immer,

Zelma, ich bleibe in deiner Nähe und werde auf dich und Cora achtgeben. Binde mich los, dann gehen wir. Jeremy, ich gebe dir gleich ein Paar Badelatschen, die es mal angeschwemmt hat, dann brauchst du nicht barfuß zu gehen. Die müssten dir passen.«

Als Zelma Carolyns Fessel gelöst hatte, führte sie uns tatsächlich an. Der Rabe mit dem grauen Flügel folgte uns.

Er machte mir aber keine Angst mehr, weil ich jetzt, nachdem ich die traurige Wahrheit kannte, tatsächlich – obwohl er mir ein Auge geraubt hatte – auf seiner Seite war.

36. Kapitel

Carolyn griff nach einer der Petroleumlampen und führte uns wieder in die Höhle hinein. Es dauerte nicht lange, da versperrte uns das Wasser den Weg.

»Noch einmal geh ich da nicht durch, das könnt ihr total vergessen«, sagte ich und drehte mich ostentativ um.

»Wir gehen auch nicht diesen Weg. Wir gehen hier hoch«, murmelte Carolyn und beleuchtete unvermittelt einen Felsvorsprung, über dem sich eine Öffnung verbarg. »Wichtig ist, dass ihr die Füße so setzt wie ich, sonst könntet ihr leicht abrutschen.«

Carolyn leuchtete nach oben und kletterte voraus. Das Baby hing festgezurrt auf ihrem Rücken und schlief mit entspanntem Gesichtsausdruck. Das Ruckeln und Schlenkern schien es noch tiefer schlafen zu lassen.

Wir hatten abgemacht, dass Carolyn mit dem Baby draußen am Tor von *Trinale* warten würde, während Zelma und ich hineingingen. So weit unser Plan.

Einfach unschlagbar gut durchdacht, dachte ich mit einer Prise Zynismus, aber da wir nicht wussten, wo und wie wir Nolan und Helen vorfinden würden, war dies der beste, den wir hatten.

Ich folgte den Frauen, und obwohl ich genau dorthin trat, wo Zelma ihre Füße setzte, stolperte ich mehrere Male. Das

Sehen mit nur einem Auge war noch nicht so in meinem Gehirn verankert, als dass ich auf unbekanntem Terrain und im Halbdunkeln eine gute Figur gemacht hätte. Über Geröll ging es Stück für Stück aufwärts. Ich musste die Hände zu Hilfe nehmen und wunderte mich, mit welcher Leichtigkeit die beiden Frauen ihren Weg fanden.

Unversehens tauchte schwaches Tageslicht vor uns auf und ich erkannte, dass irgendwas den Ausgang zum Teil verdeckte. Es war ein Brombeerstrauch. Er ließ seine Äste auch in die Höhle wuchern.

Ungeachtet der Stacheln zog ich mich an ihnen hinaus, froh, wieder festeren Boden unter den Füßen zu haben.

Draußen blendete mich das Tageslicht und stach mit tausend Nadeln in mein Auge. Als tauchte ich aus einem langen Traum auf, registrierte ich erstaunt, dass der Frühling in den Sommer überging. Die Bäume standen in vollem Laub. Saftiges Gras wucherte zwischen Steinen und Gebüsch.

So viele Wochen schon hatte ich ein Einsiedlerleben geführt? Wann hatte ich die Hütte bezogen?

Hütte? ... Bruchbude traf es eher. Ich hatte gehaust wie ein Obdachloser. Nicht einmal ein anständiges Bett hatte ich mir besorgt.

Mir wurde plötzlich klar, wie sehr mich die Besetzung *Trinales* durch die Rabenvögel mitgenommen hatte, wie mich dieses Ereignis in meinen Grundfesten erschüttert hatte.

Ich atmete tief durch und spürte die frische Luft, die meine Lunge füllte. Obwohl ich nicht wusste, was uns bevorstand, spürte ich eine Zuversicht, von der ich lange nicht gewusst hatte, dass sie in mir existierte.

Ich blickte mich um und orientierte mich rasch. Wir befanden uns an einer Böschung. Dort hatte ich als Kind zusammen mit Nolan oft gespielt. Es war nicht weit bis nach *Trinale*.

»Ich habe gehört, dass Nolans Vater den Eingang einst schließen lassen hat, damit sich keine Kinder beim Spielen hier drin verirren«, erklärte Carolyn. »Nolan hat dir ja sogar mal gedroht, dich hier einzusperren, wenn ich mich recht erinnere«, sagte sie an Zelma gewandt. »Kein Mensch hätte dich je hier gefunden. Ich fand es aber eine gute Idee, diesen bis dato verschlossenen Pfad als Versorgungsweg zu nutzen.«

Schon nach wenigen hundert Metern erreichten wir das schmiedeeiserne Tor des Herrenhauses. Ohne Worte bedeutete ich Carolyn, sich mit dem schlafenden Kind in die Büsche zu ducken, während ich mit Zelma auf das Gebäude zurannte.

Zelma hatte sich in einen alten Filzmantel gemummelt, den das Meer angeschwemmt hatte. Wahrscheinlich hatte er einem Fischer gehört und war mit oder ohne seinen Träger ins Meer gefallen.

Zelma wollte so lange wie möglich unerkannt bleiben. Mich konnte Nolan ruhig erkennen, schließlich wusste er nichts von dem, was ich mittlerweile erfahren hatte.

Ich öffnete die schwere Eichentür und sah mich um. Niemand war in der Eingangshalle.

Falls Nolan mich nicht gesehen hatte, wäre das Überraschungsmoment auf meiner Seite. Vermutlich saß er in seinem Sessel in der Bibliothek.

Ich winkte Zelma zu mir und schlich mit ihr dorthin. Dann trat ich ein, ohne anzuklopfen.

In der Höhle hatte ich nicht klar genug denken können. Jetzt rasten meine Gedanken, und die Aussichten, die sie mir präsentierten, waren alles andere als rosig.

Schaudernd fiel mir ein, dass wir keinen sinnvollen Plan hatten. Das ärgerte mich jetzt. Warum war ich nicht einfach allein nach *Trinale* gegangen? Nolan würde Zelma natürlich erkennen, sobald er sie sah. Und wenn das, was Zelma sagte, den Tatsachen entsprach, war er völlig unberechenbar.

Was aber, wenn Zelma gelogen und Nolan das Opfer einer Intrige war? Der Schweiß brach mir aus, als ich an diese Alternative dachte.

Nolan hatte in seinem Sessel geschlafen. Seine nackten Füße lagen auf einem Pouf. Den Zehennägeln fehlte eine Schere. Wie eine Decke hatte er den unteren Teil des gemusterten Vorhangs über sich ausgebreitet und hielt ihn fest umschlungen. Sein Gesicht wirkte teigig, aufgedunsen. Er schrak hoch, als wir eintraten.

»Jeremy! Du hast mich …« Er brach den Satz ab, als der Blick seiner wässrigen Augen auf Zelma fiel. Alle Farbe wich aus seinem Gesicht. »Zelma?« Der Vorhang rutschte von seinen Beinen, als er den Pouf wegschob und sich erhob. Der Kragen seines nur übergeworfenen, grau und weiß gestreiften Morgenmantels war mit Eigelb bekleckert. Als Nolan aufsprang, klaffte er auseinander und entblößte Feinrippunterwäsche, die irgendwann einmal weiß gewesen war. Seine mageren Knie stachen knochig hervor. Ungläubig zog er die Brauen hoch. »Du lebst? Ich … Ich verstehe nicht! Jeremy, was zum Teufel geht hier vor?«

Er ging ein paar Schritte auf Zelma zu. Ich stellte mich schützend vor sie.

»Jeylo, was soll das«, fragte Nolan mit leichtem Tadel in der Stimme. »Ich tu ihr doch nichts. Zelma, Liebes, ich kann es nicht glauben! Ein Wunder …«

»Du Ungeheuer!«, schrie Zelma und drängte sich an mir vorbei, bevor ich sie daran hindern konnte. Ich versuchte noch sie zurückzuhalten, aber sie ließ sich nicht bremsen.

»Wo ist Helen?«, fragte Zelma aufgebracht. »Was hast du mit ihr gemacht?«

»Mit ihr gemacht? ... Zelma! Was soll ich denn mit ihr gemacht haben?« Nolan blickte unsicher zu mir. In einer hilflosen Geste hob er die Hände. »Jeremy, sie ist völlig verwirrt.« Strähnig fiel ihm sein Haar in die Stirn. Mehrmals warf er deshalb den Kopf ruckartig nach hinten. In der rechten Hand hielt er ein zerknülltes Papiertaschentuch. Hin- und hergerissen zwischen Sorge und Hilflosigkeit fuchtelte er mit der anderen Hand mal in Zelmas, mal in meine Richtung.

»Hör bloß auf mit dieser Schmierenkomödie! Hier ist keiner mehr, der dir glaubt«, schmetterte ihm Zelma entgegen.

All die in ihr angestauten Gedanken und Worte brachen sich plötzlich Bahn in einem unablässigen Strom aus Worten. Sie war nicht zu bremsen, und ich ärgerte mich, dass ich nicht vorhergesehen hatte, dass sie sich viel zu viel zumutete. Wenn sich die Fakten so verhielten, wie sie sie darstellte, hätte sie sich auf ein Treffen ausführlich vorbereiten müssen, am besten sogar mit der Unterstützung eines kompetenten Therapeuten. Ich war dafür absolut der falsche Mann. In was für eine Situation hatte ich uns da hineinmanövriert? Wieder einmal hatte ich völlig unverantwortlich gehandelt und hätte mich dafür ohrfeigen können.

Zelma war so außer sich, dass ich nicht umhinkonnte, mich zu fragen, ob es nicht doch stimmte, dass sie, wie Nolan es so oft glaubhaft geschildert hatte, manisch-depressiv war.

»Endlich bin ich es, die gehört wird und der man glaubt.«

Mit hochgezogenen Augenbrauen schaute Nolan in meine Richtung, und ich konnte nicht anders, als den Blick beschämt abzuwenden.

Zelma bekam von diesem kleinen Intermezzo nichts mit, sondern kam jetzt erst richtig in Fahrt. »Die Harmonie, die ich mit den Rabenvögeln erlebte, hast du nicht ausgehalten. Ausschließlich für dich sollte ich da sein und dir hörig werden.

Meine schönen Bilder! Versteckt hast du sie im Jagdsaal, abgedeckt mit Laken, damit sie nur ja niemand sieht. Aber dieses unsägliche Bild von Hieronymus Bosch hast du hängen lassen, obwohl du wusstest, dass ich mich davor fürchtete. Mit deinen Intrigen und Lügen hast du es geschafft, dass alle mich für verrückt hielten.«

Nolan unterbrach ihren Redeschwall, als hätte sie nichts gesagt. »Jeremy, ruf einen Arzt. Sie weiß nicht, was sie redet.«

Unsicher wanderte mein Blick von ihm zu ihr und zurück.

Doch Zelma ließ sich nicht bremsen. »Das weiß ich sehr gut! So viel hat sich mir eingebrannt. Gäbe es einen Weg, alles zu vergessen, ich würd ihn einschlagen. Aber auch die beste Therapie der Welt kann nicht auslöschen, was du mir angetan hast.«

»Was denn, um Himmels willen, Zelma? Lass uns einen Tee trinken und uns beruhigen.«

»Du hast mich vergewaltigt, weißt du noch?«

Schwer wie Blei hingen die Worte in der Luft.

Nolan baute sich vor ihr auf. Er hob die Hand, als wolle er sie schlagen, und ein Ausdruck von ungezügeltem Hass entstellte sein Gesicht. »Niemals hab ich dich vergewaltigt, niemals. Es ist das Recht eines jeden Mannes …«

»Mannes? Ha, ha!«, höhnte Zelma. »Dass ich nicht lache! Soll ich Jeremy erzählen, was für ein Mann du bist?«

»Sei still!«, drohte Nolan. Er war mittlerweile bleich wie ein Laken. »Du weißt, ich kann sehr unversöhnlich sein!« An mich gewandt befahl er: »Ruf den Arzt, Jey. Sie braucht eine Beruhigungsspritze!«

»Ja, ja, mit dem Arzt und Medikamenten warst du schon immer schnell bei der Hand, nicht, Nolan? Du gemeiner Giftmischer! Was hältst du davon, wenn ich deinem geliebten Cousin erzähle, was für ein intrigantes Scheusal du …«

»Sie ist krank, Jey. Sie leidet unter Wahrnehmungsstörungen, Psychosen. Weiß der Himmel, was sie sich in ihrem Spatzenhirn zusammenreimt«, fiel Nolan ihr ins Wort. Doch Zelma ließ sich nicht unterbrechen. »Du bist jetzt nicht an der Reihe, Nolan«, sagte sie und wandte sich mir zu. »Jeylo, hast du es nicht als merkwürdig empfunden, dass ich so still war, so wenig erzählte? ... Ja? Nun, good old Nolan verfolgte jedes Gespräch, das ich mit anderen führte, speicherte es in seinem genialen Gehirn und analysierte hinterher haarklein, was ich wann zu wem gesagt hatte, wie und wohin ich schaute, wer mich anlächelte, einfach alles! Ja, Jeremy, auch uns beide hat er verdächtigt, miteinander Sex zu haben. Lächerlich! Ständig unterstellte er mir Affären mit allen möglichen Männern. Und weißt du, warum?« Als Nolan einhaken wollte, hob sie die Hand. »Dein lieber Freund Nolan hat massive Probleme. Seine Impotenz ist noch das geringste davon. Du glaubst nicht, wie mühsam es ist, mit ihm intim zu werden. Er schluckte immer Unmengen von Viagra, blätterte diese scheußlichen Hefte durch und versuchte dann, mich zu verführen. Welch ein Desaster! Denn wenn es wieder einmal – wie viel zu oft – nicht klappte, machte er mich dafür verantwortlich! Meine Depressionen und die Angst um mich hätten ihn dahin gebracht, schließlich sei er elf Jahre älter. Es sei daher allein meine Schuld.« Zelma begann im Raum auf und ab zu gehen, wobei sie den Blick geringschätzig über Nolans Gestalt wandern ließ. »Wenn ich vorsichtig fragte, ob er nicht mal mit mir ausgehen wolle, Essen vielleicht oder ins Kino, war er den ganzen Abend damit beschäftigt, meinen Blicken zu folgen, um mir später Vorhaltungen zu machen. Ob ich den Taxifahrer interessant gefunden hätte? Ob ich bemerkt hätte, dass der Kartenverkäufer mich mit seinen Blicken auszog? Und überhaupt, wieso ich ausgerechnet heute mit ihm in ausgerechnet diesen Film hatte gehen wollen – da wäre doch irgendein anderer Mann im Spiel. Zu Hause gingen seine Vorwürfe dann weiter, immer mit dem gleichen Resultat: Er würde mir jetzt beweisen, dass er Manns genug sei für mich. Wie demütigend für beide Seiten! Ich bat ihn, damit aufzuhören, aber er bekam stets so einen Blick, der mir das Blut in den Adern gefrieren ließ. Und schließlich …«

»Es ist genug, es reicht!«, rief Nolan und wollte sich auf Zelma stürzen.

»Noch lange nicht. Ich bin noch nicht fertig, denn Jeremy fragt sich jetzt sicher, wie ich schwanger werden konnte!«

Nolan zuckte zurück und verengte die Augen zu Schlitzen.

In diesem Moment wurde Zelma wohl klar, dass sie sich gerade verraten hatte.

Lauernd beobachtete Nolan jede Regung ihrer Mimik. »Sag das noch mal«, flüsterte er dann.

Zelma aber schwieg.

Im Bruchteil einer Sekunde war Nolan bei ihr und versuchte die Hände um ihren Hals zu legen, aber sie biss ihn so heftig, dass es blutete.

Nolan fuhr zurück und starrte auf die Bisswunde an seinem Unterarm. Schlagartig veränderte sich sein Gesichtsausdruck. Jetzt sah er kurzzeitig wieder so aus wie zu dem Zeitpunkt, als er im *Blauen Salon* etwas von einer Bleivergiftung faselte. Dann schob sich ein Schleier vor seine Augen, und in seinen Blick schlichen sich Arglist und Tücke.

Zelma hingegen atmete tief durch – entschlossen, alles zu sagen, was sich aufgestaut hatte. »Gib es doch zu! Manchmal hast du mich mit K.-o.-Tropfen betäubt, die du mir ins Essen schüttetest. Wenn ich wie leblos und völlig weggetreten war, konntest du mich bespringen. Ich bemerkte es später nur an den Spermaspuren. Wie ich mich ekelte! Aber …« Jetzt sah sie wieder zu mir.«... anzeigen konnte ich ihn nicht. Außer Carolyn glaubte mir ja keiner. Helen hätte ich fast ins Vertrauen gezogen, aber Nolan kam dazwischen.«

Ich erinnerte mich plötzlich dunkel, dass Helen mal erwähnte, Zelma hätte etwas auf dem Herzen.

»Mit Sicherheit!«, hatte ich ihr damals zynisch geantwortet. »Das haben Schwermütige so an sich.« Daraufhin hatte Helen geschwiegen.

Nolan seufzte. »Keiner glaubt dir, Zelma. Sieh nur, wozu du in der Lage bist.« Bedauernd schüttelte er den Kopf und hielt seinen blutenden Arm hoch. Dann sah er mich an. Als sein verhangener Blick erneut auf die Bisswunde fiel, jammerte er: »Jey, hol einen Arzt. Ihre Bakterien verteilen sich in meinem Blutkreislauf. Ich brauche sofort eine Spritze.« Das Blut rann über seinen Handrücken und versickerte in dem Papiertaschentuch, das er jetzt auf die Wunde drückte.

Unvermutet änderte sich seine Mimik erneut, als er sich an Zelma wandte. Hinterhältig flüsterte er, als würde er seiner Frau eine schlechte Nachricht mitteilen, die niemand mehr bedauerte als er selbst: »Ja, Helen hättest du dich anvertraut. Schade, dass sie nicht hier sein kann.«

Bei dem letzten Satz sah er auch mich lauernd an und mir fiel wieder ein, weshalb wir eigentlich hier waren.

»Wo ist Helen?« Ich griff nach seinem Morgenmantel und zog ihn zu mir her.

Jetzt, da ich ihn zum zweiten Mal in einer Extremsituation erlebte, war ich genauso überzeugt wie Zelma, dass Nolan übergeschnappt war.

»Oh, sie hat ihren Pudding gegessen, so wie ich es ihr gesagt habe. Frisst ja alles, was man ihr hinstellt. War nicht weiter schwer.«

»Wo ist sie?«

Nolan sah mich mit rot geäderten Augen an und sagte: »Von mir erfahrt ihr gar nichts. Und wenn ich mir dafür auf die Zunge beißen muss.« Kaum waren die Worte heraus, öffnete er den Mund und biss auch schon zu. Unmittelbar floss ein Schwall Blut über seine Unterlippe.

Irritiert ließ ich ihn los und riss die Hand weg.

Nolan grinste und entblößte blutverschmierte Zähne dabei. »Gar nischts erfahrt ihr«, nuschelte er und streckte seine Zunge heraus. Deutlich sah ich die Spuren seiner Zähne.

Entsetzt schrie ich auf und konnte doch meinen Blick davon nicht abwenden. Bestimmt würde er seine Zunge noch ganz durchbeißen und in einem hohen Bogen ausspeien. Vor meinem geistigen Auge sah ich sie schon wie ein Stück rohes Rindfleisch durch die Luft fliegen.

Dann schweifte Nolans Blick umher, als suche er genauso nach Helen wie wir. »Helen, wo bischt du?« Scheinbar ratlos sah er uns an und hob fragend die Schultern.

Plötzlich hörten wir einen markerschütternden Schrei. Zelma wirbelte erschrocken herum und rannte aus der Bibliothek. »Carolyn? Carolyn, was ist passiert?«

»Der Schrei kam aus der Küche«, sagte ich und stürmte sogleich hinterher.

Zelma erreichte den Raum am Ende des Flurs als Erstes und riss die Tür auf.

Helen lag auf dem Fußboden. Carolyn war über sie gebeugt. »Ich wollte mich hinten herum zum Bibliotheksfenster schleichen, weil ich ahnte, dass sich Nolan dort aufhalten würde, als ich Helen hier auf dem Boden liegen sah«, sagte sie.

Auf der Anrichte lag das in Tücher gepackte Baby neben einem nagelneuen Telefon.

Carolyn fuhr hektisch fort: »Helen atmet kaum. Wir brauchen einen Notarzt!«

Bevor wir reagieren konnten, drängte Nolan sich an Zelma vorbei. »Wech von ihr, du widerliche Heksche! Wann hörsch du enlich auf, dich in mei Leben einschumischen?«

Erst jetzt sah ich, dass er einen Schraubenzieher in der Hand hielt. Schon hob er den Arm und ließ ihn auf Carolyn niedersausen.

»Ruf nur den Notartschwagen«, lallte er, rammte ihr den Schraubenzieher zwischen die Rippen und riss ihn wieder heraus. »Du brauchsch ihn dringend, wenn isch mi dir fertig bin.« Im Takt seiner Worte ruckte sein Arm vor und zurück.

Ich stürzte mich von hinten auf ihn und versuchte ihn von Carolyn wegzureißen, während das Blut aus seinem Mund sich mit ihrem vermischte.

Zelma zerrte jetzt ihrerseits an Nolan, um ihn von Carolyn zu trennen. Er schüttelte sie ab wie ein lästiges Insekt.

Mit gespieltem Bedauern sagte er in Zelmas Richtung: »Gleich isch es vorbei mit ihr. Du mochtescht schie schehr, oder?« Dann lachte er übertrieben hoch und schrill auf.

Der Küchenfußboden war mittlerweile blutverschmiert. Ich schaute auf das Chaos und versuchte den Aufruhr in meinem Inneren niederzukämpfen. Die Szenerie war mehr, als mein Verstand greifen konnte. Helen lag nach wie vor reglos auf dem Fußboden, neben ihr war Carolyn zusammengesackt.

»Und nun schu dir, Schelma, mein Liebesch.«

Bevor ich es irgendwie verhindern konnte, umarmte er sie und versenkte den Schraubenzieher bis zum Anschlag in ihrem Rücken.

Es war ein Albtraum!

In diesem von Irrsinn gezeichneten Menschen erkannte ich Nolan nicht wieder. Ohne mit der Wimper zu zucken, richtete er hier ein Massaker an. Und es schien, als bereite ihm das ein unsägliches Vergnügen.

Mit schmerzverzerrtem Gesicht schrie Zelma auf – überrascht und wütend zugleich. Sie griff nach hinten, um den Schraubenzieher zu erreichen, aber Nolans Hände hielten ihn fest umschlossen.

Bevor ich etwas tun konnte, riss er ihn heraus und holte zu einem weiteren Hieb aus.

»Hör auf, Nolan«, schluchzte Zelma.

Er kam nicht dazu, erneut zuzustechen. Ein schwarzer Irrwisch sauste plötzlich durch die Luft und flog Nolan – die Krallen angriffslustig nach vorn gestreckt – direkt ins Gesicht.

Ich nutzte das Überraschungsmoment, sprang Nolan noch mal an und warf ihn mit dem Rücken auf den Steinboden.

Sofort setzte der Rabe sich auf seine Brust, fixierte ihn laut krächzend und ließ ihn nicht mehr aus den Augen.

Zelma hatte sich indessen über Carolyn zusammengekauert und wiegte sie im Arm wie ein kleines Kind. Mit schwacher Stimme flüsterte sie: »Nolan! Carolyn, die Raben und das Baby sind doch meine Familie. Das hatte doch gar nichts mehr mit dir zu tun. Warum zerstörst du alles, was ich liebe?« Tränen rannen ihr über die Wangen, während sie Carolyns Gesicht streichelte. »Carolyn, ich bin für dich da, hörst du? Nichts kann uns trennen.«

Die nickte schwach. Ein dünner Faden Blut floss aus ihrem Mund. Sie wollte etwas sagen, doch die Worte waren nicht zu verstehen. Sie gingen in einem blutigen Gurgeln unter.

Zelma drückte sie noch enger an sich. Ihr Atem rasselte laut und auf ihrem Rücken breitete sich ein Blutfleck aus, der bereits die Größe eines Pfirsichs hatte. »Scht! Gleich ist es geschafft. Nun bleiben wir doch zusammen, nicht wahr? So, wie du es wolltest.«

Dann drehte sie den Kopf zu mir. Ich sah ihr an, dass es ihr zunehmend schwerfiel, zu sprechen. »Du kümmerst dich um

Cora, nicht? Ihr darf nichts passieren. Und schau nach Helen. Uns kannst du sowieso nicht mehr helfen. Sorge bitte für mein Kind«, flüsterte sie mit letzter Kraft, bevor sie den Kopf auf Carolyns Brust senkte und reglos liegen blieb.

In diesem Moment begann der Rabe laut und anhaltend zu kreischen.

Ein Brausen erscholl von weit draußen vom Meer. Hagelschwere schwarze Wolken, die sich in- und umeinander wölbten, verdunkelten plötzlich den Himmel. Es waren aber keine Wolken, sondern Myriaden schwarzer Vögel.

Als sie näher kamen, schien der graue Himmel immer wieder durch die Lücken. Es erinnerte mich an das Rauschen des Bildes auf der Mattscheibe eines alten Schwarz-Weiß-Fernsehers ohne Empfang.

Die Vögel flogen direkt auf die Küchenfenster zu. Im Nu war es dunkel im Raum, und ich erkannte kaum mehr die Hand vor Augen.

Instinktiv schirmte ich mein Gesicht ab und wappnete mich für einen Angriff, als die Fensterscheiben in tausend Scherben, die über die Fliesen schlitterten, zerbarsten und Kaskaden aus Krähen, Raben und Dohlen wie schwarze Tinte durch die Fensterrahmen flossen.

Jetzt konnte ich gar nichts mehr sehen. Auch das Atmen fiel mir schwer. Kleine Staubpartikel flogen durch die Luft, und ich konnte die Milben und anderes Ungeziefer aus den Federn der Vögel regelrecht riechen.

Dann spürte ich, wie sich etwas auf meine rechte Schulter setzte, und ich vernahm das mittlerweile vertraute Krächzen des Raben mit dem grauen Flügel.

Entsetzliche Angst überwältigte mich in diesem Moment. Meine Glieder waren vor Schock gelähmt, und es gelang mir nicht, mich zu rühren. Ich öffnete meinen Mund zu einem

Schrei. Er wurde vom Gekrächze der Vögel verschluckt, die in der Küche umherflogen und alle Geräusche in diesem Brausen erstickten.

Eine nachtschwarze Wolke aus Raben, Krähen und Dohlen bildete sich um Carolyn und Zelma herum. Immer mehr drängten sich um die beiden, und die Vögel, die sich am äußeren Rand dieser Wolke befanden, drückten nach innen, sodass sich die Wolke zu einem undurchdringlichen schwarzen Federball verdichtete. Plötzlich, wie auf ein heimliches Kommando hin und als wären sie ein einziger Organismus, bewegten sie sich in die Höhe – in ihrer Mitte eingebettet die Körper von Carolyn und Zelma.

Kleiner und kleiner wurde der Schwarm, der sich in Richtung Meer und Felsenhöhle entfernte, bis er nicht mehr zu sehen war.

Ich war mir sicher, dass die Vögel sie mit zur Grotte nahmen, von wo aus Zelmas und Carolyns Seelen ihre letzte Reise antreten konnten und hoffentlich ewigen Frieden fänden. Ich wünschte es ihnen so sehr.

Als das Baby schrie, schwang sich der Rabe von meiner Schulter. Er schoss auf Nolan zu, der aufstehen wollte, landete wieder auf seiner Brust und hinderte ihn mit einem gutturalen Krächzen und vorgerecktem Kopf daran.

»Esch isch mein Kind!«, flüsterte der in meine Richtung. »Du kannsch esch mir nich wegnehmen.«

Wieder krächzte der Rabe ihn an und hielt ihn so am Boden.

Während der Vogel ihn in Schach hielt, griff ich zum Telefon und konnte – endlich – einen Notruf absetzen.

Als ich aufgelegt hatte, begann Nolan plötzlich panisch zu kreischen. Entsetzt hielt ich mir die Ohren zu. Es klang wie damals im Turm und weckte schreckliche Erinnerungen in mir. Ich wollte mich aber nicht zu ihm umdrehen.

Schnell nahm ich das ebenfalls brüllende Baby schützend in den Arm und setzte mich mit dem Rücken zu Nolan neben Helen, bis der Notarzt eintraf.

Zeitgleich mit diesem kamen mehrere Rettungssanitäter. Der Arzt wandte sich sofort Nolan zu, der wie eine Lumpenpuppe dalag und sabbernd auf seiner Zunge herumkaute. Sein Gesicht war teigig und ausdruckslos. Die leeren Augenhöhlen umrahmten dunkle Ringe.

Die Helfer riefen sich Kommandos zu, während sie Nolan auf die Trage legten. Als einer der Sanitäter auf mich zukam, lehnte ich jede Hilfe ab. Er legte mir jedoch nahe, mich zusammen mit dem Baby in der Klinik untersuchen zu lassen. Dann kümmerten sich die Rettungshelfer um Helen.

»Hey, das ist doch unsere Kollegin! Mensch, ist das nicht das verrückte Vogelhaus?«, fragte einer der Männer, auf dessen Namensschild Dean stand, einen Kollegen.

»Echt? Tatsächlich! Na, dann rufen wir nachher doch gleich die Presse an. Es geht wohl wieder los hier. Und diesmal sind wir live dabei!«

37. Kapitel

Trinale

Es ging nicht wieder los. Im Gegenteil, es war vorbei.

Wenn Jeremy an das vergangene Jahr dachte, stieg ein Gefühl des Unglaubens in ihm auf. Die Bilder passten einfach nicht zu dem, was für ihn bis dato Realität ausgemacht hatte.

Abends lag er lange wach und fragte sich, worin der Unterschied zwischen dem, was geschehen war, und dem, was er für möglich gehalten hatte, bestand. Die Grenze war verwischt.

»Hier, zur Hälfte mit Milch und mit zwei Löffeln Zucker, wie du es gern hast.« Helen reichte Nolan, der zu Besuch auf *Trinale* war, die Tasse. »Sei vorsichtig, sie ist ganz voll.«

Heiß stieg ihm der Duft des Kaffees in die Nase, und er nahm einen großen Schluck, bevor er sich im Sessel zurücksinken ließ. »Was macht die Kleine?«, fragte er.

»Sie liegt draußen in ihrem Kinderwagen und lässt sich die Sonne auf den Bauch scheinen«, antwortete Helen amüsiert.

»Es ist schön, Cora auf *Trinale* zu haben. Hier gehört sie hin. Und wir kümmern uns gern um sie, das weißt du.« Jeremy lachte und rieb sich die Hände.

»Ihr müsst sie mir beschreiben, damit ich weiß, wie sie aussieht. Sieht sie aus wie Zelma, oder hat sie mehr Ähnlichkeit mit mir?«, fragte Nolan.

Nolans Tage waren seit dem Angriff des Raben angefüllt mit Dunkelheit und Angstzuständen. Sobald er einnickte, waren die Bilder da. Dann sah er den grauen Flügel, der über ihn hinwegstrich, und spürte den bestialischen Schmerz, der ihn durchzuckte, als der Vogel ihm die Augen aus den Höhlen riss. Das letzte Bild, das sich in seinem Gehirn geformt und sich dort eingebrannt hatte, war das Auge des Raben gewesen. Es verfolgte ihn, egal wohin er sich drehte und wendete. Es sprach zu ihm mit klarer, deutlicher Stimme. Es lachte ihn aus oder stachelte ihn an. Es gab sogar klare Befehle, vor allem kurz vor der nächsten Tablettendosis. Nur war er körperlich meist nicht mehr in der Lage, sie auszuführen. Die Stimme drohte ihm mit Wahnsinn, wenn er sich jemals jemandem anvertrauen, mit irgendjemand über ihr Vorhandensein sprechen sollte. Er war ihr daher wie ein neugeborenes Mäusekind – nackt in seiner Hilflosigkeit, wehrlos in seiner Blindheit – völlig ausgeliefert.

Gelegentlich, wenn Nolan auf die Medikamente gut ansprach, wurde ihm erlaubt, Helen und Jeremy auf *Trinale* zu besuchen. Manchmal vergaßen die beiden fast, dass vor der Tür Wachbeamte zu ihrer Sicherheit waren, denn auch wenn Nolan sich durch die Medikamente gegen seine schizoide Paranoia so normal verhielt, dass Jeremy schon daran zweifelte, dass er wirklich so verrückt war, wie Zelma es geschildert hatte, konnte man ihm doch nicht trauen. Immerhin hatte er Carolyn und Zelma getötet und einen Giftanschlag auf Helen verübt.

Aber obwohl er sie fast umgebracht hätte, ließ Helen ihn nicht in der forensischen Psychiatrie verkümmern, sondern bestand darauf, dass er sie ab und zu besuchte. Ob sie dies aus Großherzigkeit oder aus Eigennutz tat, sollte ihr Geheimnis bleiben.

Auf ihre Veranlassung hatte sich Jeremy bei Gericht als Nolans Vormund eintragen lassen, sodass sie beide jetzt – zusammen mit Cora – auf *Trinale* leben konnten.

So schön hätten wir es schon viel früher haben können. Wir sind eben füreinander bestimmt, dachte Helen und kuschelte sich an Jeremy.

Er küsste sie auf den Scheitel und drückte ihre Hand.

»So!« Helen klatschte in die Hände und überging damit Nolans Frage. »Dann werden wir uns mal an die Arbeit machen. Nolan, ich führe dich gleich zum Sofa und lege dir eine Hörspiel-CD ein. Wie wäre es mit Edgar Allan Poe? Jeremy, du solltest dich um die Handwerker kümmern. Die Luke im Westflügel, durch die ich euch rausgeholt habe, sollte endlich repariert werden.«

Eine Gänsehaut rieselte über Jeremys Körper. Helen hatte schon mehrfach erwähnt, dass sie ihn und Nolan gerettet hatte. Wenn aber Helen wirklich die in neongelb gekleidete Lichtgestalt gewesen war, warum hatte sie nicht eingegriffen, als der Rabe sein Auge verschlungen hatte? Ihm war immer mehr, als ob sie absichtlich zu lange gewartet hätte, und er hegte sogar die Vermutung, dass sie aus Rache so gehandelt hatte. Er wollte die Frage aber nicht stellen, da er sich vor der Antwort fürchtete. Es stand viel zu viel auf dem Spiel – unter anderem Cora. Außerdem spielte es keine Rolle mehr. Er konnte ihr auch nicht mehr von seinem Wissen erzählen, dass die Fotos gefälscht waren. Der Zeitpunkt, an dem dies etwas geändert hätte, war vorbei. Es war nicht mehr wichtig, denn er liebte sie. Und was immer sie getan oder unterlassen hatte – sie hatte jedes Recht dazu gehabt.

Epilog

Draußen im Kinderwagen brabbelt die kleine Cora, deren wuscheliges schwarzes Haar im Sonnenlicht bläulich schimmert, vergnügt vor sich hin. Ihr Lächeln gilt dem dunklen Gefährten mit den bernsteingelben Augen, der am Rand des Kinderwagens sitzt. Sein grauer Flügel spendet dem Kind Schatten.

Autorenvorstellung

Sabine D. Jacob, Jahrgang 1965, lebt mit ihrer Familie in der Grafschaft Bentheim. Sie veröffentlichte eine Vielzahl von Kurzgeschichten in Anthologien und weiteren Printmedien. Für ihr Projekt *»Literaturwegen«*, in dem fiktionale Geschichten zu realen Schauplätzen geschrieben werden, erhielt sie die Auszeichnung als *»Kultur- und Kreativpilotin 2016«* durch die deutsche Bundesregierung. Ihr Debütroman *»Rabenauge«*, erschienen im Shadodex – Verlag der Schatten, wurde 2017 mit dem Vincent-Preis für Horrorliteratur ausgezeichnet. Auf ihrer Plattform *www.geschichtenschreiber.de* bietet sie Autoren die Möglichkeit, ihre Werke einer breiten Leserschaft vorzustellen und auf sich aufmerksam zu machen.

Danksagung

Danken möchte ich meinen Eltern, die mir Vertrauen in das Leben auf den Weg gegeben haben und den Glauben daran, dass letzten Endes alles gut wird. Ich vermisse euch schmerzlich. Mein weiterer Dank gilt Gerd, meinem Mann, und unseren Kindern Liz und Tim, die mich dazu ermutigen, weiterzuschreiben, und die mir die Zeit dafür einräumen. Meinen Geschwistern und Freunden danke ich ebenfalls für ihre Unterstützung. Als Probeleser und Ideengeber seid ihr unbezahlbar. Mein großer Dank gilt Bettina Ickelsheimer-Förster, meiner Lektorin und Verlegerin, für ihre Zeit und Geduld. Ohne sie hätte *»Rabenauge«* nicht das Licht der Welt erblickt.

Buchempfehlungen

**Verborgen -
das Vermächtnis eines Volkes**
von Kristin Kox
(Mystery-Thriller)

ISBN (Taschenbuch): 978-3-946381-35-8
328 Seiten, Preis: 13,95 €

ISBN (epub): 978-3-946381-37-2
ISBN (mobi): 978-3-946381-36-5
Preis: 3,49 €

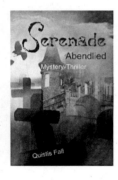

**Serenade -
Abendlied**
von Quistis Fall
(Mystery-Thriller)

ISBN (Taschenbuch): 978-3-946381-67-9
376 Seiten, Preis: 15,00 €

ISBN (epub): 978-3-946381-69-3
ISBN (mobi): 978-3-946381-68-6
Preis: 3,99 €

Weitere Informationen zu diesen Büchern sowie das gesamte Sortiment finden Sie auf unserer Homepage (www.verlag-der-schatten.de) und im dazugehörigen Shop (www.verlag-der-schatten.com).